16	3	2	13
5	10	11	8
9	6	7	12
4	15	14	1

Platão

O BANQUETE

Edição bilíngue
Tradução, posfácio e notas de José Cavalcante de Souza

editora 34

EDITORA 34

Editora 34 Ltda.
Rua Hungria, 592 Jardim Europa CEP 01455-000
São Paulo - SP Brasil Tel/Fax (11) 3811-6777 www.editora34.com.br

Copyright © Editora 34 Ltda., 2016
Tradução, posfácio e notas © José Cavalcante de Souza, 2016

A Editora 34 agradece a participação atenta e generosa
de Jaa Torrano na edição deste livro.

A FOTOCÓPIA DE QUALQUER FOLHA DESTE LIVRO É ILEGAL E CONFIGURA UMA
APROPRIAÇÃO INDEVIDA DOS DIREITOS INTELECTUAIS E PATRIMONIAIS DO AUTOR.

Título original:
Συμπόσιον

Capa, projeto gráfico e editoração eletrônica:
Bracher & Malta Produção Gráfica

Revisão:
Camila A. Zanon

1ª Edição - 2016 (3ª Reimpressão - 2024)

CIP - Brasil. Catalogação-na-Fonte
(Sindicato Nacional dos Editores de Livros, RJ, Brasil)

Platão, 428-347 a.C.
P664b O Banquete / Platão; edição bilíngue;
tradução, posfácio e notas de José Cavalcante
de Souza — São Paulo: Editora 34, 2016
(1ª Edição).
256 p.

ISBN 978-85-7326-647-4

Texto bilíngue, português e grego

1. Filosofia grega. 2. Platonismo.
I. Cavalcante de Souza, José, 1925-2020.
II. Título.

CDD - 184

O BANQUETE

Nota do tradutor 7

Personagens do *Banquete* 17
Συμπόσιον 18
O Banquete 19

As grandes linhas da estrutura do *Banquete*,
    José Cavalcante de Souza 189

Sobre o autor 251
Sobre o tradutor 252

Nota do tradutor

Para a presente tradução servi-me dos textos de John Burnet, da Bibliotheca Oxoniensis (Oxford),[1] e de Léon Robin, da coleção Les Belles Lettres.[2] Como comecei a trabalhar com o primeiro, serviu-me ele naturalmente de primeiro fundamento, ao qual apliquei algumas lições do segundo, que é mais recente[3] e que oferece um aparato crítico bem mais rico. Julgo que não será de todo fora de interesse, sobretudo para a apreciação da tradução, prestar algum esclarecimento sobre a maneira como se preparam as edições modernas dos textos gregos.

O estabelecimento de um texto grego antigo é um trabalho à primeira vista altamente maçante, sem dúvida alguma árduo, mas afinal capaz de suscitar profundo interesse e mesmo empolgar o espírito de quem se disponha a abordá-lo. Um editor moderno encontra-se em face de várias edições anteriores, de uma profusão de manuscritos medievais, de alguns papiros e uma quantidade de citações de autores antigos. Tudo isso perfaz a tradição do texto que ele se dispõe a reapresentar. Numa extensão de dois mil e tantos anos, as vicissitudes da história fizeram-na seccionar-se em etapas com

---

[1] *Platonis Opera*, tomo II, John Burnet (org.), Oxford, Clarendon Press, 1901 (Bibliotheca Oxoniensis). (N. da E.)

[2] *Platon — Oeuvres complètes*, tomo IV, 2ª parte, Léon Robin (org.), Paris, Les Belles Lettres, 1929. (N. da E.)

[3] De 1929, enquanto que a de Burnet é de 1901.

desenvolvimento próprio, sob o qual se dissimulam os sinais de sua continuidade. Assim, ele tem que levar em conta uma tradição antiga, uma tradição medieval e mesmo, podemos acrescentar, uma tradição moderna. Cada uma delas reclama um tratamento especial, a se efetuar todavia sempre em correlação com as demais.

Os documentos que lhe vão servir de base são os da tradição medieval, os manuscritos. A quantidade destes é considerável para uma boa parte dos autores gregos, mas seu valor é naturalmente desigual. Impõe-se um trabalho de seleção e classificação em que se procure o liame perdido da tradição antiga, e em que portanto o testemunho dos papiros e das citações dos autores antigos podem muitas vezes ser de grande préstimo. Além desse cotejo precioso com os restos da tradição antiga, muitas vezes é a ciência da tradição moderna, iniciada com as primeiras edições do Renascimento, que corrige as insuficiências das duas tradições precedentes. Através dos dados e instrumentos de interpretação dessas três tradições é que se exerce o esforço para reconstituir o texto que possa representar o mais possível o próprio texto de um autor dos séculos V ou IV a.C., por exemplo, esforço capaz, como foi dito acima, de estimular poderosamente a curiosidade intelectual.

No que se refere a Platão,[4] contam-se atualmente 150 manuscritos de suas obras. Sem dúvida, sua seleção e classificação já se encontra em estabelecimento mais ou menos definitivo, depois do trabalho sucessivo de vários editores e críticos, a partir do Renascimento. À medida que se foram sucedendo as edições, foi-se elevando o número dos manuscritos consultados e colacionados, o que evidentemente complicava cada vez mais o trabalho crítico. Essa dificuldade cul-

---

[4] Todas as informações sobre o texto de Platão foram tiradas do belo livro de Henri Alline, *Histoire du texte de Platon*, Paris, Édouard Champion, 1915.

minou com a atividade extraordinária de Immanuel Bekker, que no começo do século XIX colacionou 77 manuscritos, sobre os quais baseou sua edição, provida de dois volumes de *Commentaria Critica*, aparecidos em 1923.[5]

Os críticos e editores seguintes sentiram então a necessidade de simplificar o aparato crítico resultante de um tão grande acervo de documentos, que só poderia estorvar, em lugar de facilitar o seu uso proveitoso. Foi então que surgiu a ideia de remontar à origem dos manuscritos medievais e de, em função dessa origem, proceder à sua classificação. Tal projeto tomou logo a forma de uma procura do arquétipo, isto é, do manuscrito da tradição antiga do qual proviriam todos os manuscritos medievais. Em função do arquétipo foram os manuscritos agrupados em famílias, cujas características procurou-se explicar pelas várias lições que ele apresentava, em notas abaixo ou à margem do texto. As variantes do arquétipo denotariam, assim, que se tratava de uma edição erudita, e portanto representante das melhores correntes da tradição antiga do texto platônico. Tais correntes estariam, desse modo, representadas pelas várias famílias de manuscritos medievais, e assim, por conseguinte, teríamos garantida a continuidade entre a tradição antiga e a moderna, aparentemente quebrada.

À luz dessa teoria foi possível a utilização metódica dos manuscritos. Agrupados em famílias, apenas os melhores, os mais representativos de cada uma delas foram tomados para colação e referência. De uma primeira destaca-se o Bodleianus 39, da Biblioteca de Oxford, também chamado Clarkianus, do nome do mineralogista inglês, Edward D. Clarke, que o adquiriu juntamente com outros do mosteiro de Patmos, em começos do século XIX. Esse manuscrito data do fim do século IX ou do começo do seguinte, e contém apenas o pri-

---

[5] Essa edição é a vulgata dos aparatos críticos. Ver Alline, *op. cit.*, p. 317.

meiro dos dois volumes que geralmente perfazem, nos manuscritos, as obras completas de Platão. Os aparatos críticos desde Schanz, um dos grandes estudiosos do texto platônico, assinalam-no com a sigla B. Uma segunda família tem dois principais representantes, que se complementam: o Parisinus gr. 1807 (sigla A), da mesma época que o Bodleianus, e que ao contrário deste tem apenas o segundo volume; e o Venetus, append. class. 4, n° 1 (sigla T), da Biblioteca de São Marcos de Veneza, que parece derivar-se do primeiro e data do fim do século XI ou começo do seguinte. Enfim, uma terceira família é representada pelo Vindobonensis 54, supplem. philo. gr. 7 (sigla W), que data provavelmente do século XII.

Qualquer outro manuscrito porventura utilizado no estabelecimento de um texto será sempre a título suplementar e como representante de uma tradição especial dentro de uma das três famílias acima referidas. Por exemplo, no caso do *Banquete*, enquanto Burnet utiliza apenas os manuscritos B, T e W, Robin serve-se, além desses, do Vindobonensis 21 (sigla Y), cujas lições em parte se aproximam da tradição AT, em parte da de B. Ao lado desses manuscritos,[6] os nossos dois editores conferem também o Papyrus Oxyrhynchus n° 843, que contém um texto integral do *Banquete*, a partir de 201a1. A esses textos de base acrescentam-se as citações dos autores antigos (que com o Papyrus Oxyrhynchus representam a tradição antiga, designada também de indireta pela crítica) e as correções dos críticos e editores modernos. É esse o material que figura num aparato crítico, condensado em algumas linhas abaixo do texto.

As edições de Burnet e de Robin apresentam em seu texto muitas concordâncias. Ambas se efetuaram ao termo de uma longa evolução da crítica de texto, e em consequência

---

[6] As correções que esses manuscritos apresentam são indicadas por Burnet com a letra minúscula (b, t, w) e por Robin com as mesmas maiúsculas, mas com o expoente 2 (B2, T2, W2).

trazem ambas um traço comum que as diferencia da maioria das edições do século XIX, e que é uma acentuada prudência na adoção das correções modernas, abundantes entre os editores do século anterior. O aparato crítico de ambas, particularmente o de Robin, bem mais rico a esse respeito, dá bem uma ideia disso. O texto de Robin, quanto à escolha das lições, parece mais conservador ainda que o de Burnet, mais respeitador da tradição dos manuscritos, o mesmo não ocorrendo porém quanto à pontuação do texto e à disposição dos parágrafos, que ele procura apresentar à moda dos livros modernos. Tal procedimento, justificável diante da irregularidade que os manuscritos apresentam a este respeito — como aliás a tradição antiga —, se tem a vantagem da clareza, muitas vezes afeta o estilo ou mesmo o sentido de certas passagens do texto. A dissimulação do estilo é particularmente sensível, aqui no *Banquete*, nos discursos de Pausânias e de Alcibíades, em que uma pontuação moderna reduz os longos períodos do primeiro e disciplina as frases naturalmente desordenadas do segundo. Esse motivo levou-me afinal a conservar o texto de Burnet como base, embora adotando um maior número de lições de Robin.

Em algumas dificuldades da tradução vali-me das traduções francesas de Léon Robin (Les Belles Lettres) e de Émile Chambry (Edições Garnier),[7] assim como em uns poucos casos da tradução latina de R. B. Hirschig, da coleção Didot.[8] Todavia, cumpre-me declarar, com o risco embora de parecer incorrer em pecado de fatuidade, o prazer especial que me deu a versão direta do texto grego ao vernáculo, cujas genuínas possibilidades de expressão me parecem ofuscadas e

---

[7] *Platon — Oeuvres complètes*, tomo III, *Banquet, Phédon, Phèdre, Théétète, Parménide*, Émile Chambry (org.), Paris, Garnier, 1938. (N. da E.)

[8] *Platonis Opera*, vol. 1, R. B. Hirschig (org.), Paris, Firmin Didot, 1856. (N. da E.)

ameaçadas no tradutor brasileiro de textos gregos e latinos pelo prestígio das grandes línguas modernas da cultura ocidental. É bem provável que a presente tradução nada tenha de excepcional, e que o seu autor, em muitos torneios de frases e em muita escolha de palavra, tenha sido vítima da falta de disciplina e de tradição que está porventura alegando nesse setor da nossa atividade intelectual. No entanto, em alguma passagem ele terá talvez acertado, e esse parco resultado poderá dar uma ideia do que seria uma reação especial nossa a um texto helênico, que conhecemos geralmente através da sensibilidade e da elucubração do francês, do inglês, do alemão, etc. Nossa língua tem necessariamente uma maleabilidade especial, uma peculiar distribuição do vocabulário, uma maneira própria de utilizar as imagens e de proceder às abstrações, e todos esses aspectos da sua capacidade expressiva podem ser poderosamente estimulados pelo verdadeiro desafio que as qualidades de um texto grego muitas vezes representam para uma tradução. A linguagem filosófica sobretudo, e em particular a linguagem de Platão, oferece sob esse aspecto um vastíssimo campo para experiências dessa natureza. Alguns exemplos do *Banquete* ilustram muito bem esse tipo especial de dificuldades que o tradutor pode encontrar e para as quais ele acaba muitas vezes recorrendo às notas explicativas. No entanto, se estas são inevitáveis numa tradução moderna, não é absolutamente inevitável que sejam as mesmas em todas as línguas modernas. Fazer com que se manifestasse nesta tradução justamente a diferença que acusa a reação própria e o caráter de nossa língua, eis o objetivo sempre presente do tradutor.

Quanto às pequenas notas explicativas, dão elas naturalmente um rápido esclarecimento sobre nomes e fatos da civilização helênica aparecidos no contexto do *Banquete*, mas o que elas almejam sobretudo é ajudar à compreensão desta obra platônica, ao mesmo tempo em seus trechos característicos e em seu conjunto. Alguns anos de ensino de literatura

grega levaram-me à curiosa constatação da impaciência e desatenção com que uma inteligência moderna lê um diálogo platônico. Quem quiser por si mesmo tirar a prova disso, procure a uma primeira leitura resumir qualquer um desses diálogos, mesmo dos menores, e depois confira o seu resumo com uma segunda leitura. Foi a vontade de ajudar o leitor moderno nesse ponto que inspirou a maioria das notas.

Finalmente devo assinalar que, não obstante a modéstia de conteúdo e de proporções deste trabalho, eu não teria sido capaz de efetuá-lo sem a constante orientação do Prof. Aubreton,[9] cujas observações levaram-me a sucessivos retoques, particularmente na tradução e na confecção das notas. A ele, por conseguinte, quero deixar expressos, com a minha admiração, os mais sinceros agradecimentos.

José Cavalcante de Souza

---

[9] Robert Henri Aubreton (1909-1980), titular da cátedra de Língua e Literatura Grega da FFCL-USP entre 1952 e 1964. (N. da E.)

O BANQUETE

Personagens do *Banquete*

APOLODORO, que conta, para um companheiro não nomeado, o relato feito por Aristodemo das conversas entre os convidados de um banquete na casa de Agatão

COMPANHEIRO

AGATÃO (*c.* 448-400 a.C.), poeta trágico que promove um banquete para comemorar sua vitória nas Leneanas de Atenas em 416 a.C.

SÓCRATES (*c.* 469-399 a.C.)

ARISTODEMO, discípulo de Sócrates

FEDRO, literato

PAUSÂNIAS, amante de Agatão

ERIXÍMACO, médico

ARISTÓFANES (*c.* 447-*c.* 385 a.C.), poeta cômico

ALCIBÍADES (450-404 a.C.), político ateniense

Συμπόσιον*

ΑΠΟΛΛΟΔΩΡΟΣ [172a]
δοκῶ μοι περὶ ὧν πυνθάνεσθε οὐκ ἀμελέτητος εἶναι. καὶ γὰρ ἐτύγχανον πρῴην εἰς ἄστυ οἴκοθεν ἀνιὼν Φαληρόθεν· τῶν οὖν γνωρίμων τις ὄπισθεν κατιδών με πόρρωθεν ἐκάλεσε, καὶ παίζων ἅμα τῇ κλήσει, 'ὦ Φαληρεύς,' ἔφη, 'οὗτος Ἀπολλόδωρος, οὐ περιμένεις;' κἀγὼ ἐπιστὰς περιέμεινα. καὶ ὅς, 'Ἀπολλόδωρε,' ἔφη, 'καὶ μὴν καὶ ἔναγχός σε ἐζήτουν βουλόμενος διαπυθέσθαι τὴν Ἀγάθωνος συνουσίαν [172b] καὶ Σωκράτους καὶ Ἀλκιβιάδου καὶ τῶν ἄλλων τῶν τότε ἐν τῷ συνδείπνῳ παραγενομένων, περὶ τῶν ἐρωτικῶν λόγων τίνες ἦσαν· ἄλλος γάρ τίς μοι διηγεῖτο ἀκηκοὼς Φοίνικος τοῦ Φιλίππου, ἔφη δὲ καὶ σὲ εἰδέναι. ἀλλὰ γὰρ οὐδὲν εἶχε σαφὲς λέγειν. σὺ οὖν μοι διήγησαι· δικαιότατος γὰρ εἶ τοὺς τοῦ ἑταίρου λόγους

---

* Texto grego estabelecido a partir de *Platonis Opera*, t. II, John Burnet (org.), Oxford, Clarendon Press, 1901 (Bibliotheca Oxoniensis).

O Banquete

Apolodoro e um companheiro[1]

APOLODORO [172a]

Creio que a respeito do que quereis saber não estou sem preparo. Com efeito, subia eu há pouco à cidade, vindo de minha casa em Falero,[2] quando um conhecido atrás de mim avistou-me e de longe me chamou, exclamando em tom de brincadeira:[3] "Falerino! Eh, tu, Apolodoro! Não me esperas?". Parei e esperei. E ele disse-me: "Apolodoro, há pouco mesmo eu te procurava, desejando informar-me do encontro de Agatão, [172b] Sócrates, Alcibíades, e dos demais que então assistiram ao banquete,[4] e saber dos seus discursos sobre o amor, como foram eles. Contou-nos uma outra pessoa que os tinha ouvido de Fênix, o filho de Filipe, e que disse que também tu sabias. Ele porém nada tinha de claro a dizer. Conta-me então, pois és o mais apontado a relatar as palavras do teu companheiro. E antes de tudo", continuou, "di-

---

[1] O interlocutor de Sócrates não está só.

[2] Porto de Atenas, ao sul do Pireu, a menos de 6 km da cidade.

[3] A brincadeira consiste no tom solene da interpelação, no original grego, dado pelo patronímico Φαληρεύς e pelo emprego do demonstrativo οὗτος em vez do pronome pessoal.

[4] No original grego, literalmente "jantar coletivo". Depois da refeição propriamente dita é que havia o simpósio, isto é, a "bebida em conjunto", acompanhado das mais variadas diversões, entre as quais competições literárias.

ἀπαγγέλλειν. πρότερον δέ μοι,' ἦ δ' ὅς, 'εἰπέ, σὺ αὐτὸς παρεγένου τῇ συνουσίᾳ ταύτῃ ἢ οὔ;' κἀγὼ εἶπον ὅτι 'παντάπασιν ἔοικέ σοι οὐδὲν διηγεῖσθαι [172c] σαφὲς ὁ διηγούμενος, εἰ νεωστὶ ἡγῇ τὴν συνουσίαν γεγονέναι ταύτην ἣν ἐρωτᾷς, ὥστε καὶ ἐμὲ παραγενέσθαι.' 'ἐγώ γε δή,' ἔφη. 'πόθεν, ἦν δ' ἐγώ, ὦ Γλαύκων; οὐκ οἶσθ' ὅτι πολλῶν ἐτῶν Ἀγάθων ἐνθάδε οὐκ ἐπιδεδήμηκεν, ἀφ' οὗ δ' ἐγὼ Σωκράτει συνδιατρίβω καὶ ἐπιμελὲς πεποίημαι ἑκάστης ἡμέρας εἰδέναι ὅτι ἂν λέγῃ ἢ πράττῃ, οὐδέπω τρία ἔτη ἐστίν; [173a] πρὸ τοῦ δὲ περιτρέχων ὅπῃ τύχοιμι καὶ οἰόμενος τὶ ποιεῖν ἀθλιώτερος ἦ ὁτουοῦν, οὐχ ἧττον ἢ σὺ νυνί, οἰόμενος δεῖν πάντα μᾶλλον πράττειν ἢ φιλοσοφεῖν.' καὶ ὅς, 'μὴ σκῶπτ',' ἔφη, 'ἀλλ' εἰπέ μοι πότε ἐγένετο ἡ συνουσία αὕτη.' κἀγὼ εἶπον ὅτι 'παίδων ὄντων ἡμῶν ἔτι, ὅτε τῇ πρώτῃ τραγῳδίᾳ ἐνίκησεν Ἀγάθων, τῇ ὑστεραίᾳ ἢ ᾗ τὰ ἐπινίκια ἔθυεν αὐτός τε καὶ οἱ χορευταί.' 'πάνυ,' ἔφη, 'ἄρα πάλαι, ὡς ἔοικεν. ἀλλὰ τίς σοι διηγεῖτο; ἢ αὐτὸς Σωκράτης;' [173b] 'οὐ μὰ τὸν Δία,' ἦν δ' ἐγώ, 'ἀλλ' ὅσπερ Φοίνικι. Ἀριστόδημος ἦν τις, Κυδαθηναιεύς, σμικρός, ἀνυπόδητος ἀεί· παρεγεγόνει δ' ἐν τῇ

ze-me se tu mesmo estiveste presente àquele encontro ou não". E eu respondi-lhe: "É muitíssimo provável que nada de claro te contou [172c] o teu narrador, se presumes que foi há pouco que se realizou esse encontro de que me falas, de modo a também eu estar presente". "Presumo, sim", disse ele. "De onde, ó Glauco?", tornei-lhe. "Não sabes que há muitos anos Agatão não está na terra, e desde que eu frequento Sócrates e tenho o cuidado de cada dia saber o que ele diz ou faz, ainda não se passaram três anos?[5] [173a] Anteriormente, rodando ao acaso e pensando que fazia alguma coisa, eu era mais miserável que qualquer outro, e não menos que tu agora, se crês que tudo se deve fazer de preferência à filosofia."[6] "Não fiques zombando", tornou ele, "mas antes dize-me quando se deu esse encontro." "Quando éramos crianças ainda", respondi-lhe, "e com sua primeira tragédia Agatão vencera o concurso,[7] um dia depois de ter sacrificado pela vitória, ele e os coristas."[8] "Faz muito tempo então, ao que parece", disse ele, "mas quem te contou? O próprio Sócrates?" [173b] "Não, por Zeus", respondi-lhe, "mas o que justamente contou a Fênix. Foi um certo Aristodemo, de Cidateneu, pequeno, sempre descalço;[9] ele assistira à reunião,

---

[5] Entre a data da realização do banquete (ver 173a) e a da sua narração por Apolodoro mediaim, portanto, muitos anos. Tanto quanto um indício cronológico, essa notícia vale como uma curiosa ilustração da importância da memória na cultura da época. Ver 173b e cf. *Fédon*, 57a-b.

[6] O entusiasmo de Apolodoro, raiando o ridículo, constitui sem dúvida o primeiro traço do retrato que o *Banquete* nos dá de um Sócrates capaz de suscitar desencontradas adesões, e nesse sentido é uma hábil antecipação da atitude de Alcibíades, também ridícula, mas noutra perspectiva. Cf. 222c-d.

[7] Em 416 a.C., no arcontado de Eufemo. Ver nota 5.

[8] Os que formavam o coro de sua tragédia.

[9] Tal como o próprio Sócrates (ver 174a). Sem dúvida, outra indicação do fascínio que Sócrates exercia sobre os amigos.

συνουσίᾳ, Σωκράτους ἐραστὴς ὢν ἐν τοῖς μάλιστα τῶν τότε, ὡς ἐμοὶ δοκεῖ. οὐ μέντοι ἀλλὰ καὶ Σωκράτη γε ἔνια ἤδη ἀνηρόμην ὧν ἐκείνου ἤκουσα, καί μοι ὡμολόγει καθάπερ ἐκεῖνος διηγεῖτο.' 'τί οὖν,' ἔφη, 'οὐ διηγήσω μοι; πάντως δὲ ἡ ὁδὸς ἡ εἰς ἄστυ ἐπιτηδεία πορευομένοις καὶ λέγειν καὶ ἀκούειν.'

οὕτω δὴ ἰόντες ἅμα τοὺς λόγους περὶ αὐτῶν ἐποιούμεθα, [173c] ὥστε, ὅπερ ἀρχόμενος εἶπον, οὐκ ἀμελετήτως ἔχω. εἰ οὖν δεῖ καὶ ὑμῖν διηγήσασθαι, ταῦτα χρὴ ποιεῖν. καὶ γὰρ ἔγωγε καὶ ἄλλως, ὅταν μέν τινας περὶ φιλοσοφίας λόγους ἢ αὐτὸς ποιῶμαι ἢ ἄλλων ἀκούω, χωρὶς τοῦ οἴεσθαι ὠφελεῖσθαι ὑπερφυῶς ὡς χαίρω· ὅταν δὲ ἄλλους τινάς, ἄλλως τε καὶ τοὺς ὑμετέρους τοὺς τῶν πλουσίων καὶ χρηματιστικῶν, αὐτός τε ἄχθομαι ὑμᾶς τε τοὺς ἑταίρους ἐλεῶ, ὅτι οἴεσθε τι ποιεῖν [173d] οὐδὲν ποιοῦντες. καὶ ἴσως αὖ ὑμεῖς ἐμὲ ἡγεῖσθε κακοδαίμονα εἶναι, καὶ οἴομαι ὑμᾶς ἀληθῆ οἴεσθαι· ἐγὼ μέντοι ὑμᾶς οὐκ οἴομαι ἀλλ' εὖ οἶδα.

ΕΤΑΙΡΟΣ
ἀεὶ ὅμοιος εἶ, ὦ Ἀπολλόδωρε· ἀεὶ γὰρ σαυτόν τε κακηγορεῖς καὶ τοὺς ἄλλους, καὶ δοκεῖς μοι ἀτεχνῶς πάντας ἀθλίους ἡγεῖσθαι πλὴν Σωκράτους, ἀπὸ σαυτοῦ ἀρξάμενος. καὶ ὁπόθεν ποτὲ ταύτην τὴν ἐπωνυμίαν ἔλαβες τὸ μαλακὸς καλεῖσθαι, οὐκ οἶδα ἔγωγε· ἐν μὲν γὰρ τοῖς λόγοις ἀεὶ τοιοῦτος εἶ, σαυτῷ τε καὶ τοῖς ἄλλοις ἀγριαίνεις πλὴν Σωκράτους. [173e]

ΑΠΟΛΛΟΔΩΡΟΣ
ὦ φίλτατε, καὶ δῆλόν γε δὴ ὅτι οὕτω διανοούμενος καὶ περὶ ἐμαυτοῦ καὶ περὶ ὑμῶν μαίνομαι καὶ παραπαίω;

amante de Sócrates que era, dos mais fervorosos a meu ver. Não deixei todavia de interrogar o próprio Sócrates sobre a narração que lhe ouvi, e este me confirmou o que o outro me contara." "Por que então não me contas?", tornou-me ele; "perfeitamente apropriado é o caminho da cidade a que falem e ouçam os que nele transitam."

E assim é que, enquanto caminhávamos, fazíamos nossa conversa girar sobre isso, [173c] de modo que, como disse ao início, não me encontro sem preparo. Se, portanto, é preciso que também a vós vos conte, devo fazê-lo. Eu, aliás, quando sobre filosofia digo eu mesmo algumas palavras ou as ouço de outro, afora o proveito que creio tirar, alegro-me ao extremo; quando, porém, se trata de outros assuntos, sobretudo dos vossos, de homens ricos e negociantes, a mim mesmo me irrito e de vós me apiedo, os meus companheiros, que pensais fazer algo [173d] quando nada fazeis. Talvez também vós me considereis infeliz, e creio que é verdade o que presumis; eu, todavia, quanto a vós, não presumo, mas bem sei.

COMPANHEIRO

És sempre o mesmo, Apolodoro! Sempre te estás maldizendo, assim como aos outros; e me pareces que assim sem mais consideras a todos os outros infelizes, salvo Sócrates, e a começar por ti mesmo. Donde é que pegaste este apelido de mole, não sei eu; pois em tuas conversas és sempre assim, contigo e com os outros esbravejas, exceto com Sócrates. [173e]

APOLODORO

Caríssimo, e é assim tão evidente, que, pensando desse modo tanto de mim como de ti, estou eu delirando e desatinando?

ΈΤΑΙΡΟΣ

οὐκ ἄξιον περὶ τούτων, Ἀπολλόδωρε, νῦν ἐρίζειν· ἀλλ' ὅπερ ἐδεόμεθά σου, μὴ ἄλλως ποιήσῃς, ἀλλὰ διήγησαι τίνες ἦσαν οἱ λόγοι.

ΑΠΟΛΛΟΔΩΡΟΣ

ἦσαν τοίνυν ἐκεῖνοι τοιοίδε τινές — μᾶλλον δ' [174a] ἐξ ἀρχῆς ὑμῖν ὡς ἐκεῖνος διηγεῖτο καὶ ἐγὼ πειράσομαι διηγήσασθαι.

ἔφη γὰρ οἱ Σωκράτη ἐντυχεῖν λελουμένον τε καὶ τὰς βλαύτας ὑποδεδεμένον, ἃ ἐκεῖνος ὀλιγάκις ἐποίει· καὶ ἐρέσθαι αὐτὸν ὅποι ἴοι οὕτω καλὸς γεγενημένος.

καὶ τὸν εἰπεῖν ὅτι ἐπὶ δεῖπνον εἰς Ἀγάθωνος. χθὲς γὰρ αὐτὸν διέφυγον τοῖς ἐπινικίοις, φοβηθεὶς τὸν ὄχλον· ὡμολόγησα δ' εἰς τήμερον παρέσεσθαι. ταῦτα δὴ ἐκαλλωπισάμην, ἵνα καλὸς παρὰ καλὸν ἴω. ἀλλὰ σύ, ἦ δ' ὅς, πῶς [174b] ἔχεις πρὸς τὸ ἐθέλειν ἂν ἰέναι ἄκλητος ἐπὶ δεῖπνον;

κἀγώ, ἔφη, εἶπον ὅτι οὕτως ὅπως ἂν σὺ κελεύῃς.

ἕπου τοίνυν, ἔφη, ἵνα καὶ τὴν παροιμίαν διαφθείρωμεν μεταβαλόντες, ὡς ἄρα καὶ "Ἀγάθων' ἐπὶ δαῖτας ἴασιν αὐτόματοι ἀγαθοί". Ὅμηρος μὲν γὰρ κινδυνεύει οὐ μόνον διαφθεῖραι ἀλλὰ καὶ ὑβρίσαι εἰς ταύτην τὴν παροιμίαν· ποιήσας γὰρ τὸν Ἀγαμέμνονα διαφερόντως ἀγαθὸν ἄνδρα [174c] τὰ πολεμικά, τὸν δὲ Μενέλεων "μαλθακὸν αἰχμητήν", θυσίαν ποιουμένου καὶ ἑστιῶντος τοῦ Ἀγαμέμνονος ἄκλητον ἐποίησεν ἐλθόντα τὸν Μενέλεων ἐπὶ τὴν θοίνην, χείρω ὄντα ἐπὶ τὴν τοῦ ἀμείνονος.

COMPANHEIRO

Não vale a pena, Apolodoro, brigar por isso agora; ao contrário, o que eu te pedia não deixes de fazê-lo; conta quais foram os discursos.

APOLODORO

Foram eles em verdade mais ou menos assim... Mas antes [174a] é do começo, conforme me ia contando Aristodemo, que também eu tentarei contar-vos.

Disse ele que encontrara Sócrates, banhado e calçado com as sandálias, o que poucas vezes fazia; perguntou-lhe então aonde ia assim tão bonito.

Respondeu-lhe Sócrates: "Ao jantar em casa de Agatão. Ontem eu o evitei, nas cerimônias da vitória, por medo da multidão; mas concordei em comparecer hoje. E eis por que me embelezei assim, a fim de ir belo à casa de um belo. E tu", disse ele, "que tal [174b] te dispores a ir sem convite ao jantar?"

"Como quiseres", tornou-lhe o outro.

"Segue-me, então", continuou Sócrates, "e estraguemos o provérbio, alterando-o assim: 'A festins de bravos, bravos vão livremente'.[10] Ora, Homero parece não só estragar mas até desrespeitar este provérbio; pois tendo feito de Agamêmnon um homem excepcionalmente bravo [174c] na guerra, e de Menelau um 'mole lanceiro', no momento em que Agamêmnon fazia um sacrifício e se banqueteava, ele imaginou Menelau chegado sem convite, um mais fraco ao festim de um mais bravo."[11]

---

[10] *Ilíada*, XVII, 587, "de bravos" (ἀγαθῶν) coincide com o nome do poeta Agatão (Ἀγάθων). O provérbio homérico fica estragado, primeiramente por se subentender "de Agatão", e também pelo fato de o próprio Sócrates se qualificar de bravo, contra o hábito de sua irônica modéstia.

[11] A "mais fraco" e "mais bravo" correspondem no texto grego sim-

ταῦτ' ἀκούσας εἰπεῖν ἔφη ἴσως μέντοι κινδυνεύσω καὶ ἐγὼ οὐχ ὡς σὺ λέγεις, ὦ Σώκρατες, ἀλλὰ καθ' Ὅμηρον φαῦλος ὢν ἐπὶ σοφοῦ ἀνδρὸς ἰέναι θοίνην ἄκλητος. ὅρα οὖν ἄγων με τί ἀπολογήσῃ, ὡς ἐγὼ μὲν οὐχ ὁμολογήσω ἄκλητος [174d] ἥκειν, ἀλλ' ὑπὸ σοῦ κεκλημένος.

'σύν τε δύ',' ἔφη, 'ἐρχομένω πρὸ ὁδοῦ' βουλευσόμεθα ὅτι ἐροῦμεν. ἀλλ' ἴωμεν.

τοιαῦτ' ἄττα σφᾶς ἔφη διαλεχθέντας ἰέναι. τὸν οὖν Σωκράτη ἑαυτῷ πως προσέχοντα τὸν νοῦν κατὰ τὴν ὁδὸν πορεύεσθαι ὑπολειπόμενον, καὶ περιμένοντος οὗ κελεύειν προϊέναι εἰς τὸ πρόσθεν. ἐπειδὴ δὲ γενέσθαι ἐπὶ τῇ οἰκίᾳ [174e] τῇ Ἀγάθωνος, ἀνεῳγμένην καταλαμβάνειν τὴν θύραν, καί τι ἔφη αὐτόθι γελοῖον παθεῖν. οἷ μὲν γὰρ εὐθὺς παῖδά τινα τῶν ἔνδοθεν ἀπαντήσαντα ἄγειν οὗ κατέκειντο οἱ ἄλλοι, καὶ καταλαμβάνειν ἤδη μέλλοντας δειπνεῖν· εὐθὺς δ' οὖν ὡς ἰδεῖν τὸν Ἀγάθωνα, ὦ, φάναι, Ἀριστόδημε, εἰς καλὸν ἥκεις ὅπως συνδειπνήσῃς· εἰ δ' ἄλλου τινὸς ἕνεκα ἦλθες, εἰς αὖθις ἀναβαλοῦ, ὡς καὶ χθὲς ζητῶν σε ἵνα καλέσαιμι, οὐχ οἷός τ' ἦ ἰδεῖν. ἀλλὰ Σωκράτη ἡμῖν πῶς οὐκ ἄγεις;

καὶ ἐγώ, ἔφη, μεταστρεφόμενος οὐδαμοῦ ὁρῶ Σωκράτη ἑπόμενον· εἶπον οὖν ὅτι καὶ αὐτὸς μετὰ Σωκράτους ἥκοιμι, κληθεὶς ὑπ' ἐκείνου δεῦρ' ἐπὶ δεῖπνον.

Ao ouvir isso o outro disse: "É provável, todavia, ó Sócrates, que não como tu dizes, mas como Homero, eu esteja para ir como um vulgar ao festim de um sábio, sem convite. Vê então, se me levas, o que deves dizer por mim, pois não concordarei em chegar [174d] sem convite, mas sim convidado por ti".

"Pondo-nos os dois a caminho",[12] disse Sócrates, "decidiremos o que dizer. Avante!"

Após se entreterem em tais conversas, dizia Aristodemo, eles partem. Sócrates então, como que ocupando o seu espírito consigo mesmo, caminhava atrasado, e como o outro se detivesse para aguardá-lo, ele lhe pede que avance. Chegado à casa [174e] de Agatão, encontra a porta aberta e aí lhe ocorre, dizia ele, um incidente cômico. Pois logo vem-lhe ao encontro, lá de dentro, um dos servos, que o leva onde se reclinavam[13] os outros, e assim ele os encontra no momento de se servirem; logo que o viu, Agatão exclamou: "Aristodemo! Em boa hora chegas para jantares conosco! Se vieste por algum outro motivo, deixa-o para depois, pois ontem eu te procurava para te convidar e não fui capaz de te ver. Mas... e Sócrates, como é que não no-lo trazes?".

Voltando-me então, prosseguiu ele, em parte alguma vejo Sócrates a me seguir; disse-lhe eu então que vinha com Sócrates, por ele convidado ao jantar.

---

plesmente os comparativos de "ruim" e "bom". Tal relação deixa-nos ver assim, sob a capa de uma crítica ao grande poeta, o aspecto fundamental do pensamento de Sócrates, isto é, sua constante referência à ideia do bem. Outra indicação dramática, sem dúvida, que preludia a doutrina da atração universal do bom e do belo. Ver 205d-e.

[12] Outra alteração de um verso homérico também tornado proverbial (*Ilíada*, X, 224), em que πρὸ ὃ τοῦ ("um pelo outro") é substituído por πρὸ ὁδοῦ ("a caminho").

[13] Em longos divãs, que geralmente comportavam dois convivas, às vezes três.

καλῶς γ', ἔφη, ποιῶν σύ· ἀλλὰ ποῦ ἔστιν οὗτος; [175a]

ὄπισθεν ἐμοῦ ἄρτι εἰσῄει· ἀλλὰ θαυμάζω καὶ αὐτὸς ποῦ ἂν εἴη.

οὐ σκέψῃ, ἔφη, παῖ, φάναι τὸν Ἀγάθωνα, καὶ εἰσάξεις Σωκράτη; σὺ δ', ἦ δ' ὅς, Ἀριστόδημε, παρ' Ἐρυξίμαχον κατακλίνου.

καὶ ἓ μὲν ἔφη ἀπονίζειν τὸν παῖδα ἵνα κατακέοιτο· ἄλλον δέ τινα τῶν παίδων ἥκειν ἀγγέλλοντα ὅτι 'Σωκράτης οὗτος ἀναχωρήσας ἐν τῷ τῶν γειτόνων προθύρῳ ἕστηκεν, κἀμοῦ καλοῦντος οὐκ ἐθέλει εἰσιέναι.'

ἄτοπόν γ', ἔφη, λέγεις· οὔκουν καλεῖς αὐτὸν καὶ μὴ ἀφήσεις; [175b]

καὶ ὃς ἔφη εἰπεῖν μηδαμῶς, ἀλλ' ἐᾶτε αὐτόν. ἔθος γάρ τι τοῦτ' ἔχει· ἐνίοτε ἀποστὰς ὅποι ἂν τύχῃ ἕστηκεν. ἥξει δ' αὐτίκα, ὡς ἐγὼ οἶμαι. μὴ οὖν κινεῖτε, ἀλλ' ἐᾶτε.

ἀλλ' οὕτω χρὴ ποιεῖν, εἰ σοὶ δοκεῖ, ἔφη φάναι τὸν Ἀγάθωνα. ἀλλ' ἡμᾶς, ὦ παῖδες, τοὺς ἄλλους ἑστιᾶτε. πάντως παρατίθετε ὅτι ἂν βούλησθε, ἐπειδάν τις ὑμῖν μὴ ἐφεστήκῃ — ὃ ἐγὼ οὐδεπώποτε ἐποίησα — νῦν οὖν, νομίζοντες καὶ ἐμὲ ὑφ' ὑμῶν κεκλῆσθαι ἐπὶ δεῖπνον καὶ τούσδε τοὺς [175c] ἄλλους, θεραπεύετε, ἵν' ὑμᾶς ἐπαινῶμεν.

μετὰ ταῦτα ἔφη σφᾶς μὲν δειπνεῖν, τὸν δὲ Σωκράτη οὐκ εἰσιέναι. τὸν οὖν Ἀγάθωνα πολλάκις κελεύειν μεταπέμψασθαι τὸν Σωκράτη, ἓ δὲ οὐκ ἐᾶν. ἥκειν οὖν αὐτὸν οὐ πολὺν χρόνον ὡς εἰώθει διατρίψαντα, ἀλλὰ

"Muito bem fizeste", disse Agatão; "mas onde está esse homem?" [175a]

"Há pouco ele vinha atrás de mim; eu próprio pergunto espantado onde estaria ele."

"Não vais procurar Sócrates e trazê-lo aqui, menino?",[14] exclamou Agatão. "E tu, Aristodemo, reclina-te ao lado de Erixímaco."

Enquanto o servo lhe faz ablução para que se ponha à mesa, vem um outro anunciar: "Esse Sócrates retirou-se em frente dos vizinhos e parou; por mais que eu o chame não quer entrar".

"É estranho o que dizes", exclamou Agatão; "vai chamá-lo! E não mo largues!" [175b]

Disse então Aristodemo: "Mas não! Deixai-o! É um hábito seu esse:[15] às vezes retira-se onde quer que se encontre, e fica parado. Virá logo porém, segundo creio. Não o incomodeis portanto, mas deixai-o".

"Pois bem, que assim se faça, se é teu parecer", tornou Agatão. "E vocês, meninos, atendam aos convivas. Vocês bem servem o que lhes apraz, quando ninguém os vigia, o que jamais fiz; agora portanto, como se também eu fosse por vocês convidado ao jantar, como estes [175c] outros, sirvam-nos a fim de que os louvemos."

Depois disso, continuou Aristodemo, puseram-se a jantar, sem que Sócrates entrasse. Agatão muitas vezes manda chamá-lo, mas o amigo não o deixa. Enfim ele chega, sem ter demorado muito como era seu costume, mas exatamente

---

[14] Agatão está falando a um servo, tal como muitas vezes um patrão fala com um empregado.

[15] É curiosa essa explicação de um hábito socrático a amigos de Sócrates, tanto mais que, um pouco mais adiante (175d1-2), Agatão revela estar familiarizado com ele. Isso denuncia a ficção platônica, e em particular a intenção de sugerir desde já a capacidade socrática para as longas concentrações de espírito, como a que Alcibíades contará em seu discurso (220c-d).

μάλιστα σφᾶς μεσοῦν δειπνοῦντας. τὸν οὖν Ἀγάθωνα
— τυγχάνειν γὰρ ἔσχατον κατακείμενον μόνον — δεῦρ᾽,
ἔφη φάναι, Σώκρατες, παρ᾽ ἐμὲ κατάκεισο, ἵνα καὶ τοῦ
σοφοῦ ἁπτόμενός σου [175d] ἀπολαύσω, ὅ σοι προσέστη
ἐν τοῖς προθύροις. δῆλον γὰρ ὅτι ηὗρες αὐτὸ καὶ ἔχεις· οὐ
γὰρ ἂν προαπέστης.

καὶ τὸν Σωκράτη καθίζεσθαι καὶ εἰπεῖν ὅτι εὖ ἂν ἔχοι,
φάναι, ὦ Ἀγάθων, εἰ τοιοῦτον εἴη ἡ σοφία ὥστ᾽ ἐκ τοῦ
πληρεστέρου εἰς τὸ κενώτερον ῥεῖν ἡμῶν, ἐὰν ἁπτώμεθα
ἀλλήλων, ὥσπερ τὸ ἐν ταῖς κύλιξιν ὕδωρ τὸ διὰ τοῦ ἐρίου
ῥέον ἐκ τῆς πληρεστέρας εἰς τὴν κενωτέραν. εἰ γὰρ οὕτως
ἔχει καὶ ἡ [175e] σοφία, πολλοῦ τιμῶμαι τὴν παρὰ σοὶ
κατάκλισιν· οἶμαι γάρ με παρὰ σοῦ πολλῆς καὶ καλῆς
σοφίας πληρωθήσεσθαι. ἡ μὲν γὰρ ἐμὴ φαύλη τις ἂν εἴη, ἢ
καὶ ἀμφισβητήσιμος ὥσπερ ὄναρ οὖσα, ἡ δὲ σὴ λαμπρά τε
καὶ πολλὴν ἐπίδοσιν ἔχουσα, ἥ γε παρὰ σοῦ νέου ὄντος
οὕτω σφόδρα ἐξέλαμψεν καὶ ἐκφανὴς ἐγένετο πρώην ἐν
μάρτυσι τῶν Ἑλλήνων πλέον ἢ τρισμυρίοις.

ὑβριστὴς εἶ, ἔφη, ὦ Σώκρατες, ὁ Ἀγάθων. καὶ ταῦτα
μὲν καὶ ὀλίγον ὕστερον διαδικασόμεθα ἐγώ τε καὶ σὺ περὶ
τῆς σοφίας, δικαστῇ χρώμενοι τῷ Διονύσῳ· νῦν δὲ πρὸς τὸ
δεῖπνον πρῶτα τρέπου. [176a]

μετὰ ταῦτα, ἔφη, κατακλινέντος τοῦ Σωκράτους καὶ
δειπνήσαντος καὶ τῶν ἄλλων, σπονδάς τε σφᾶς
ποιήσασθαι, καὶ ᾄσαντας τὸν θεὸν καὶ τἆλλα τὰ
νομιζόμενα, τρέπεσθαι πρὸς τὸν πότον· τὸν οὖν Παυσανίαν

quando estavam no meio da refeição. Agatão, que se encontrava reclinado sozinho no último leito,[16] exclama: "Aqui, Sócrates! Reclina-te ao meu lado, a fim de que ao teu contato [175d] desfrute eu da sábia ideia que te ocorreu em frente de casa. Pois é evidente que a encontraste, e que a tens, pois não terias desistido antes".

Sócrates então senta-se e diz: "Seria bom, Agatão, se de tal natureza fosse a sabedoria que do mais cheio escorresse ao mais vazio, quando um ao outro nos tocássemos, como a água dos copos que pelo fio de lã escorre[17] do mais cheio ao mais vazio. Se é assim também a [175e] sabedoria, muito aprecio reclinar-me ao teu lado, pois creio que de ti serei cumulado com uma vasta e bela sabedoria. A minha seria um tanto ordinária, ou mesmo duvidosa como um sonho, enquanto que a tua é brilhante e muito desenvolvida, ela que de tua mocidade tão intensamente brilhou, tornando-se anteontem manifesta a mais de trinta mil gregos que a testemunharam."

"És um insolente, ó Sócrates", disse Agatão. "Quanto a isso, logo mais decidiremos eu e tu da nossa sabedoria, tomando Dioniso por juiz;[18] agora porém, primeiro apronta-te para o jantar." [176a]

Depois disso, continuou Aristodemo, reclinou-se Sócrates e jantou como os outros; fizeram então libações e, depois dos hinos ao deus e dos ritos de costume, voltam-se à bebida. Pausânias então começa a falar mais ou menos assim: "Bem,

---

[16] Os divãs do banquete se dispunham em forma de uma ferradura. No extremo esquerdo ficava o anfitrião, que punha à sua direita o hóspede de honra. É o lugar que Agatão oferece a Sócrates.

[17] Sem dúvida um processo de purificação da água. Aristófanes (*Vespas*, 701-2) refere-se ao mesmo processo, mas com relação ao óleo.

[18] Patrono dos concursos teatrais e deus do vinho, Dioniso é apropriadamente mencionado por Agatão como o árbitro natural da próxima competição entre os convivas, no simpósio propriamente dito.

ἔφη λόγου τοιούτου τινὸς κατάρχειν. εἶεν, ἄνδρες, φάναι, τίνα τρόπον ῥᾷστα πιόμεθα; ἐγὼ μὲν οὖν λέγω ὑμῖν ὅτι τῷ ὄντι πάνυ χαλεπῶς ἔχω ὑπὸ τοῦ χθὲς πότου καὶ δέομαι ἀναψυχῆς τινος — οἶμαι δὲ καὶ ὑμῶν τοὺς πολλούς· παρῆστε γὰρ χθές — σκοπεῖσθε [176b] οὖν τίνι τρόπῳ ἂν ὡς ῥᾷστα πίνοιμεν.

τὸν οὖν Ἀριστοφάνη εἰπεῖν, τοῦτο μέντοι εὖ λέγεις, ὦ Παυσανία, τὸ παντὶ τρόπῳ παρασκευάσασθαι ῥᾳστώνην τινὰ τῆς πόσεως· καὶ γὰρ αὐτός εἰμι τῶν χθὲς βεβαπτισμένων.

ἀκούσαντα οὖν αὐτῶν ἔφη Ἐρυξίμαχον τὸν Ἀκουμενοῦ ἦ καλῶς, φάναι, λέγετε. καὶ ἔτι ἑνὸς δέομαι ὑμῶν ἀκοῦσαι πῶς ἔχει πρὸς τὸ ἐρρῶσθαι πίνειν, Ἀγάθωνος.

οὐδαμῶς, φάναι, οὐδ' αὐτὸς ἔρρωμαι. [176c]

Ἕρμαιον ἂν εἴη ἡμῖν, ἦ δ' ὅς, ὡς ἔοικεν, ἐμοί τε καὶ Ἀριστοδήμῳ καὶ Φαίδρῳ καὶ τοῖσδε, εἰ ὑμεῖς οἱ δυνατώτατοι πίνειν νῦν ἀπειρήκατε· ἡμεῖς μὲν γὰρ ἀεὶ ἀδύνατοι. Σωκράτη δ' ἐξαιρῶ λόγου· ἱκανὸς γὰρ καὶ ἀμφότερα, ὥστ' ἐξαρκέσει αὐτῷ ὁπότερ' ἂν ποιῶμεν. ἐπειδὴ οὖν μοι δοκεῖ οὐδεὶς τῶν παρόντων προθύμως ἔχειν πρὸς τὸ πολὺν πίνειν οἶνον, ἴσως ἂν ἐγὼ περὶ τοῦ μεθύσκεσθαι οἷόν ἐστι τἀληθῆ λέγων ἧττον ἂν εἴην ἀηδής. ἐμοὶ γὰρ δὴ τοῦτό γε οἶμαι [176d] κατάδηλον γεγονέναι ἐκ τῆς ἰατρικῆς, ὅτι χαλεπὸν τοῖς ἀνθρώποις ἡ μέθη ἐστίν· καὶ οὔτε αὐτὸς ἑκὼν εἶναι πόρρω ἐθελήσαιμι ἂν πιεῖν οὔτε ἄλλῳ συμβουλεύσαιμι, ἄλλως τε καὶ κραιπαλῶντα ἔτι ἐκ τῆς προτεραίας.

ἀλλὰ μήν, ἔφη φάναι ὑπολαβόντα Φαίδρον τὸν Μυρρινούσιον, ἔγωγέ σοι εἴωθα πείθεσθαι ἄλλως τε καὶ ἅττ'

senhores, qual o modo mais cômodo de bebermos? Eu por mim digo-vos que estou muito indisposto com a bebedeira de ontem, e preciso tomar fôlego — e creio que também a maioria dos senhores, pois estáveis lá; vede [176b] então de que modo poderíamos beber o mais comodamente possível".

Aristófanes disse então: "É bom o que dizes, Pausânias, que de qualquer modo arranjemos um meio de facilitar a bebida, pois também eu sou dos que ontem nela se afogaram".

Ouviu-os Erixímaco, o filho de Acúmeno, e lhes disse: "Tendes razão! Mas de um de vós ainda preciso ouvir como se sente para resistir à bebida; não é, Agatão?".

"Absolutamente", disse este, "também eu não me sinto capaz." [176c]

"Uma bela ocasião seria para nós, ao que parece", continuou Erixímaco, "para mim, para Aristodemo, Fedro e os outros, se vós, os mais capazes de beber, desistis agora; nós, com efeito, somos sempre incapazes; quanto a Sócrates, eu o excetuo do que digo, que é ele capaz de ambas as coisas e se contentará com o que quer que fizermos.[19] Ora, como nenhum dos presentes parece disposto a beber muito vinho, talvez, se a respeito do que é a embriaguez eu dissesse o que ela é, seria menos desagradável. Pois para mim eis uma [176d] evidência que me veio da prática da medicina: é esse um mal terrível para os homens, a embriaguez; e nem eu próprio desejaria beber muito nem a outro eu o aconselharia, sobretudo a quem está com ressaca da véspera."

"Na verdade", exclamou a seguir Fedro de Mirrinunte,[20] "eu costumo dar-te atenção, principalmente em tudo que di-

---

[19] A σωφροσύνη socrática, isto é, o domínio dos apetites e sentidos do corpo, resiste tanto à fadiga e à dor como ao prazer (ver 220a), tal como Platão queria que agissem os guardiães da sua cidade ideal. Ver *República*, III, 413d-e.

[20] Um dos numerosos demos (no tempo de Heródoto, havia 100), isto é, distritos em que se subdividia a população da Ática.

ἂν περὶ ἰατρικῆς λέγῃς· νῦν δ', ἂν εὖ βουλεύωνται, καὶ οἱ λοιποί. [176e] ταῦτα δὴ ἀκούσαντας συγχωρεῖν πάντας μὴ διὰ μέθης ποιήσασθαι τὴν ἐν τῷ παρόντι συνουσίαν, ἀλλ' οὕτω πίνοντας πρὸς ἡδονήν.

ἐπειδὴ τοίνυν, φάναι τὸν Ἐρυξίμαχον, τοῦτο μὲν δέδοκται, πίνειν ὅσον ἂν ἕκαστος βούληται, ἐπάναγκες δὲ μηδὲν εἶναι, τὸ μετὰ τοῦτο εἰσηγοῦμαι τὴν μὲν ἄρτι εἰσελθοῦσαν αὐλητρίδα χαίρειν ἐᾶν, αὐλοῦσαν ἑαυτῇ ἢ ἂν βούληται ταῖς γυναιξὶ ταῖς ἔνδον, ἡμᾶς δὲ διὰ λόγων ἀλλήλοις συνεῖναι τὸ τήμερον· καὶ δι' οἵων λόγων, εἰ βούλεσθε, ἐθέλω ὑμῖν εἰσηγήσασθαι. [177a]

φάναι δὴ πάντας καὶ βούλεσθαι καὶ κελεύειν αὐτὸν εἰσηγεῖσθαι. εἰπεῖν οὖν τὸν Ἐρυξίμαχον ὅτι ἡ μέν μοι ἀρχὴ τοῦ λόγου ἐστὶ κατὰ τὴν Εὐριπίδου Μελανίππην· οὐ γὰρ ἐμὸς ὁ μῦθος, ἀλλὰ Φαίδρου τοῦδε, ὃν μέλλω λέγειν. Φαῖδρος γὰρ ἑκάστοτε πρός με ἀγανακτῶν λέγει οὐ δεινόν, φησίν, ὦ Ἐρυξίμαχε, ἄλλοις μέν τισι θεῶν ὕμνους καὶ παίωνας εἶναι ὑπὸ τῶν ποιητῶν πεποιημένους, τῷ δὲ Ἔρωτι, τηλικούτῳ ὄντι καὶ τοσούτῳ θεῷ, μηδὲ ἕνα πώποτε τοσούτων [177b] γεγονότων ποιητῶν πεποιηκέναι μηδὲν ἐγκώμιον; εἰ δὲ βούλει αὖ σκέψασθαι τοὺς χρηστοὺς σοφιστάς, Ἡρακλέους μὲν καὶ ἄλλων ἐπαίνους

zes de medicina; e agora, se bem decidirem, também estes o farão. [176e] Ouvindo isso, concordam todos em não passar a reunião embriagados, mas bebendo cada um a seu bel--prazer."²¹

"Como então", continuou Erixímaco, "é isso que se decide, beber cada um quanto quiser, sem que nada seja forçado, o que sugiro então é que mandemos embora a flautista que acabou de chegar, que ela vá flautear para si mesma, se quiser, ou para as mulheres lá dentro; quanto a nós, com discursos devemos fazer nossa reunião hoje; e que discursos — eis o que, se vos apraz, desejo propor-vos." [177a]

Todos então declaram que lhes apraz e o convidam a fazer a proposição. Disse então Erixímaco: "O exórdio de meu discurso é como a *Melanipa* de Eurípides;²² pois não é minha, mas aqui de Fedro a história que vou dizer. Fedro, com efeito, frequentemente me diz irritado: 'Não é estranho, Erixímaco, que para outros deuses haja hinos e peãs, feitos pelos poetas, enquanto que ao Amor todavia, um deus tão venerável e tão grande, jamais um só dos [177b] poetas que tanto se engrandeceram fez sequer um encômio?²³ Se queres, observa também os bons sofistas: a Hércules e a outros eles compõem louvores em prosa, como o excelente Pródico²⁴ —

---

²¹ Geralmente o συμποσιάρχης, isto é, o chefe do simpósio, eleito pelos convivas, determinava o programa da bebida, fixando inclusive o grau de mistura do vinho a ser obrigatoriamente ingerido. Ver 213e9-10.

²² *Melanipa, a Sábia*, tragédia perdida de Eurípides, que também escreveu *Melanipa, a Prisioneira*. Erixímaco refere-se ao verso οὐκ ἐμὸς ὁ μῦθος, ἐμῆς μητρός πάρα (frag. 487, Wagner): "não é minha a história, mas de minha mãe".

²³ Isto é, uma composição poética consagrada exclusivamente ao louvor de um deus ou de um herói. Um elogio poético belíssimo, embora no espírito da tragédia, encontra-se no famoso terceiro estásimo da *Antígona* de Sófocles, 783-800.

²⁴ Natural de Ceos, nasceu por volta de 465 a.C. Preocupou-se especialmente com o estudo do vocabulário. No *Protágoras* (315d) Sócrates

καταλογάδην συγγράφειν, ὥσπερ ὁ βέλτιστος Πρόδικος
— καὶ τοῦτο μὲν ἧττον καὶ θαυμαστόν, ἀλλ' ἔγωγε ἤδη τινὶ
ἐνέτυχον βιβλίῳ ἀνδρὸς σοφοῦ, ἐν ᾧ ἐνῆσαν ἅλες ἔπαινον
θαυμάσιον ἔχοντες πρὸς ὠφελίαν, καὶ ἄλλα τοιαῦτα [177c]
συχνὰ ἴδοις ἂν ἐγκεκωμιασμένα — τὸ οὖν τοιούτων μὲν
πέρι πολλὴν σπουδὴν ποιήσασθαι, ἔρωτα δὲ μηδένα πω
ἀνθρώπων τετολμηκέναι εἰς ταυτηνὶ τὴν ἡμέραν ἀξίως
ὑμνῆσαι· ἀλλ' οὕτως ἠμέληται τοσοῦτος θεός. ταῦτα δή μοι
δοκεῖ εὖ λέγειν Φαῖδρος. ἐγὼ οὖν ἐπιθυμῶ ἅμα μὲν τούτῳ
ἔρανον εἰσενεγκεῖν καὶ χαρίσασθαι, ἅμα δ' ἐν τῷ παρόντι
πρέπον μοι δοκεῖ εἶναι ἡμῖν τοῖς παροῦσι κοσμῆσαι τὸν
θεόν. εἰ οὖν [177d] συνδοκεῖ καὶ ὑμῖν, γένοιτ' ἂν ἡμῖν ἐν
λόγοις ἱκανὴ διατριβή· δοκεῖ γάρ μοι χρῆναι ἕκαστον ἡμῶν
λόγον εἰπεῖν ἔπαινον Ἔρωτος ἐπὶ δεξιὰ ὡς ἂν δύνηται
κάλλιστον, ἄρχειν δὲ Φαῖδρον πρῶτον, ἐπειδὴ καὶ πρῶτος
κατάκειται καὶ ἔστιν ἅμα πατὴρ τοῦ λόγου.

οὐδείς σοι, ὦ Ἐρυξίμαχε, φάναι τὸν Σωκράτη,
ἐναντία ψηφιεῖται. οὔτε γὰρ ἄν που ἐγὼ ἀποφήσαιμι, ὃς
οὐδέν φημι ἄλλο ἐπίστασθαι ἢ τὰ ἐρωτικά, οὔτε που
Ἀγάθων καὶ [177e] Παυσανίας, οὐδὲ μὴν Ἀριστοφάνης,
ᾧ περὶ Διόνυσον καὶ Ἀφροδίτην πᾶσα ἡ διατριβή, οὐδὲ
ἄλλος οὐδεὶς τουτωνὶ ὧν ἐγὼ ὁρῶ. καίτοι οὐκ ἐξ ἴσου
γίγνεται ἡμῖν τοῖς ὑστάτοις κατακειμένοις· ἀλλ' ἐὰν οἱ
πρόσθεν ἱκανῶς καὶ καλῶς εἴπωσιν, ἐξαρκέσει ἡμῖν.
ἀλλὰ τύχῃ ἀγαθῇ καταρχέτω Φαῖδρος καὶ ἐγκωμιαζέτω
τὸν ἔρωτα.

e isso é menos de admirar, que eu já me deparei com o livro de um sábio[25] em que o sal recebe um admirável elogio, por sua utilidade; e outras coisas desse tipo [177c] em grande número poderiam ser elogiadas; assim portanto, enquanto em tais ninharias despendem tanto esforço, ao Amor nenhum homem até o dia de hoje teve a coragem de celebrá-lo condignamente, a tal ponto é negligenciado um tão grande deus!' Ora, tais palavras parece que Fedro as diz com razão. Assim, não só eu desejo apresentar-lhe a minha quota[26] e satisfazê-lo como ao mesmo tempo, parece-me que nos convém, aqui presentes, venerar o deus. Se então [177d] também a vós vos parece assim, poderíamos muito bem entreter nosso tempo em discursos; acho que cada um de nós, da esquerda para a direita, deve fazer um discurso de louvor ao Amor, o mais belo que puder, e que Fedro deve começar primeiro, já que está na ponta e é o pai da ideia".

"Ninguém contra ti votará, ó Erixímaco", disse Sócrates. "Pois nem certamente me recusaria eu, que afirmo em nada mais ser entendido senão nas questões de amor, nem sem dúvida Agatão e [177e] Pausânias, nem tampouco Aristófanes, cuja ocupação é toda em torno de Dioniso e de Afrodite, nem qualquer outro destes que estou vendo aqui. Contudo, não é igual a situação dos que ficamos nos últimos lugares; todavia, se os que estão antes falarem de modo suficiente e belo, bastará. Vamos pois, que em boa sorte comece Fedro e faça o seu elogio do Amor."

---

chama-o de Tântalo, aludindo ao seu tormento na procura da expressão exata.

[25] O sábio em questão é talvez Polícrates, o mesmo autor do panfleto que justificava a condenação de Sócrates e que também escrevera peças retóricas de elogio à panela, aos ratos, aos seixos.

[26] Erixímaco vai atender à queixa de Fedro com a proposta de um concurso de discursos, ao qual ele logo se prontifica a dar sua parte (ἔρανος) como se faz num piquenique, em que cada um traz uma parte da refeição coletiva.

ταῦτα δὴ καὶ οἱ ἄλλοι πάντες ἄρα συνέφασάν τε καὶ [178a] ἐκέλευον ἅπερ ὁ Σωκράτης. πάντων μὲν οὖν ἃ ἕκαστος εἶπεν, οὔτε πάνυ ὁ Ἀριστόδημος ἐμέμνητο οὔτ᾽ αὖ ἐγὼ ἃ ἐκεῖζ ἔλεγε πάντα· ἃ δὲ μάλιστα καὶ ὧν ἔδοξέ μοι ἀξιομνημόνευτον, τούτων ὑμῖν ἐρῶ ἑκάστου τὸν λόγον.

πρῶτον μὲν γάρ, ὥσπερ λέγω, ἔφη Φαῖδρον ἀρξάμενον ἐνθένδε ποθὲν λέγειν, ὅτι μέγας θεὸς εἴη ὁ Ἔρως καὶ θαυμαστὸς ἐν ἀνθρώποις τε καὶ θεοῖς, πολλαχῇ μὲν καὶ ἄλλῃ, οὐχ ἥκιστα δὲ κατὰ τὴν γένεσιν. τὸ γὰρ ἐν τοῖς πρεσβύτατον [178b] εἶναι τὸν θεὸν τίμιον, ἦ δ᾽ ὅς, τεκμήριον δὲ τούτου· γονῆς γὰρ Ἔρωτος οὔτ᾽ εἰσὶν οὔτε λέγονται ὑπ᾽ οὐδενὸς οὔτε ἰδιώτου οὔτε ποιητοῦ, ἀλλ᾽ Ἡσίοδος πρῶτον μὲν Χάος φησὶ γενέσθαι —

"... αὐτὰρ ἔπειτα
Γαῖ᾽ εὐρύστερνος, πάντων ἕδος ἀσφαλὲς αἰεί,
ἠδ᾽ Ἔρος..."

Ἡσιόδῳ δὲ καὶ Ἀκουσίλεως σύμφησιν μετὰ τὸ Χάος δύο τούτω γενέσθαι, Γῆν τε καὶ ἔρωτα. Παρμενίδης δὲ τὴν γένεσιν λέγει —

"πρώτιστον μὲν ἔρωτα θεῶν μητίσατο πάντων."
[178c]

Estas palavras tiveram a aprovação de todos os outros, que também [178a] aderiram às exortações de Sócrates. Sem dúvida, de tudo que cada um deles disse, nem Aristodemo se lembrava bem, nem por minha vez eu me lembro de tudo o que ele disse; mas o mais importante, e daqueles que me pareceu que valia a pena lembrar, de cada um deles eu vos direi o seu discurso.

Primeiramente, tal como agora estou dizendo, disse ele que Fedro começou a falar mais ou menos desse ponto, "que era um grande deus o Amor, e admirado entre homens e deuses, por muitos outros títulos e sobretudo por sua origem. Pois o ser entre os deuses o mais antigo [178b] é honroso", dizia ele, "e a prova disso é que genitores do Amor não os há, e Hesíodo afirma que primeiro nasceu o Caos —

'... e só depois
Terra de largos seios, de tudo assento sempre certo,
e Amor...'[27] —

Diz ele então[28] que, depois do Caos, foram estes dois que nasceram, Terra e Amor. E Parmênides diz da sua origem —

'bem antes de todos os deuses pensou em Amor.'[29]
[178c]

---

[27] Hesíodo, *Teogonia*, 116 ss.

[28] Alguns editores, entre os quais Burnet, acham que esse comentário de Fedro é ocioso, razão por que transferem para aqui a primeira frase de c ("E com Hesíodo também concorda Acusilau..."). Como pondera Robin, de fato ele está "dando uma lição", atitude perfeitamente conforme com a seriedade do seu espírito medíocre.

[29] Isto é, a deusa Justiça (Simplício de Cilícia, *Comentário à Física de Aristóteles*, 39, 18 Diels).

οὕτω πολλαχόθεν ὁμολογεῖται ὁ Ἔρως ἐν τοῖς πρεσβύτατος εἶναι. πρεσβύτατος δὲ ὢν μεγίστων ἀγαθῶν ἡμῖν αἴτιός ἐστιν. οὐ γὰρ ἔγωγ' ἔχω εἰπεῖν ὅτι μεῖζόν ἐστιν ἀγαθὸν εὐθὺς νέῳ ὄντι ἢ ἐραστὴς χρηστὸς καὶ ἐραστῇ παιδικά. ὃ γὰρ χρὴ ἀνθρώποις ἡγεῖσθαι παντὸς τοῦ βίου τοῖς μέλλουσι καλῶς βιώσεσθαι, τοῦτο οὔτε συγγένεια οἵα τε ἐμποιεῖν οὕτω καλῶς οὔτε τιμαὶ οὔτε πλοῦτος οὔτ' ἄλλο [178d] οὐδὲν ὡς ἔρως. λέγω δὲ δὴ τί τοῦτο; τὴν ἐπὶ μὲν τοῖς αἰσχροῖς αἰσχύνην, ἐπὶ δὲ τοῖς καλοῖς φιλοτιμίαν· οὐ γὰρ ἔστιν ἄνευ τούτων οὔτε πόλιν οὔτε ἰδιώτην μεγάλα καὶ καλὰ ἔργα ἐξεργάζεσθαι. φημὶ τοίνυν ἐγὼ ἄνδρα ὅστις ἐρᾷ, εἴ τι αἰσχρὸν ποιῶν κατάδηλος γίγνοιτο ἢ πάσχων ὑπό του δι' ἀνανδρίαν μὴ ἀμυνόμενος, οὔτ' ἂν ὑπὸ πατρὸς ὀφθέντα οὕτως ἀλγῆσαι οὔτε ὑπὸ ἑταίρων οὔτε ὑπ' ἄλλου [178e] οὐδενὸς ὡς ὑπὸ παιδικῶν. ταὐτὸν δὲ τοῦτο καὶ τὸν ἐρώμενον ὁρῶμεν, ὅτι διαφερόντως τοὺς ἐραστὰς αἰσχύνεται, ὅταν ὀφθῇ ἐν αἰσχρῷ τινι ὤν. εἰ οὖν μηχανή τις γένοιτο ὥστε πόλιν γενέσθαι ἢ στρατόπεδον ἐραστῶν τε καὶ παιδικῶν, οὐκ ἔστιν ὅπως ἂν ἄμεινον οἰκήσειαν τὴν ἑαυτῶν ἢ ἀπεχόμενοι πάντων τῶν αἰσχρῶν καὶ φιλοτιμούμενοι πρὸς [179a] ἀλλήλους, καὶ μαχόμενοί γ' ἂν μετ' ἀλλήλων οἱ τοιοῦτοι νικῷεν ἂν ὀλίγοι ὄντες ὡς ἔπος εἰπεῖν πάντας ἀνθρώπους. ἐρῶν γὰρ ἀνὴρ ὑπὸ παιδικῶν ὀφθῆναι ἢ λιπὼν τάξιν ἢ ὅπλα ἀποβαλὼν ἧττον ἂν δήπου δέξαιτο ἢ ὑπὸ πάντων τῶν ἄλλων, καὶ πρὸ

E com Hesíodo também concorda Acusilau.[30] Assim, de muitos lados se reconhece que Amor é entre os deuses o mais antigo. E sendo o mais antigo é para nós a causa dos maiores bens. Não sei eu, com efeito, dizer que haja maior bem para quem entra na mocidade do que um bom amante, e para um amante, do que o seu bem-amado. Aquilo que, com efeito, deve dirigir toda a vida dos homens, dos que estão prontos a vivê-la nobremente, eis o que nem a estirpe pode incutir tão bem, nem as honras, nem a riqueza, nem nada [178d] mais, como o amor. A que é então que me refiro? À vergonha do que é feio e ao apreço do que é belo. Não é com efeito possível, sem isso, nem cidade nem indivíduo produzir grandes e belas obras. Afirmo eu então que todo homem que ama, se fosse descoberto a fazer um ato vergonhoso, ou a sofrê-lo de outrem sem se defender por covardia, visto pelo pai não se envergonharia tanto, nem pelos amigos nem por ninguém [178e] mais, como se fosse visto pelo bem-amado. E isso mesmo é o que também no amado nós notamos, que é sobretudo diante dos amantes que ele se envergonha, quando surpreendido em algum ato vergonhoso. Se por conseguinte algum meio ocorresse de se fazer uma cidade ou uma expedição de amantes e de amados, não haveria melhor maneira de a constituírem senão afastando-se eles de tudo que é feio e porfiando entre [179a] si no apreço à honra; e quando lutassem um ao lado do outro, tais soldados venceriam, por poucos que fossem, por assim dizer todos os homens.[31] Pois um homem que está amando, se deixou seu posto ou largou suas armas, aceitaria menos sem dúvida a ideia de ter sido visto pelo ama-

---

[30] Natural de Argos (século VI a.C.), Acusilau escreveu várias genealogias de deuses e homens.

[31] Se não é isso uma alusão ao batalhão sagrado dos tebanos, que se notabilizou em Leutras (371 a.C.), uns dez anos depois da provável publicação do *Banquete*, é pelo menos um indício de que essa ideia já corria o mundo grego, originária de cidades dóricas.

τούτου τεθνάναι ἂν πολλάκις ἕλοιτο. καὶ μὴν ἐγκαταλιπεῖν γε τὰ παιδικὰ ἢ μὴ βοηθῆσαι κινδυνεύοντι — οὐδεὶς οὕτω κακὸς ὄντινα οὐκ ἂν αὐτὸς ὁ Ἔρως ἔνθεον ποιήσειε πρὸς ἀρετήν, ὥστε ὅμοιον εἶναι τῷ ἀρίστῳ φύσει· [179b] καὶ ἀτεχνῶς, ὃ ἔφη Ὅμηρος, "μένος ἐμπνεῦσαι" ἐνίοις τῶν ἡρώων τὸν θεόν, τοῦτο ὁ Ἔρως τοῖς ἐρῶσι παρέχει γιγνόμενον παρ' αὑτοῦ.

καὶ μὴν ὑπεραποθνῄσκειν γε μόνοι ἐθέλουσιν οἱ ἐρῶντες, οὐ μόνον ὅτι ἄνδρες, ἀλλὰ καὶ αἱ γυναῖκες. τούτου δὲ καὶ ἡ Πελίου θυγάτηρ Ἄλκηστις ἱκανὴν μαρτυρίαν παρέχεται ὑπὲρ τοῦδε τοῦ λόγου εἰς τοὺς Ἕλληνας, ἐθελήσασα μόνη ὑπὲρ τοῦ αὑτῆς ἀνδρὸς ἀποθανεῖν, ὄντων αὐτῷ πατρός τε [179c] καὶ μητρός, οὓς ἐκείνη τοσοῦτον ὑπερεβάλετο τῇ φιλίᾳ διὰ τὸν ἔρωτα, ὥστε ἀποδεῖξαι αὐτοὺς ἀλλοτρίους ὄντας τῷ ὑεῖ καὶ ὀνόματι μόνον προσήκοντας, καὶ τοῦτ' ἐργασαμένη τὸ ἔργον οὕτω καλὸν ἔδοξεν ἐργάσασθαι οὐ μόνον ἀνθρώποις ἀλλὰ καὶ θεοῖς, ὥστε πολλῶν πολλὰ καὶ καλὰ ἐργασαμένων εὐαριθμήτοις δή τισιν ἔδοσαν τοῦτο γέρας οἱ θεοί, ἐξ Ἅιδου ἀνεῖναι πάλιν τὴν ψυχήν, ἀλλὰ τὴν ἐκείνης ἀνεῖσαν ἀγασθέντες [179d] τῷ ἔργῳ· οὕτω καὶ θεοὶ τὴν περὶ τὸν ἔρωτα σπουδήν τε καὶ ἀρετὴν μάλιστα τιμῶσιν. Ὀρφέα δὲ τὸν Οἰάγρου ἀτελῆ ἀπέπεμψαν ἐξ Ἅιδου, φάσμα δείξαντες τῆς γυναικὸς ἐφ' ἣν ἧκεν, αὐτὴν δὲ οὐ δόντες, ὅτι μαλθακίζεσθαι ἐδόκει, ἅτε ὢν κιθαρῳδός, καὶ οὐ τολμᾶν ἕνεκα τοῦ ἔρωτος ἀποθνῄσκειν

do do que por todos os outros, e a isso preferiria muitas vezes morrer. E quanto a abandonar o amado ou não socorrê-lo em perigo, ninguém há tão ruim que o próprio Amor não o torne inspirado para a virtude, a ponto de ficar ele semelhante ao mais generoso de natureza; [179b] e sem mais rodeios, o que disse Homero 'do ardor que a alguns heróis inspira o deus',[32] eis o que o Amor dá aos amantes, como um dom emanado de si mesmo.

"E quanto a morrer por outro, só o consentem os que amam, não apenas os homens, mas também as mulheres. E a esse respeito a filha de Pélias, Alceste,[33] dá aos gregos uma prova cabal em favor dessa afirmativa, ela que foi a única a consentir em morrer pelo marido, embora tivesse este pai [179c] e mãe, os quais ela tanto excedeu na afeição do seu amor que os fez aparecer como estranhos ao filho e parentes apenas de nome; depois de praticar ela esse ato, tão belo pareceu ele não só aos homens mas até aos deuses que, embora muitos tenham feito muitas ações belas, foi a um bem reduzido número que os deuses concederam esta honra de fazer do Hades subir novamente sua alma, ao passo que a dela eles fizeram subir, admirados [179d] do seu gesto; é assim que até os deuses honram ao máximo o zelo e a virtude no amor. A Orfeu, o filho de Eagro, eles o fizeram voltar sem o seu objetivo, pois foi um espectro o que eles lhe mostraram da mulher a que vinha, e não lha deram, por lhes parecer que ele se acovardava, citaredo que era, e não ousava por seu amor

---

[32] Homero, *Ilíada*, X, 482: τῷ δ' ἔμπνευσε μένος γλαυκῶπις Ἀθήνη, "inspirou-lhe ardor (a Diomedes) Atena de olhos brilhantes"; e XV, 262: ὣς εἰπὼν ἔμπνευσε μένος μέγα ποιμένι λαῶν, "assim tendo dito, inspirou um grande ardor no pastor de povos".

[33] Casada com Admeto, rei de Feres, na Tessália, Alceste aceita morrer em lugar do esposo, quando os próprios pais deste se tinham recusado ao sacrifício. Mas pouco depois de sua morte, Hércules, hospedado por Admeto e informado do ocorrido, desce ao Hades e traz Alceste de volta. É o tema da bela tragédia de Eurípides, que traz o nome da heroína.

ὥσπερ Ἄλκηστις, ἀλλὰ διαμηχανᾶσθαι ζῶν εἰσιέναι εἰς
Ἅιδου. τοιγάρτοι διὰ ταῦτα δίκην αὐτῷ ἐπέθεσαν, καὶ
ἐποίησαν τὸν θάνατον αὐτοῦ ὑπὸ γυναικῶν [179e]
γενέσθαι, οὐχ ὥσπερ Ἀχιλλέα τὸν τῆς Θέτιδος ὑὸν ἐτίμησαν
καὶ εἰς μακάρων νήσους ἀπέπεμψαν, ὅτι πεπυσμένος παρὰ
τῆς μητρὸς ὡς ἀποθανοῖτο ἀποκτείνας Ἕκτορα, μὴ ποιήσας
δὲ τοῦτο οἴκαδε ἐλθὼν γηραιὸς τελευτήσοι, ἐτόλμησεν
ἑλέσθαι βοηθήσας τῷ ἐραστῇ Πατρόκλῳ καὶ [180a]
τιμωρήσας οὐ μόνον ὑπεραποθανεῖν ἀλλὰ καὶ ἐπαποθανεῖν
τετελευτηκότι· ὅθεν δὴ καὶ ὑπεραγασθέντες οἱ θεοὶ
διαφερόντως αὐτὸν ἐτίμησαν, ὅτι τὸν ἐραστὴν οὕτω περὶ
πολλοῦ ἐποιεῖτο. Αἰσχύλος δὲ φλυαρεῖ φάσκων Ἀχιλλέα
Πατρόκλου ἐρᾶν, ὃς ἦν καλλίων οὐ μόνον Πατρόκλου ἀλλ᾽
ἅμα καὶ τῶν ἡρώων ἁπάντων, καὶ ἔτι ἀγένειος, ἔπειτα
νεώτερος πολύ, ὥς φησιν Ὅμηρος. ἀλλὰ γὰρ τῷ ὄντι
μάλιστα μὲν ταύτην τὴν ἀρετὴν οἱ θεοὶ τιμῶσιν τὴν περὶ
[180b] τὸν ἔρωτα, μᾶλλον μέντοι θαυμάζουσιν καὶ ἄγανται
καὶ εὖ ποιοῦσιν ὅταν ὁ ἐρώμενος τὸν ἐραστὴν ἀγαπᾷ, ἢ
ὅταν ὁ ἐραστὴς τὰ παιδικά. θειότερον γὰρ ἐραστὴς
παιδικῶν· ἔνθεος γάρ ἐστι. διὰ ταῦτα καὶ τὸν Ἀχιλλέα τῆς
Ἀλκήστιδος μᾶλλον ἐτίμησαν, εἰς μακάρων νήσους
ἀποπέμψαντες.

οὕτω δὴ ἔγωγέ φημι ἔρωτα θεῶν καὶ πρεσβύτατον
καὶ τιμιώτατον καὶ κυριώτατον εἶναι εἰς ἀρετῆς καὶ
εὐδαιμονίας κτῆσιν ἀνθρώποις καὶ ζῶσι καὶ
τελευτήσασιν. [180c]

morrer como Alceste, mas maquinava um meio de penetrar vivo no Hades.[34] Foi realmente por isso que lhe fizeram justiça, e determinaram que sua morte ocorresse pelas [179e] mulheres; não o honraram como a Aquiles, o filho de Tétis, nem o enviaram às ilhas dos bem-aventurados; que aquele, informado pela mãe de que morreria se matasse Heitor, enquanto que se o não matasse voltaria à pátria onde morreria velho, teve a coragem de preferir, ao socorrer seu amante Pátroclo e [180a] vingá-lo, não apenas morrer por ele mas sucumbir à sua morte; assim é que, admirados a mais não poder, os deuses excepcionalmente o honraram, porque em tanta conta ele tinha o amante. Que Ésquilo sem dúvida fala à toa, quando afirma que Aquiles era amante de Pátroclo, ele que era mais belo não somente do que este como evidentemente do que todos os heróis, e ainda imberbe, e além disso muito mais novo, como diz Homero. Mas com efeito, o que realmente mais admiram e honram os deuses é essa virtude que se forma em torno [180b] do amor, porém mais ainda admiram-na e apreciam e recompensam quando é o amado que gosta do amante do que quando é este daquele. Eis por que a Aquiles eles honraram mais do que a Alceste, enviando-o às ilhas dos bem-aventurados.

"Assim, pois, eu afirmo que o Amor é dos deuses o mais antigo, o mais honrado e o mais poderoso para a aquisição da virtude e da felicidade entre os homens,[35] tanto em sua vida como após sua morte." [180c]

---

[34] Não é essa evidentemente a versão comum da lenda. Descendo ao Hades para trazer de volta sua querida Eurídice, Orfeu consegue convencer a própria Perséfone, rainha daquele reino, graças aos doces acentos de sua música. Mas esta lhe impõe uma condição: Orfeu não deve olhar para trás, enquanto não subir à região da luz. Já quase ao fim da jornada, porém, o músico duvida da sinceridade de Perséfone e olha para trás: logo sua amada desaparece, e para sempre. A lembrança constante de Eurídice faz-lhe esquecer as outras mulheres que, enciumadas, matam-no.

[35] Confrontar essa peroração com o final do discurso de Sócrates,

Φαῖδρον μὲν τοιοῦτόν τινα λόγον ἔφη εἰπεῖν, μετὰ δὲ Φαῖδρον ἄλλους τινὰς εἶναι ὧν οὐ πάνυ διεμνημόνευε· οὓς παρεὶς τὸν Παυσανίου λόγον διηγεῖτο. εἰπεῖν δ' αὐτὸν ὅτι οὐ καλῶς μοι δοκεῖ, ὦ Φαῖδρε, προβεβλῆσθαι ἡμῖν ὁ λόγος, τὸ ἁπλῶς οὕτως παρηγγέλθαι ἐγκωμιάζειν ἔρωτα. εἰ μὲν γὰρ εἷς ἦν ὁ Ἔρως, καλῶς ἂν εἶχε, νῦν δὲ οὐ γάρ ἐστιν εἷς· μὴ ὄντος δὲ ἑνὸς ὀρθότερόν ἐστι πρότερον προρρηθῆναι [180d] ὁποῖον δεῖ ἐπαινεῖν. ἐγὼ οὖν πειράσομαι τοῦτο ἐπανορθώσασθαι, πρῶτον μὲν ἔρωτα φράσαι ὃν δεῖ ἐπαινεῖν, ἔπειτα ἐπαινέσαι ἀξίως τοῦ θεοῦ. πάντες γὰρ ἴσμεν ὅτι οὐκ ἔστιν ἄνευ Ἔρωτος Ἀφροδίτη. μιᾶς μὲν οὖν οὔσης εἷς ἂν ἦν Ἔρως· ἐπεὶ δὲ δὴ δύο ἐστόν, δύο ἀνάγκη καὶ Ἔρωτε εἶναι. πῶς δ' οὐ δύο τὼ θεά; ἡ μέν γέ που πρεσβυτέρα καὶ ἀμήτωρ Οὐρανοῦ θυγάτηρ, ἣν δὴ καὶ Οὐρανίαν ἐπονομάζομεν· ἡ δὲ νεωτέρα Διὸς καὶ Διώνης, [180e] ἣν δὴ Πάνδημον καλοῦμεν. ἀναγκαῖον δὴ καὶ ἔρωτα τὸν μὲν τῇ ἑτέρᾳ συνεργὸν Πάνδημον ὀρθῶς καλεῖσθαι, τὸν δὲ Οὐράνιον. ἐπαινεῖν μὲν οὖν δεῖ πάντας θεούς, ἃ δ' οὖν ἑκάτερος εἴληχε πειρατέον εἰπεῖν. πᾶσα γὰρ πρᾶξις ὧδ' ἔχει· αὐτὴ ἐφ' ἑαυτῆς πραττομένη οὔτε καλὴ οὔτε αἰσχρά. [181a] οἷον ὃ νῦν ἡμεῖς ποιοῦμεν, ἢ πίνειν ἢ ᾄδειν ἢ διαλέγεσθαι, οὐκ ἔστι τούτων αὐτὸ καλὸν οὐδέν, ἀλλ' ἐν τῇ πράξει, ὡς ἂν πραχθῇ, τοιοῦτον ἀπέβη· καλῶς μὲν γὰρ πραττόμενον καὶ ὀρθῶς καλὸν γίγνεται, μὴ ὀρθῶς δὲ

De Fedro foi mais ou menos este o discurso que pronunciou, no dizer de Aristodemo; depois de Fedro houve alguns outros de que ele não se lembrava bem, os quais deixou de lado, passando a contar o de Pausânias. Disse este: "Não me parece bela, ó Fedro, a maneira como nos foi proposto o discurso, essa simples prescrição de um elogio ao Amor. Se, com efeito, um só fosse o Amor, muito bem estaria; na realidade porém, não é ele um só; e não sendo um só, é mais acertado primeiro dizer [180d] qual o que se deve elogiar. Tentarei eu portanto corrigir este senão, e primeiro dizer qual o Amor que se deve elogiar, depois fazer um elogio digno do deus. Todos, com efeito, sabemos que sem Amor não há Afrodite. Se portanto uma só fosse esta, um só seria o Amor; como porém são duas, é forçoso que dois sejam também os Amores. E como não são duas deusas? Uma, a mais velha sem dúvida, não tem mãe e é filha de Urano,[36] e a ela é que chamamos de Urânia, a Celestial; a mais nova, filha de Zeus e de Dione, [180e] chamamo-la de Pandêmia, a Popular. É forçoso então que também o Amor, coadjuvante de uma, se chame corretamente Pandêmio, o Popular, e o outro Urânio, o Celestial. Por conseguinte, é sem dúvida preciso louvar todos os deuses, mas o dom que a um e a outro coube deve-se procurar dizer. Toda ação, com efeito, é assim que se apresenta: em si mesma, enquanto simplesmente praticada, nem é bela nem feia. [181a] Por exemplo, o que agora nós fazemos, beber, cantar, conversar, nada disso em si é belo, mas é na ação, na maneira como é feito, que resulta tal; o que é bela e correta-

---

particularmente 212a-b. O poder do amor, a virtude e a felicidade têm conteúdo diferente nos dois discursos.

[36] Hesíodo, *Teogonia*, 188-206. Urano foi mutilado por seu filho Crono, e o esperma do seu membro viril, atirado ao mar, espumou sobre as águas, donde se formou Afrodite. Em Homero, no entanto, essa deusa é filha de Zeus e de Dione (*Ilíada*, V, 370).

αἰσχρόν. οὕτω δὴ καὶ τὸ ἐρᾶν καὶ ὁ Ἔρως οὐ πᾶς ἐστι καλὸς οὐδὲ ἄξιος ἐγκωμιάζεσθαι, ἀλλὰ ὁ καλῶς προτρέπων ἐρᾶν.

ὁ μὲν οὖν τῆς Πανδήμου Ἀφροδίτης ὡς ἀληθῶς πάνδημός [181b] ἐστι καὶ ἐξεργάζεται ὅτι ἂν τύχῃ· καὶ οὗτός ἐστιν ὃν οἱ φαῦλοι τῶν ἀνθρώπων ἐρῶσιν. ἐρῶσι δὲ οἱ τοιοῦτοι πρῶτον μὲν οὐχ ἧττον γυναικῶν ἢ παίδων, ἔπειτα ὧν καὶ ἐρῶσι τῶν σωμάτων μᾶλλον ἢ τῶν ψυχῶν, ἔπειτα ὡς ἂν δύνωνται ἀνοητοτάτων, πρὸς τὸ διαπράξασθαι μόνον βλέποντες, ἀμελοῦντες δὲ τοῦ καλῶς ἢ μή· ὅθεν δὴ συμβαίνει αὐτοῖς ὅτι ἂν τύχωσι τοῦτο πράττειν, ὁμοίως μὲν ἀγαθόν, ὁμοίως δὲ τοὐναντίον. ἔστι γὰρ καὶ ἀπὸ τῆς θεοῦ νεωτέρας [181c] τε οὔσης πολὺ ἢ τῆς ἑτέρας, καὶ μετεχούσης ἐν τῇ γενέσει καὶ θήλεος καὶ ἄρρενος. ὁ δὲ τῆς Οὐρανίας πρῶτον μὲν οὐ μετεχούσης θήλεος ἀλλ᾽ ἄρρενος μόνον — καὶ ἔστιν οὗτος ὁ τῶν παίδων ἔρως — ἔπειτα πρεσβυτέρας, ὕβρεως ἀμοίρου· ὅθεν δὴ ἐπὶ τὸ ἄρρεν τρέπονται οἱ ἐκ τούτου τοῦ ἔρωτος ἔπιπνοι, τὸ φύσει ἐρρωμενέστερον καὶ νοῦν μᾶλλον ἔχον ἀγαπῶντες. καί τις ἂν γνοίη καὶ ἐν αὐτῇ τῇ παιδεραστίᾳ τοὺς εἰλικρινῶς [181d] ὑπὸ τούτου τοῦ ἔρωτος ὡρμημένους· οὐ γὰρ ἐρῶσι παίδων, ἀλλ᾽ ἐπειδὰν ἤδη ἄρχωνται νοῦν ἴσχειν, τοῦτο δὲ πλησιάζει τῷ γενειάσκειν. παρεσκευασμένοι γὰρ οἶμαί εἰσιν οἱ ἐντεῦθεν ἀρχόμενοι ἐρᾶν ὡς τὸν βίον ἅπαντα συνεσόμενοι καὶ κοινῇ συμβιωσόμενοι, ἀλλ᾽ οὐκ

mente feito fica belo, o que não o é fica feio. Assim é que o amar e o Amor não é todo ele belo e digno de ser louvado, mas apenas o que leva a amar belamente.

"Ora pois, o Amor de Afrodite Pandêmia é realmente popular [181b] e faz o que lhe ocorre; é a ele que os homens vulgares amam. E amam tais pessoas, primeiramente não menos as mulheres[37] que os jovens, e depois o que neles amam é mais o corpo que a alma, e ainda dos mais desprovidos de inteligência, tendo em mira apenas o efetuar o ato, sem se preocupar se é decentemente ou não; daí resulta então que eles fazem o que lhes ocorre, tanto o que é bom como o seu contrário. Trata-se, com efeito, do amor proveniente da deusa que é mais jovem [181c] que a outra e que em sua geração participa da fêmea e do macho. O outro porém é o da Urânia, que primeiramente não participa da fêmea mas só do macho — e é este o amor aos jovens[38] — e depois é a mais velha,[39] isenta de violência; daí então é que se voltam ao que é másculo os inspirados deste amor, afeiçoando-se ao que é de natureza mais forte e que tem mais inteligência. E ainda, no próprio amor aos jovens poder-se-iam reconhecer os que estão movidos exclusivamente [181d] por esse tipo de amor;[40] não amam eles, com efeito, os meninos, mas os que já começam a ter juízo, o que se dá quando lhes vêm chegando as barbas. Estão dispostos, penso eu, os que começam desse ponto, a amar para acompanhar toda a vida e viver em comum, e não a enganar e, depois de tomar o jovem em sua

---

[37] Confrontar com 208e, onde Sócrates encontra o grande sentido do amor à mulher, aqui especiosamente confundido como o tipo inferior do amor.

[38] Muitos editores consideram esta frase uma glosa.

[39] Na velhice domina a razão. Daí é que os amantes desse amor procuram os que já começam a ter juízo (181d).

[40] Confrontar com 210a-b. A progressão do amor, segundo Diotima, exige que o amante largue o amor violento de um só.

ἐξαπατήσαντες, ἐν ἀφροσύνῃ λαβόντες ὡς νέον, καταγελάσαντες οἰχήσεσθαι ἐπ' ἄλλον ἀποτρέχοντες. χρῆν δὲ καὶ νόμον εἶναι μὴ ἐρᾶν [181e] παίδων, ἵνα μὴ εἰς ἄδηλον πολλὴ σπουδὴ ἀνηλίσκετο· τὸ γὰρ τῶν παίδων τέλος ἄδηλον οἷ τελευτᾷ κακίας καὶ ἀρετῆς ψυχῆς τε πέρι καὶ σώματος. οἱ μὲν οὖν ἀγαθοὶ τὸν νόμον τοῦτον αὐτοὶ αὑτοῖς ἑκόντες τίθενται, χρῆν δὲ καὶ τούτους τοὺς πανδήμους ἐραστὰς προσαναγκάζειν τὸ τοιοῦτον, ὥσπερ καὶ τῶν ἐλευθέρων γυναικῶν προσαναγκάζομεν αὐτοὺς καθ' [182a] ὅσον δυνάμεθα μὴ ἐρᾶν. οὗτοι γάρ εἰσιν οἱ καὶ τὸ ὄνειδος πεποιηκότες, ὥστε τινὰς τολμᾶν λέγειν ὡς αἰσχρὸν χαρίζεσθαι ἐρασταῖς· λέγουσι δὲ εἰς τούτους ἀποβλέποντες, ὁρῶντες αὐτῶν τὴν ἀκαιρίαν καὶ ἀδικίαν, ἐπεὶ οὐ δήπου κοσμίως γε καὶ νομίμως ὁτιοῦν πρᾶγμα πραττόμενον ψόγον ἂν δικαίως φέροι.

καὶ δὴ καὶ ὁ περὶ τὸν ἔρωτα νόμος ἐν μὲν ταῖς ἄλλαις πόλεσι νοῆσαι ῥᾴδιος, ἁπλῶς γὰρ ὥρισται· ὁ δ' ἐνθάδε [182b] καὶ ἐν Λακεδαίμονι ποικίλος. ἐν Ἤλιδι μὲν γὰρ καὶ ἐν Βοιωτοῖς, καὶ οὗ μὴ σοφοὶ λέγειν, ἁπλῶς νενομοθέτηται καλὸν τὸ χαρίζεσθαι ἐρασταῖς, καὶ οὐκ ἄν τις εἴποι οὔτε νέος οὔτε παλαιὸς ὡς αἰσχρόν, ἵνα οἶμαι μὴ πράγματ' ἔχωσιν λόγῳ πειρώμενοι πείθειν τοὺς νέους, ἅτε ἀδύνατοι λέγειν· τῆς δὲ Ἰωνίας καὶ ἄλλοθι πολλαχοῦ αἰσχρὸν νενόμισται, ὅσοι ὑπὸ βαρβάροις οἰκοῦσιν. τοῖς γὰρ βαρβάροις διὰ τὰς τυραννίδας αἰσχρὸν τοῦτό γε καὶ ἥ γε [182c] φιλοσοφία καὶ ἡ φιλογυμναστία· οὐ γὰρ οἶμαι συμφέρει τοῖς ἄρχουσι φρονήματα μεγάλα

inocência e ludibriá-lo, partir à procura de outro. Seria preciso haver uma lei proibindo que se amassem [181e] os meninos, a fim de que não se perdesse na incerteza tanto esforço; pois é na verdade incerto o destino dos meninos, a que ponto do vício ou da virtude eles chegam em seu corpo e sua alma. Ora, se os bons amantes a si mesmos se impõem voluntariamente esta lei, devia-se também a estes amantes populares obrigá-los a lei semelhante, assim como, com as mulheres de condição livre,[41] obrigamo-las na medida [182a] do possível a não manter relações amorosas. São estes, com efeito, os que justamente criaram o descrédito, a ponto de alguns ousarem dizer que é vergonhoso o aquiescer aos amantes; e assim o dizem porque são estes os que eles consideram, vendo o seu despropósito e desregramento, pois não é sem dúvida quando feito com moderação e norma que um ato, seja qual for, incorreria em justa censura.

"Aliás, a lei do amor nas demais cidades é fácil de entender, pois é simples a sua determinação; aqui[42] [182b] porém ela é complexa. Em Elida, com efeito, na Lacedemônia, na Beócia, e onde não se saiba falar, simplesmente se estabeleceu que é belo aquiescer aos amantes, e ninguém, jovem ou velho, diria que é feio, a fim de não terem dificuldades, creio eu, em tentativas de persuadir os jovens com a palavra, incapazes que são de falar; na Jônia, porém, e em muitas outras partes é tido como feio, por quantos habitam sob a influência dos bárbaros. Entre os bárbaros, com efeito, por causa das tiranias, é uma coisa feia esse amor, justamente como o [182c] da sabedoria e da ginástica;[43] é que, imagino, não aproveita aos seus governantes que nasçam grandes ideias

---

[41] Isto é, não escravas.

[42] Os manuscritos trazem a expressão "e na Lacedemônia" depois de "aqui", o que não concorda com a notória tendência dos lacedemônios à homossexualidade.

[43] Observar a expressão grega correspondente (φιλοσοφία καὶ ἡ φι-

ἐγγίγνεσθαι τῶν ἀρχομένων, οὐδὲ φιλίας ἰσχυρὰς καὶ κοινωνίας, ὃ δὴ μάλιστα φιλεῖ τά τε ἄλλα πάντα καὶ ὁ ἔρως ἐμποιεῖν. ἔργῳ δὲ τοῦτο ἔμαθον καὶ οἱ ἐνθάδε τύραννοι· ὁ γὰρ Ἀριστογείτονος ἔρως καὶ ἡ Ἁρμοδίου φιλία βέβαιος γενομένη κατέλυσεν αὐτῶν τὴν ἀρχήν. οὕτως οὗ μὲν αἰσχρὸν ἐτέθη [182d] χαρίζεσθαι ἐρασταῖς, κακίᾳ τῶν θεμένων κεῖται, τῶν μὲν ἀρχόντων πλεονεξίᾳ, τῶν δὲ ἀρχομένων ἀνανδρίᾳ· οὗ δὲ καλὸν ἁπλῶς ἐνομίσθη, διὰ τὴν τῶν θεμένων τῆς ψυχῆς ἀργίαν. ἐνθάδε δὲ πολὺ τούτων κάλλιον νενομοθέτηται, καὶ ὅπερ εἶπον, οὐ ῥᾴδιον κατανοῆσαι. ἐνθυμηθέντι γὰρ ὅτι λέγεται κάλλιον τὸ φανερῶς ἐρᾶν τοῦ λάθρᾳ, καὶ μάλιστα τῶν γενναιοτάτων καὶ ἀρίστων, κἂν αἰσχίους ἄλλων ὦσι, καὶ ὅτι αὖ ἡ παρακέλευσις τῷ ἐρῶντι παρὰ πάντων θαυμαστή, οὐχ ὥς τι αἰσχρὸν ποιοῦντι, καὶ ἑλόντι τε καλὸν δοκεῖ εἶναι [182e] καὶ μὴ ἑλόντι αἰσχρόν, καὶ πρὸς τὸ ἐπιχειρεῖν ἑλεῖν ἐξουσίαν ὁ νόμος δέδωκε τῷ ἐραστῇ θαυμαστὰ ἔργα ἐργαζομένῳ ἐπαινεῖσθαι, ἃ εἴ τις τολμῴη ποιεῖν ἄλλ' ὁτιοῦν διώκων καὶ [183a] βουλόμενος διαπράξασθαι πλὴν τοῦτο, †φιλοσοφίας τὰ μέγιστα καρποῖτ' ἂν ὀνείδη — εἰ γὰρ ἢ χρήματα βουλόμενος παρά του λαβεῖν ἢ ἀρχὴν ἄρξαι ἤ τινα

entre os governados, nem amizades e associações inabaláveis, o que justamente, mais do que qualquer outra coisa, costuma o amor inspirar. Por experiência aprenderam isto os tiranos[44] desta cidade; pois foi o amor de Aristogíton e a amizade de Harmódio que, afirmando-se, destruíram-lhes o poder. Assim, onde se estabeleceu que é feio [182d] o aquiescer aos amantes, é por defeito dos que o estabeleceram que assim fica, graças à ambição dos governantes e à covardia dos governados; e onde simplesmente se determinou que é belo, foi em consequência da inércia dos que assim estabeleceram. Aqui porém, muito mais bela que estas é a norma que se instituiu e, como eu disse, não é fácil de entender. A quem, com efeito, tenha considerado[45] que se diz ser mais belo amar claramente que às ocultas, e sobretudo os mais nobres e os melhores, embora mais feios que outros; que por outro lado o encorajamento dado por todos aos amantes é extraordinário e não como se estivesse a fazer algum ato feio, e se fez ele uma conquista parece belo o seu ato, [182e] se não, parece feio; e ainda, que em sua tentativa de conquista deu a lei ao amante a possibilidade de ser louvado na prática de atos extravagantes, os quais se alguém ousasse cometer em vista de qualquer outro objetivo e [183a] procurando fazer qualquer outra coisa fora isso, colheria as maiores censuras da

---

λογυμνασία) e lembrar que os ginásios eram dos locais prediletos de Sócrates (cf. a introdução do *Cármides*, *Lísis*, *Laques* etc.).

[44] Hípias e Hiparco, filhos de Pisístrato. Numa primeira conspiração em 514 a.C., ao que parece por motivos pessoais, Hiparco foi assassinado, enquanto Armódio morria na luta e seu companheiro Aristogíton era condenado à morte. Quatro anos depois Hípias perdia o poder, vítima de uma nova conspiração (ver Tucídides, VI, 54).

[45] Essa subordinada, iniciando um longo período, não tem sequência lógica com a sua principal, formulada em 183c (Poder-se-ia pensar que...). Mesmo à custa da clareza, preferimos conservar a mesma articulação ampla e irregular, a fim de permitir uma melhor apreciação do estilo do discurso, geralmente apontado como uma paródia de Isócrates.

ἄλλην δύναμιν ἐθέλοι ποιεῖν οἷάπερ οἱ ἐρασταὶ πρὸς τὰ παιδικά, ἱκετείας τε καὶ ἀντιβολήσεις ἐν ταῖς δεήσεσιν ποιούμενοι, καὶ ὅρκους ὀμνύντες, καὶ κοιμήσεις ἐπὶ θύραις, καὶ ἐθέλοντες δουλείας δουλεύειν οἵας οὐδ' ἂν δοῦλος οὐδείς, ἐμποδίζοιτο ἂν μὴ πράττειν οὕτω τὴν πρᾶξιν καὶ ὑπὸ φίλων καὶ ὑπὸ ἐχθρῶν, [183b] τῶν μὲν ὀνειδιζόντων κολακείας καὶ ἀνελευθερίας, τῶν δὲ νουθετούντων καὶ αἰσχυνομένων ὑπὲρ αὐτῶν — τῷ δ' ἐρῶντι πάντα ταῦτα ποιοῦντι χάρις ἔπεστι, καὶ δέδοται ὑπὸ τοῦ νόμου ἄνευ ὀνείδους πράττειν, ὡς πάγκαλόν τι πρᾶγμα διαπραττομένου· ὃ δὲ δεινότατον, ὥς γε λέγουσιν οἱ πολλοί, ὅτι καὶ ὀμνύντι μόνῳ συγγνώμη παρὰ θεῶν ἐκβάντι τῶν ὅρκων — ἀφροδίσιον γὰρ ὅρκον οὔ φασιν εἶναι· οὕτω [183c] καὶ οἱ θεοὶ καὶ οἱ ἄνθρωποι πᾶσαν ἐξουσίαν πεποιήκασι τῷ ἐρῶντι, ὡς ὁ νόμος φησὶν ὁ ἐνθάδε — ταύτῃ μὲν οὖν οἰηθείη ἄν τις πάγκαλον νομίζεσθαι ἐν τῇδε τῇ πόλει καὶ τὸ ἐρᾶν καὶ τὸ φίλους γίγνεσθαι τοῖς ἐρασταῖς. ἐπειδὰν δὲ παιδαγωγοὺς ἐπιστήσαντες οἱ πατέρες τοῖς ἐρωμένοις μὴ ἐῶσι διαλέγεσθαι τοῖς ἐρασταῖς, καὶ τῷ παιδαγωγῷ ταῦτα προστεταγμένα ᾖ, ἡλικιῶται δὲ καὶ ἑταῖροι ὀνειδίζωσιν ἐάν τι ὁρῶσιν τοιοῦτον γιγνόμενον, καὶ τοὺς ὀνειδίζοντας αὖ οἱ [183d] πρεσβύτεροι μὴ διακωλύωσι μηδὲ λοιδορῶσιν ὡς οὐκ ὀρθῶς λέγοντας, εἰς δὲ ταῦτά τις αὖ βλέψας ἡγήσαιτ' ἂν πάλιν αἴσχιστον τὸ τοιοῦτον ἐνθάδε νομίζεσθαι.

filosofia⁴⁶ — pois se, querendo de uma pessoa ou obter dinheiro ou assumir um comando ou conseguir qualquer outro poder, consentisse alguém em fazer justamente o que fazem os amantes para com os amados, fazendo em seus pedidos súplicas e prosternações, e em suas juras protestando deitar-se às portas, e dispondo-se a subserviências a que se não sujeitaria nenhum servo, seria impedido de agir desse modo, tanto pelos amigos como pelos inimigos, [183b] uns incriminando-o de adulação e indignidade, outros admoestando-o e envergonhando-se de tais atos — ao amante porém que faça tudo isso acresce-lhe a graça, e lhe é dado pela lei que ele o faça sem descrédito, como se estivesse praticando uma ação belíssima; e o mais estranho é que, como diz o povo, quando ele jura, só ele tem o perdão dos deuses se perjurar, pois juramento de amor dizem que não é juramento, e assim tanto [183c] os deuses como os homens deram toda liberdade ao amante, como diz a lei daqui — por esse lado então poder-se-ia pensar que se considera inteiramente belo nesta cidade não só o fato de ser amante como também o serem os amados amigos dos amantes. Quando porém, impondo-lhes um pedagogo,⁴⁷ os pais não permitem aos amados que conversem com os amantes, e ao pedagogo é prescrita essa ordem, e ainda os camaradas e amigos injuriam se veem que tal coisa está ocorrendo, sem que a esses injuriadores detenham [183d] os mais velhos ou os censurem por estarem falando sem acerto, depois de por sua vez atentar a tudo isso, poderia alguém julgar ao contrário que se considera muito feio aqui

---

⁴⁶ Por que da filosofia? Vários críticos tentaram corrigir essa lição dos manuscritos. Burnet apôs-lhe o óbelo da suspeita. No entanto, não se deve entender a palavra no seu conceito platônico, mas antes na acepção menos específica de cultura superior, tal como, por exemplo, a entendia Isócrates, um saber prático que incluía entre outras coisas o conhecimento das boas normas do cidadão.

⁴⁷ É o escravo encarregado de acompanhar os jovens à palestra e à escola.

τὸ δὲ οἶμαι ὧδ' ἔχει· οὐχ ἁπλοῦν ἐστιν, ὅπερ ἐξ ἀρχῆς ἐλέχθη οὔτε καλὸν εἶναι αὐτὸ καθ' αὑτὸ οὔτε αἰσχρόν, ἀλλὰ καλῶς μὲν πραττόμενον καλόν, αἰσχρῶς δὲ αἰσχρόν. αἰσχρῶς μὲν οὖν ἐστι πονηρῷ τε καὶ πονηρῶς χαρίζεσθαι, καλῶς δὲ χρηστῷ τε καὶ καλῶς. πονηρὸς δ' ἐστὶν ἐκεῖνος ὁ ἐραστὴς ὁ πάνδημος, [183e] ὁ τοῦ σώματος μᾶλλον ἢ τῆς ψυχῆς ἐρῶν· καὶ γὰρ οὐδὲ μόνιμός ἐστιν, ἅτε οὐδὲ μονίμου ἐρῶν πράγματος. ἅμα γὰρ τῷ τοῦ σώματος ἄνθει λήγοντι, οὗπερ ἤρα, 'οἴχεται ἀποπτάμενος,' πολλοὺς λόγους καὶ ὑποσχέσεις καταισχύνας· ὁ δὲ τοῦ ἤθους χρηστοῦ ὄντος ἐραστὴς διὰ βίου μένει, ἅτε μονίμῳ συντακείς. τούτους δὴ βούλεται ὁ [184a] ἡμέτερος νόμος εὖ καὶ καλῶς βασανίζειν, καὶ τοῖς μὲν χαρίσασθαι, τοὺς δὲ διαφεύγειν. διὰ ταῦτα οὖν τοῖς μὲν διώκειν παρακελεύεται, τοῖς δὲ φεύγειν, ἀγωνοθετῶν καὶ βασανίζων ποτέρων ποτέ ἐστιν ὁ ἐρῶν καὶ ποτέρων ὁ ἐρώμενος. οὕτω δὴ ὑπὸ ταύτης τῆς αἰτίας πρῶτον μὲν τὸ ἁλίσκεσθαι ταχὺ αἰσχρὸν νενόμισται, ἵνα χρόνος ἐγγένηται, ὃς δὴ δοκεῖ τὰ πολλὰ καλῶς βασανίζειν, ἔπειτα τὸ ὑπὸ χρημάτων καὶ ὑπὸ πολιτικῶν δυνάμεων ἁλῶναι αἰσχρόν, [184b] ἐάν τε κακῶς πάσχων πτήξῃ καὶ μὴ καρτερήσῃ, ἄν τ' εὐεργετούμενος εἰς χρήματα ἢ εἰς διαπράξεις πολιτικὰς μὴ καταφρονήσῃ· οὐδὲν γὰρ δοκεῖ τούτων οὔτε βέβαιον οὔτε μόνιμον εἶναι, χωρὶς τοῦ μηδὲ πεφυκέναι ἀπ' αὐτῶν γενναίαν φιλίαν. μία δὴ λείπεται τῷ ἡμετέρῳ νόμῳ ὁδός, εἰ μέλλει καλῶς χαριεῖσθαι ἐραστῇ παιδικά. ἔστι γὰρ ἡμῖν νόμος, ὥσπερ ἐπὶ τοῖς ἐρασταῖς ἦν δουλεύειν ἐθέλοντα

esse modo de agir. O que há porém é, a meu ver, o seguinte: não é isso uma coisa simples, o que justamente se disse desde o começo, que não é em si e por si nem belo nem feio, mas se decentemente praticado é belo, se indecentemente, feio. Ora, é indecentemente quando é a um mau e de modo mau que se aquiesce, e decentemente quando é a um bom e de um modo bom. E é mau aquele amante popular, [183e] que ama o corpo mais que a alma; pois não é ele constante, por amar um objeto que também não é constante.[48] Com efeito, ao mesmo tempo que cessa o viço do corpo, que era o que ele amava, "alça ele o seu voo",[49] sem respeito a muitas palavras e promessas feitas. Ao contrário, o amante do caráter, que é bom, é constante por toda a vida, porque se fundiu com o que é constante. Ora, são esses dois tipos de amantes que pretende a [184a] nossa lei provar bem e devidamente, e que a uns se aquiesça e dos outros se fuja. Por isso é que uns ela exorta a perseguir e outros a evitar, arbitrando e aferindo qual é porventura o tipo do amante e qual o do amado. Assim é que, por esse motivo, primeiramente o se deixar conquistar é tido como feio, a fim de que possa haver tempo, que bem parece o mais das vezes ser uma excelente prova; e depois o deixar-se conquistar pelo dinheiro e pelo prestígio político é tido como feio, [184b] quer a um mau trato nos assustemos sem reagir, quer beneficiados em dinheiro ou em sucesso político não os desprezemos; nenhuma dessas vantagens, com efeito, parece firme ou constante, fora o fato de que delas nem mesmo se pode derivar uma amizade nobre. Um só caminho então resta à nossa norma, se deve o bem-amado decentemente aquiescer ao amante. É com efeito norma entre nós que, assim como para os amantes, quando um

---

[48] Uma longínqua antecipação da ideia desenvolvida plenamente em 207d-208b.

[49] Expressão homérica (*Ilíada*, II, 71), aplicada a Oneiros, o sonho personificado, que veio a Agamêmnon.

[184c] ἡντινοῦν δουλείαν παιδικοῖς μὴ κολακείαν
εἶναι μηδὲ ἐπονείδιστον, οὕτω δὴ καὶ ἄλλη μία μόνη
δουλεία ἑκούσιος λείπεται οὐκ ἐπονείδιστος· αὕτη δ'
ἐστὶν ἡ περὶ τὴν ἀρετήν. νενόμισται γὰρ δὴ ἡμῖν, ἐάν
τις ἐθέλῃ τινὰ θεραπεύειν ἡγούμενος δι' ἐκεῖνον
ἀμείνων ἔσεσθαι ἢ κατὰ σοφίαν τινὰ ἢ κατὰ ἄλλο
ὁτιοῦν μέρος ἀρετῆς, αὕτη αὖ ἡ ἐθελοδουλεία οὐκ
αἰσχρὰ εἶναι οὐδὲ κολακεία. δεῖ δὴ τὼ νόμω τούτω
συμβαλεῖν εἰς ταὐτόν, τόν τε περὶ τὴν παιδεραστίαν
καὶ [184d] τὸν περὶ τὴν φιλοσοφίαν τε καὶ τὴν ἄλλην
ἀρετήν, εἰ μέλλει συμβῆναι καλὸν γενέσθαι τὸ ἐραστῇ
παιδικὰ χαρίσασθαι. ὅταν γὰρ εἰς τὸ αὐτὸ ἔλθωσιν
ἐραστής τε καὶ παιδικά, νόμον ἔχων ἑκάτερος, ὁ μὲν
χαρισαμένοις παιδικοῖς ὑπηρετῶν ὁτιοῦν δικαίως ἂν
ὑπηρετεῖν, ὁ δὲ τῷ ποιοῦντι αὐτὸν σοφόν τε καὶ
ἀγαθὸν δικαίως αὖ ὁτιοῦν ἂν ὑπουργῶν ὑπουργεῖν,
καὶ ὁ μὲν δυνάμενος εἰς φρόνησιν καὶ τὴν [184e]
ἄλλην ἀρετὴν συμβάλλεσθαι, ὁ δὲ δεόμενος εἰς
παίδευσιν καὶ τὴν ἄλλην σοφίαν κτᾶσθαι, τότε δὴ
τούτων συνιόντων εἰς ταὐτὸν τῶν νόμων μοναχοῦ
ἐνταῦθα συμπίπτει τὸ καλὸν εἶναι παιδικὰ ἐραστῇ
χαρίσασθαι, ἄλλοθι δὲ οὐδαμοῦ. ἐπὶ τούτῳ καὶ
ἐξαπατηθῆναι οὐδὲν αἰσχρόν· ἐπὶ δὲ τοῖς ἄλλοις πᾶσι
καὶ ἐξαπατωμένῳ αἰσχύνην φέρει καὶ μή. εἰ γάρ τις
[185a] ἐραστῇ ὡς πλουσίῳ πλούτου ἕνεκα
χαρισάμενος ἐξαπατηθείη καὶ μὴ λάβοι χρήματα,
ἀναφανέντος τοῦ ἐραστοῦ πένητος, οὐδὲν ἧττον
αἰσχρόν· δοκεῖ γὰρ ὁ τοιοῦτος τό γε αὑτοῦ ἐπιδεῖξαι,
ὅτι ἕνεκα χρημάτων ὁτιοῦν ἂν ὁτῳοῦν ὑπηρετοῖ,
τοῦτο δὲ οὐ καλόν. κατὰ τὸν αὐτὸν δὴ λόγον κἂν εἴ
τις ὡς ἀγαθῷ χαρισάμενος καὶ αὐτὸς ὡς ἀμείνων

deles se presta [184c] a qualquer servidão ao amado, não é isso adulação nem um ato censurável, do mesmo modo também só outra única servidão voluntária resta, não sujeita a censura: a que se aceita pela virtude. Na verdade, estabeleceu-se entre nós que, se alguém quer servir a um outro por julgar que por ele se tornará melhor, ou em sabedoria ou em qualquer outra espécie de virtude, também esta voluntária servidão não é feia nem é uma adulação.[50] É preciso então congraçar num mesmo objetivo essas duas normas, a do amor aos jovens e [184d] a do amor ao saber e às demais virtudes, se deve dar-se o caso de ser belo o aquiescer o amado ao amante. Quando, com efeito, ao mesmo ponto chegam amante e amado, cada um com a sua norma, um servindo ao amado que lhe aquiesce, em tudo que for justo servir, e o outro ajudando ao que o está tornando sábio e bom, em tudo que for justo ajudar, o primeiro em condições de contribuir para a sabedoria e [184e] demais virtudes, o segundo em precisão de adquirir para a sua educação e demais competência, só então, quando ao mesmo objetivo convergem essas duas normas, só então é que coincide ser belo o aquiescer o amado ao amante e em mais nenhuma outra ocasião. Nesse caso, mesmo o ser enganado não é nada feio; em todos os outros casos porém é vergonhoso, quer se seja enganado, quer não. Se alguém, com efeito, [185a] depois de aquiescer a um amante, na suposição de ser este rico e em vista de sua riqueza, fosse a seguir enganado e não obtivesse vantagens pecuniárias, por se ter revelado pobre o amante, nem por isso seria menos vergonhoso; pois parece tal tipo revelar justamente o que tem de seu, que pelo dinheiro ele serviria em qualquer negócio a qualquer um, e isso não é belo. Pela mesma razão, também se alguém, tendo aquiescido a um amante considerado bom,

---

[50] Todo esse detalhe dos casos feios do amor é ao mesmo tempo característico do realismo prático de Pausânias e revela o que para ele é também conteúdo da filosofia.

ἐσόμενος διὰ τὴν φιλίαν ἐραστοῦ ἐξαπατηθείη, ἀναφανέντος ἐκείνου κακοῦ [185b] καὶ οὐ κεκτημένου ἀρετήν, ὅμως καλὴ ἡ ἀπάτη· δοκεῖ γὰρ αὖ καὶ οὗτος τὸ καθ' αὑτὸν δεδηλωκέναι, ὅτι ἀρετῆς γ' ἕνεκα καὶ τοῦ βελτίων γενέσθαι πᾶν ἂν παντὶ προθυμηθείη, τοῦτο δὲ αὖ πάντων κάλλιστον· οὕτω πᾶν πάντως γε καλὸν ἀρετῆς γ' ἕνεκα χαρίζεσθαι. οὗτός ἐστιν ὁ τῆς οὐρανίας θεοῦ ἔρως καὶ οὐράνιος καὶ πολλοῦ ἄξιος καὶ πόλει καὶ ἰδιώταις, πολλὴν ἐπιμέλειαν ἀναγκάζων ποιεῖσθαι πρὸς ἀρετὴν τόν [185c] τε ἐρῶντα αὐτὸν αὑτοῦ καὶ τὸν ἐρώμενον· οἱ δ' ἕτεροι πάντες τῆς ἑτέρας, τῆς πανδήμου. ταῦτά σοι, ἔφη, ὡς ἐκ τοῦ παραχρῆμα, ὦ Φαῖδρε, περὶ Ἔρωτος συμβάλλομαι.

Παυσανίου δὲ παυσαμένου — διδάσκουσι γάρ με ἴσα λέγειν οὑτωσὶ οἱ σοφοί — ἔφη ὁ Ἀριστόδημος δεῖν μὲν Ἀριστοφάνη λέγειν, τυχεῖν δὲ αὐτῷ τινα ἢ ὑπὸ πλησμονῆς ἢ ὑπό τινος ἄλλου λύγγα ἐπιπεπτωκυῖαν καὶ οὐχ οἷόν τε εἶναι λέγειν, [185d] ἀλλ' εἰπεῖν αὐτόν — ἐν τῇ κάτω γὰρ αὐτοῦ τὸν ἰατρὸν Ἐρυξίμαχον κατακεῖσθαι - 'ὦ Ἐρυξίμαχε, δίκαιος εἶ ἢ παῦσαί με τῆς λυγγὸς ἢ λέγειν ὑπὲρ ἐμοῦ, ἕως ἂν ἐγὼ παύσωμαι.' καὶ τὸν Ἐρυξίμαχον εἰπεῖν 'ἀλλὰ ποιήσω ἀμφότερα ταῦτα· ἐγὼ μὲν γὰρ ἐρῶ ἐν τῷ σῷ μέρει, σὺ δ' ἐπειδὰν παύσῃ, ἐν τῷ ἐμῷ. ἐν ᾧ δ' ἂν ἐγὼ λέγω, ἐάν μέν σοι

e para se tornar ele próprio melhor através da amizade do amante, fosse a seguir enganado, revelada a maldade daquele [185b] e sua carência de virtude, mesmo assim belo[51] seria o engano; pois também nesse caso parece este ter deixado presente sua própria tendência: pela virtude e por se tornar melhor, a tudo ele se disporia em favor de qualquer um, e isso é ao contrário o mais belo de tudo; assim, em tudo por tudo é belo aquiescer em vista da virtude. Este é o amor da deusa celeste, ele mesmo celeste e de muito valor para a cidade e os cidadãos, porque muito esforço ele obriga a fazer pela virtude [185c] tanto ao próprio amante como ao amado; os outros porém são todos da outra deusa, da popular. É essa, ó Fedro, concluiu ele, a contribuição que, como de improviso,[52] eu te apresento sobre o Amor."

Na pausa[53] de Pausânias — pois assim me ensinam os sábios a falar, em termos iguais — disse Aristodemo que devia falar Aristófanes, mas tendo-lhe ocorrido, por empanturramento ou por algum outro motivo, um acesso de soluço, não podia ele falar; [185d] mas disse ele ao médico Erixímaco, que se reclinava logo abaixo dele: "Ó Erixímaco, és indicado para ou fazer parar o meu soluço ou falar em meu lugar, até que eu possa parar com ele". E Erixímaco respondeu-lhe: "Farei as duas coisas: falarei em teu lugar e tu, quando acabares com isso, no meu. E enquanto eu estiver falando,

---

[51] Paradoxo tipicamente retórico, bem encaixado na argumentação, e aparentemente resultando em louvor da virtude — a virtude enganada. Para Sócrates porém o engano, uma falta de sabedoria, é, portanto, uma falta de virtude e como tal não é belo.

[52] Num concurso improvisado essa indicação inútil seria estranha se não fosse entendida como uma alusão irônica ao repertório de lugares-comuns fornecido pelo ensino formal da retórica.

[53] A expressão grega é Παυσανίου παυσαμένου, que na boca de Apolodoro é como um eco dos desenvolvimentos simétricos e dos paralelismos (ἴσα λεγόμενα) do discurso de Pausânias.

ἐθέλῃ ἀπνευστὶ ἔχοντι πολὺν χρόνον παύεσθαι ἡ λύγξ· εἰ δὲ μή, ὕδατι [185e] ἀνακογχυλίασον. εἰ δ' ἄρα πάνυ ἰσχυρά ἐστιν, ἀναλαβών τι τοιοῦτον οἵῳ κινήσαις ἂν τὴν ῥῖνα, πτάρε· καὶ ἐὰν τοῦτο ποιήσῃς ἅπαξ ἢ δίς, καὶ εἰ πάνυ ἰσχυρά ἐστι, παύσεται.' 'οὐκ ἂν φθάνοις λέγων,' φάναι τὸν Ἀριστοφάνη· 'ἐγὼ δὲ ταῦτα ποιήσω.'

εἰπεῖν δὴ τὸν Ἐρυξίμαχον, δοκεῖ τοίνυν μοι ἀναγκαῖον εἶναι, ἐπειδὴ Παυσανίας ὁρμήσας ἐπὶ τὸν λόγον καλῶς οὐχ [186a] ἱκανῶς ἀπετέλεσε, δεῖν ἐμὲ πειρᾶσθαι τέλος ἐπιθεῖναι τῷ λόγῳ. τὸ μὲν γὰρ διπλοῦν εἶναι τὸν ἔρωτα δοκεῖ μοι καλῶς διελέσθαι· ὅτι δὲ οὐ μόνον ἐστὶν ἐπὶ ταῖς ψυχαῖς τῶν ἀνθρώπων πρὸς τοὺς καλοὺς ἀλλὰ καὶ πρὸς ἄλλα πολλὰ καὶ ἐν τοῖς ἄλλοις, τοῖς τε σώμασι τῶν πάντων ζῴων καὶ τοῖς ἐν τῇ γῇ φυομένοις καὶ ὡς ἔπος εἰπεῖν ἐν πᾶσι τοῖς οὖσι, καθεωρακέναι μοι δοκῶ ἐκ τῆς ἰατρικῆς, τῆς ἡμετέρας [186b] τέχνης, ὡς μέγας καὶ θαυμαστὸς καὶ ἐπὶ πᾶν ὁ θεὸς τείνει καὶ κατ' ἀνθρώπινα καὶ κατὰ θεῖα πράγματα. ἄρξομαι δὲ ἀπὸ τῆς ἰατρικῆς λέγων, ἵνα καὶ πρεσβεύωμεν τὴν τέχνην. ἡ γὰρ φύσις τῶν σωμάτων τὸν διπλοῦν ἔρωτα τοῦτον ἔχει· τὸ γὰρ ὑγιὲς τοῦ σώματος καὶ τὸ νοσοῦν ὁμολογουμένως ἕτερόν τε καὶ ἀνόμοιόν ἐστι, τὸ δὲ ἀνόμοιον ἀνομοίων ἐπιθυμεῖ καὶ ἐρᾷ. ἄλλος μὲν οὖν ὁ ἐπὶ τῷ ὑγιεινῷ ἔρως, ἄλλος δὲ ὁ ἐπὶ τῷ

vejamos se, retendo tu o fôlego por muito tempo, quer parar o teu soluço; senão, gargareja [185e] com água. Se então ele é muito forte, toma algo com que possas coçar o nariz e espirra; se fizeres isso duas ou três vezes, por mais forte que seja, ele cessará". "Não começarás primeiro o teu discurso", disse Aristófanes; "que eu por mim é o que farei."

Disse então Erixímaco: "Parece-me em verdade ser necessário, uma vez que Pausânias, apesar de se ter lançado bem ao seu discurso, não [186a] o rematou convenientemente, que eu deva tentar pôr-lhe um remate. Com efeito, quanto a ser duplo o Amor, parece-me que foi uma bela distinção; que porém não está ele apenas nas almas dos homens, e para com os belos jovens, mas também nas outras partes, e para com muitos outros objetos, nos corpos de todos os outros animais, nas plantas da terra e por assim dizer em todos os seres é o que creio ter constatado pela prática da medicina, a nossa arte; [186b] grande e admirável é o deus, e a tudo se estende ele, tanto na ordem das coisas humanas como entre as divinas. Ora, eu começarei pela medicina a minha fala, a fim de que também homenageemos a arte.[54] A natureza dos corpos, com efeito, comporta esse duplo Amor; o sadio e o mórbido são cada um reconhecidamente um estado diverso e dessemelhante, e o dessemelhante deseja e ama o dessemelhante.[55] Um portanto é o amor no que é sadio, e outro no

---

[54] A arte por excelência para esse médico, isto é, a medicina. A palavra τέχνη indica geralmente uma determinada atividade disciplinada e orientada por um corpo de preceitos e princípios. Assim, a medicina era também uma arte.

[55] O contexto manda interpretar a frase de Erixímaco assim: o mórbido (dessemelhante do sadio) ama o mórbido (dessemelhante do sadio) e vice-versa. No entanto, em 186d há uma transição, que não fica muito clara, para a ideia de atração (identificada ao amor por Erixímaco) dos contrários no organismo. Tal ideia é atribuída ao médico Alcméon de Crotona (frag. 4, Diels), do começo do século V a.C.

νοσώδει. ἔστιν δή, ὥσπερ ἄρτι Παυσανίας ἔλεγεν τοῖς μὲν ἀγαθοῖς καλὸν χαρίζεσθαι τῶν ἀνθρώπων, [186c] τοῖς δ' ἀκολάστοις αἰσχρόν, οὕτω καὶ ἐν αὐτοῖς τοῖς σώμασιν τοῖς μὲν ἀγαθοῖς ἑκάστου τοῦ σώματος καὶ ὑγιεινοῖς καλὸν χαρίζεσθαι καὶ δεῖ, καὶ τοῦτό ἐστιν ᾧ ὄνομα τὸ ἰατρικόν, τοῖς δὲ κακοῖς καὶ νοσώδεσιν αἰσχρόν τε καὶ δεῖ ἀχαριστεῖν, εἰ μέλλει τις τεχνικὸς εἶναι. ἔστι γὰρ ἰατρική, ὡς ἐν κεφαλαίῳ εἰπεῖν, ἐπιστήμη τῶν τοῦ σώματος ἐρωτικῶν πρὸς πλησμονὴν καὶ κένωσιν, καὶ ὁ διαγιγνώσκων ἐν τούτοις τὸν [186d] καλόν τε καὶ αἰσχρὸν ἔρωτα, οὗτός ἐστιν ὁ ἰατρικώτατος, καὶ ὁ μεταβάλλειν ποιῶν, ὥστε ἀντὶ τοῦ ἑτέρου ἔρωτος τὸν ἕτερον κτᾶσθαι, καὶ οἷς μὴ ἔνεστιν ἔρως, δεῖ δ' ἐγγενέσθαι, ἐπιστάμενος ἐμποιῆσαι καὶ ἐνόντα ἐξελεῖν, ἀγαθὸς ἂν εἴη δημιουργός. δεῖ γὰρ δὴ τὰ ἔχθιστα ὄντα ἐν τῷ σώματι φίλα οἷόν τ' εἶναι ποιεῖν καὶ ἐρᾶν ἀλλήλων. ἔστι δὲ ἔχθιστα τὰ ἐναντιώτατα, ψυχρὸν θερμῷ, πικρὸν γλυκεῖ, ξηρὸν ὑγρῷ, [186e] πάντα τὰ τοιαῦτα· τούτοις ἐπιστηθεὶς ἔρωτα ἐμποιῆσαι καὶ ὁμόνοιαν ὁ ἡμέτερος πρόγονος Ἀσκληπιός, ὥς φασιν οἵδε οἱ ποιηταὶ καὶ ἐγὼ πείθομαι, συνέστησεν τὴν ἡμετέραν τέχνην. ἥ τε οὖν ἰατρική, ὥσπερ λέγω, πᾶσα διὰ τοῦ θεοῦ τούτου [187a] κυβερνᾶται, ὡσαύτως δὲ καὶ γυμναστικὴ καὶ γεωργία· μουσικὴ δὲ καὶ παντὶ κατάδηλος τῷ καὶ σμικρὸν προσέχοντι τὸν νοῦν ὅτι κατὰ ταὐτὰ ἔχει τούτοις, ὥσπερ ἴσως καὶ Ἡράκλειτος βούλεται λέγειν, ἐπεὶ τοῖς γε ῥήμασιν οὐ καλῶς λέγει. τὸ ἓν γάρ φησι 'διαφερόμενον αὐτὸ αὑτῷ συμφέρεσθαι,' 'ὥσπερ ἁρμονίαν τόξου τε καὶ λύρας.' ἔστι δὲ πολλὴ ἀλογία ἁρμονίαν φάναι διαφέρεσθαι ἢ ἐκ διαφερομένων ἔτι εἶναι. ἀλλὰ ἴσως τόδε

que é mórbido. E então, assim como há pouco Pausânias dizia que aos homens bons é belo aquiescer, [186c] e aos intemperantes é feio, também nos próprios corpos, aos elementos bons de cada corpo e sadios é belo o aquiescer e se deve, e a isso é que se dá o nome de medicina, enquanto que aos maus e mórbidos é feio e se deve contrariar, se se vai ser um técnico. É com efeito a medicina, para falar em resumo, a ciência dos fenômenos de amor, próprios ao corpo, no que se refere à repleção e à evacuação, e o que nestes fenômenos reconhece o [186d] belo amor e o feio é o melhor médico; igualmente, aquele que faz com que eles se transformem, de modo a que se adquira um em vez do outro, e que sabe tanto suscitar amor onde não há mas deve haver, como eliminar quando há, seria um bom profissional. É de fato preciso ser capaz de fazer com que os elementos mais hostis no corpo fiquem amigos e se amem mutuamente. Ora, os mais hostis são os mais opostos, como o frio ao quente, o amargo ao doce, o seco ao úmido, [186e] e todas as coisas desse tipo; foi por ter entre elas suscitado amor e concórdia que o nosso ancestral Asclépio, como dizem estes poetas aqui[56] e eu acredito, constituiu a nossa arte. A medicina portanto, como estou dizendo, é toda ela dirigida nos traços [187a] deste deus, assim como também a ginástica e a agricultura; e quanto à música, é a todos evidente, por pouco que se lhe preste atenção, que ela se comporta segundo esses mesmos princípios, como provavelmente parece querer dizer Heráclito, que aliás em sua expressão não é feliz. O um, diz ele, com efeito, 'discordando em si mesmo, consigo mesmo concorda, como numa harmonia de arco e lira'.[57] Ora, é grande absurdo dizer que uma harmonia está discordando ou resulta do que ainda está discordando.[58] Mas

---

[56] Erixímaco refere-se a Aristófanes e Agatão. Asclépio, filho de Apolo e da mortal Coronis, da Tessália, é o herói patrono da medicina.

[57] Frag. 51, Diels.

[58] No entanto, é bem isso o que Heráclito quer dizer, e não há real-

ἐβούλετο λέγειν, ὅτι ἐκ διαφερομένων [187b] πρότερον τοῦ ὀξέος καὶ βαρέος, ἔπειτα ὕστερον ὁμολογησάντων γέγονεν ὑπὸ τῆς μουσικῆς τέχνης. οὐ γὰρ δήπου ἐκ διαφερομένων γε ἔτι τοῦ ὀξέος καὶ βαρέος ἁρμονία ἂν εἴη· ἡ γὰρ ἁρμονία συμφωνία ἐστίν, συμφωνία δὲ ὁμολογία τις — ὁμολογίαν δὲ ἐκ διαφερομένων, ἕως ἂν διαφέρωνται, ἀδύνατον εἶναι· διαφερόμενον δὲ αὖ καὶ μὴ ὁμολογοῦν ἀδύνατον ἁρμόσαι — ὥσπερ γε καὶ ὁ ῥυθμὸς ἐκ τοῦ ταχέος καὶ [187c] βραδέος, ἐκ διενηνεγμένων πρότερον, ὕστερον δὲ ὁμολογησάντων γέγονε. τὴν δὲ ὁμολογίαν πᾶσι τούτοις, ὥσπερ ἐκεῖ ἡ ἰατρική, ἐνταῦθα ἡ μουσικὴ ἐντίθησιν, ἔρωτα καὶ ὁμόνοιαν ἀλλήλων ἐμποιήσασα· καὶ ἔστιν αὖ μουσικὴ περὶ ἁρμονίαν καὶ ῥυθμὸν ἐρωτικῶν ἐπιστήμη. καὶ ἐν μέν γε αὐτῇ τῇ συστάσει ἁρμονίας τε καὶ ῥυθμοῦ οὐδὲν χαλεπὸν τὰ ἐρωτικὰ διαγιγνώσκειν, οὐδὲ ὁ διπλοῦς ἔρως ἐνταῦθά πω ἔστιν· ἀλλ᾽ ἐπειδὰν δέῃ πρὸς τοὺς ἀνθρώπους καταχρῆσθαι [187d] ῥυθμῷ τε καὶ ἁρμονίᾳ ἢ ποιοῦντα, ὃ

talvez o que ele queria dizer era o seguinte, que do agudo e do grave, antes discordantes [187b] e posteriormente combinados, ela resultou, graças à arte musical. Pois não é sem dúvida do agudo e do grave ainda em discordância que pode resultar a harmonia; a harmonia é consonância, consonância é uma certa combinação — e combinação de discordantes, enquanto discordam, é impossível, e inversamente o que discorda e não combina é impossível harmonizar — assim como também o ritmo, que resulta do rápido e [187c] do lento, antes dissociados e depois combinados. A combinação em todos esses casos, assim como lá foi a medicina, aqui é a música que estabelece, suscitando[59] amor e concórdia entre uns e outros; e assim, também a música, no tocante à harmonia e ao ritmo, é ciência dos fenômenos amorosos. Aliás, na própria constituição de uma harmonia e de um ritmo não é nada difícil reconhecer os sinais do amor, nem de algum modo[60] há então o duplo amor; quando porém for preciso utilizar para o homem [187d] uma harmonia ou um ritmo, ou fazen-

---

mente uma expressão infeliz da sua parte. Convém lembrar que a riqueza de particípios na língua grega, e em particular a nítida distinção entre o particípio aoristo (pretérito) e o particípio presente, não lhe permitiriam perpetrar a confusão que Erixímaco lhe atribui.

[59] E assim a arte acaba sendo criadora do amor, e este um mero produto. Erixímaco parece não perceber as dificuldades que encerra a relação desses dois elementos, cuja conceituação rigorosa não lhe importa muito, e continua a fazer com as outras artes o que fez com a medicina e a música. Ver posfácio, pp. 208-9.

[60] Essa expressão trai a habilidade retórica do cientista orador: depois de afirmar que há dois tipos de amor no organismo (ver nota 55), Erixímaco passa a falar da saúde como o equilíbrio (isto é, concórdia, amor) dos contrários, e do mesmo modo da harmonia dos sons, sem evidentemente referir-se ao que seria, por exemplo, o resultado do amor de contrários mórbidos. Aqui, porém, no momento de referir-se à utilização humana da harmonia, reaparece-lhe a ideia do bom e do mau amor que é preciso discernir e que justifica ou não o aquiescimento do bem-amado ao amante.

δὴ μελοποιίαν καλοῦσιν, ἢ χρώμενον ὀρθῶς τοῖς πεποιημένοις μέλεσί τε καὶ μέτροις, ὃ δὴ παιδεία ἐκλήθη, ἐνταῦθα δὴ καὶ χαλεπὸν καὶ ἀγαθοῦ δημιουργοῦ δεῖ. πάλιν γὰρ ἥκει ὁ αὐτὸς λόγος, ὅτι τοῖς μὲν κοσμίοις τῶν ἀνθρώπων, καὶ ὡς ἂν κοσμιώτεροι γίγνοιντο οἱ μήπω ὄντες, δεῖ χαρίζεσθαι καὶ φυλάττειν τὸν τούτων ἔρωτα, καὶ οὗτός ἐστιν ὁ καλός, ὁ οὐράνιος, ὁ τῆς Οὐρανίας [187e] μούσης Ἔρως· ὁ δὲ Πολυμνίας ὁ πάνδημος, ὃν δεῖ εὐλαβούμενον προσφέρειν οἷς ἂν προσφέρῃ, ὅπως ἂν τὴν μὲν ἡδονὴν αὐτοῦ καρπώσηται, ἀκολασίαν δὲ μηδεμίαν ἐμποιήσῃ, ὥσπερ ἐν τῇ ἡμετέρᾳ τέχνῃ μέγα ἔργον ταῖς περὶ τὴν ὀψοποιικὴν τέχνην ἐπιθυμίαις καλῶς χρῆσθαι, ὥστ' ἄνευ νόσου τὴν ἡδονὴν καρπώσασθαι. καὶ ἐν μουσικῇ δὴ καὶ ἐν ἰατρικῇ καὶ ἐν τοῖς ἄλλοις πᾶσι καὶ τοῖς ἀνθρωπείοις καὶ τοῖς θείοις, καθ' ὅσον παρείκει, φυλακτέον ἑκάτερον τὸν ἔρωτα· ἔνεστον [188a] γάρ. ἐπεὶ καὶ ἡ τῶν ὡρῶν τοῦ ἐνιαυτοῦ σύστασις μεστή ἐστιν ἀμφοτέρων τούτων, καὶ ἐπειδὰν μὲν πρὸς ἄλληλα τοῦ κοσμίου τύχῃ ἔρωτος ἃ νυνδὴ ἐγὼ ἔλεγον, τά τε θερμὰ καὶ τὰ ψυχρὰ καὶ ξηρὰ καὶ ὑγρά, καὶ ἁρμονίαν καὶ κρᾶσιν λάβῃ σώφρονα, ἥκει φέροντα εὐετηρίαν τε καὶ ὑγίειαν ἀνθρώποις καὶ τοῖς ἄλλοις ζῴοις τε καὶ φυτοῖς, καὶ οὐδὲν ἠδίκησεν· ὅταν δὲ ὁ μετὰ τῆς ὕβρεως Ἔρως ἐγκρατέστερος περὶ τὰς τοῦ ἐνιαυτοῦ ὥρας γένηται, διέφθειρέν τε πολλὰ καὶ ἠδίκησεν. [188b] οἵ τε γὰρ λοιμοὶ φιλοῦσι γίγνεσθαι ἐκ τῶν τοιούτων καὶ ἄλλα ἀνόμοια πολλὰ νοσήματα καὶ τοῖς θηρίοις καὶ τοῖς φυτοῖς· καὶ γὰρ πάχναι καὶ χάλαζαι καὶ ἐρυσῖβαι ἐκ πλεονεξίας καὶ ἀκοσμίας περὶ ἄλληλα τῶν τοιούτων

do-os, o que chamam composição, ou usando corretamente da melodia e dos metros já constituídos, o que se chamou educação, então é que é difícil e que se requer um bom profissional. Pois de novo revém a mesma ideia, que aos homens moderados, e para que mais moderados se tornem os que ainda não sejam, deve-se aquiescer e conservar o seu amor, que é o belo, o celestial, o Amor da musa [187e] Urânia; o outro, o de Polímnia,[61] é o popular, que com precaução se deve trazer àqueles a quem se traz, a fim de que se colha o seu prazer sem que nenhuma intemperança ele suscite, tal como em nossa arte é uma importante tarefa o servir-se convenientemente dos apetites da arte culinária, de modo a que sem doença se colha o seu prazer. Tanto na música então, como na medicina e em todas as outras artes, humanas e divinas, na medida do possível, deve-se conservar um e outro amor; ambos, com efeito, nelas se encontram. [188a] De fato, até a constituição das estações do ano está repleta desses dois amores, e quando se tomam de um moderado amor um pelo outro os contrários de que há pouco eu falava, o quente e o frio, o seco e o úmido, e adquirem uma harmonia e uma mistura razoável, chegam trazendo bonança e saúde aos homens, aos outros animais e às plantas, e nenhuma ofensa fazem; quando porém é o Amor casado com a violência que se torna mais forte nas estações do ano, muitos estragos ele faz, e ofensas. [188b] Tanto as pestes, com efeito, costumam resultar de tais causas, como também muitas e várias doenças nos animais como nas plantas; geadas, granizos e alforras resultam, com efeito, do excesso e da intemperança mútua de tais manifestações do amor, cujo conhecimento nas trans-

---

[61] Padroeira da poesia lírica. Ao contrário de Pausânias, Erixímaco associou o amor às Musas e não a Afrodite, o que está de acordo com o caráter que seu discurso lhe empresta: o de uma força de aglutinação universal, suscetível de ser tratada pela arte. Em lugar de Afrodite Pandêmia, ele imaginou a Musa da poesia lírica, a poesia dos sentimentos pessoais e das paixões.

γίγνεται ἐρωτικῶν, ὧν ἐπιστήμη περὶ ἄστρων τε φορὰς καὶ ἐνιαυτῶν ὥρας ἀστρονομία καλεῖται. ἔτι τοίνυν καὶ αἱ θυσίαι πᾶσαι καὶ οἷς μαντικὴ ἐπιστατεῖ — ταῦτα δ᾽ ἐστὶν ἡ περὶ θεούς τε [188c] καὶ ἀνθρώπους πρὸς ἀλλήλους κοινωνία — οὐ περὶ ἄλλο τί ἐστιν ἢ περὶ Ἔρωτος φυλακήν τε καὶ ἴασιν. πᾶσα γὰρ ἀσέβεια φιλεῖ γίγνεσθαι ἐὰν μή τις τῷ κοσμίῳ Ἔρωτι χαρίζηται μηδὲ τιμᾷ τε αὐτὸν καὶ πρεσβεύῃ ἐν παντὶ ἔργῳ, ἀλλὰ τὸν ἕτερον, καὶ περὶ γονέας καὶ ζῶντας καὶ τετελευτηκότας καὶ περὶ θεούς· ἃ δὴ προστέτακται τῇ μαντικῇ ἐπισκοπεῖν τοὺς ἐρῶντας καὶ ἰατρεύειν, καὶ ἔστιν αὖ ἡ [188d] μαντικὴ φιλίας θεῶν καὶ ἀνθρώπων δημιουργὸς τῷ ἐπίστασθαι τὰ κατὰ ἀνθρώπους ἐρωτικά, ὅσα τείνει πρὸς θέμιν καὶ εὐσέβειαν.

οὕτω πολλὴν καὶ μεγάλην, μᾶλλον δὲ πᾶσαν δύναμιν ἔχει συλλήβδην μὲν ὁ πᾶς Ἔρως, ὁ δὲ περὶ τἀγαθὰ μετὰ σωφροσύνης καὶ δικαιοσύνης ἀποτελούμενος καὶ παρ᾽ ἡμῖν καὶ παρὰ θεοῖς, οὗτος τὴν μεγίστην δύναμιν ἔχει καὶ πᾶσαν ἡμῖν εὐδαιμονίαν παρασκευάζει καὶ ἀλλήλοις δυναμένους ὁμιλεῖν καὶ φίλους εἶναι καὶ τοῖς κρείττοσιν ἡμῶν θεοῖς. ἴσως μὲν [188e] οὖν καὶ ἐγὼ τὸν ἔρωτα ἐπαινῶν πολλὰ παραλείπω, οὐ μέντοι ἑκών γε. ἀλλ᾽ εἴ τι ἐξέλιπον, σὸν ἔργον, ὦ Ἀριστόφανες, ἀναπληρῶσαι· ἢ εἴ πως ἄλλως ἐν νῷ ἔχεις ἐγκωμιάζειν τὸν θεόν, ἐγκωμίαζε, ἐπειδὴ καὶ τῆς λυγγὸς πέπαυσαι. [189a]

ἐκδεξάμενον οὖν ἔφη εἰπεῖν τὸν Ἀριστοφάνη ὅτι καὶ μάλ᾽ ἐπαύσατο, οὐ μέντοι πρίν γε τὸν πταρμὸν προσενεχθῆναι αὐτῇ, ὥστε με θαυμάζειν εἰ τὸ κόσμιον τοῦ σώματος ἐπιθυμεῖ τοιούτων ψόφων καὶ γαργαλισμῶν, οἷον

lações dos astros e nas estações do ano chama-se astronomia. E ainda mais, não só todos os sacrifícios, como também os casos a que preside a arte divinatória — e estes são os que constituem o comércio recíproco dos deuses [188c] e dos homens — sobre nada mais versam senão sobre a conservação e a cura[62] do Amor. Toda impiedade, com efeito, costuma advir, se ao Amor moderado não se aquiesce nem se lhe tributa honra e respeito em toda ação, e sim ao outro, tanto no tocante aos pais, vivos e mortos, quanto aos deuses; e foi nisso que se assinou à arte divinatória o exame dos amores e sua cura, e assim é que por sua vez é a [188d] arte divinatória produtora[63] de amizade entre deuses e homens, graças ao conhecimento de todas as manifestações de amor que, entre os homens, se orientam para a justiça divina e a piedade.

"Assim, múltiplo e grande, ou melhor, universal é o poder que em geral tem todo o Amor, mas aquele que em torno do que é bom se consuma com sabedoria e justiça, entre nós como entre os deuses, é o que tem o máximo poder e toda felicidade nos prepara, pondo-nos em condições de não só entre nós mantermos convívio e amizade, como também com os que são mais poderosos que nós, os deuses. Em conclusão, talvez [188e] também eu, louvando o Amor, muita coisa estou deixando de lado, não todavia por minha vontade. Mas se algo omiti, é tua tarefa, ó Aristófanes, completar; ou se um outro modo tens em mente de elogiar o deus, elogia-o, uma vez que o teu soluço já o fizeste cessar." [189a]

Tendo então tomado a palavra, continuou Aristodemo, disse Aristófanes: "Bem que cessou! Não todavia, é verdade, antes de lhe ter eu aplicado o espirro, a ponto de me admirar que a boa ordem do corpo requeira tais ruídos e comichões

---

[62] A assimilação das outras artes à medicina tornou-se tão completa que o Amor é considerado como uma afecção como as outras doenças.

[63] Ver nota 59.

καὶ ὁ πταρμός ἐστιν· πάνυ γὰρ εὐθὺς ἐπαύσατο, ἐπειδὴ αὐτῷ τὸν πταρμὸν προσήνεγκα.

καὶ τὸν Ἐρυξίμαχον, ὠγαθέ, φάναι, Ἀριστόφανες, ὅρα τί ποιεῖς. γελωτοποιεῖς μέλλων λέγειν, καὶ φύλακά με τοῦ [189b] λόγου ἀναγκάζεις γίγνεσθαι τοῦ σεαυτοῦ, ἐάν τι γελοῖον εἴπῃς, ἐξόν σοι ἐν εἰρήνῃ λέγειν.

καὶ τὸν Ἀριστοφάνη γελάσαντα εἰπεῖν εὖ λέγεις, ὦ Ἐρυξίμαχε, καί μοι ἔστω ἄρρητα τὰ εἰρημένα. ἀλλὰ μή με φύλαττε, ὡς ἐγὼ φοβοῦμαι περὶ τῶν μελλόντων ῥηθήσεσθαι, οὔ τι μὴ γελοῖα εἴπω — τοῦτο μὲν γὰρ ἂν κέρδος εἴη καὶ τῆς ἡμετέρας μούσης ἐπιχώριον — ἀλλὰ μὴ καταγέλαστα.

βαλών γε, φάναι, ὦ Ἀριστόφανες, οἴει ἐκφεύξεσθαι· ἀλλὰ πρόσεχε τὸν νοῦν καὶ οὕτως λέγε ὡς δώσων λόγον. [189c] ἴσως μέντοι, ἂν δόξῃ μοι, ἀφήσω σε.

καὶ μήν, ὦ Ἐρυξίμαχε, εἰπεῖν τὸν Ἀριστοφάνη, ἄλλῃ γέ πῃ ἐν νῷ ἔχω λέγειν ἢ ᾗ σύ τε καὶ Παυσανίας εἰπέτην. ἐμοὶ γὰρ δοκοῦσιν ἄνθρωποι παντάπασι τὴν τοῦ ἔρωτος δύναμιν οὐκ ᾐσθῆσθαι, ἐπεὶ αἰσθανόμενοί γε μέγιστ' ἂν αὐτοῦ ἱερὰ κατασκευάσαι καὶ βωμούς, καὶ θυσίας ἂν ποιεῖν μεγίστας, οὐχ ὥσπερ νῦν τούτων οὐδὲν γίγνεται περὶ αὐτόν, δέον πάντων μάλιστα γίγνεσθαι. ἔστι γὰρ θεῶν φιλανθρωπότατος, [189d] ἐπίκουρός τε ὢν τῶν ἀνθρώπων καὶ ἰατρὸς τούτων ὧν ἰαθέντων μεγίστη εὐδαιμονία ἂν τῷ ἀνθρωπείῳ γένει

como é o espirro; pois logo o soluço parou, quando lhe apliquei o espirro".

E Erixímaco lhe disse: "Meu bom Aristófanes, vê o que fazes. Estás a fazer graça, quando vais falar, e me forças a vigiar o teu [189b] discurso, se porventura vais dizer algo risível, quando te é permitido falar em paz".

Aristófanes riu e retomou: "Tens razão, Erixímaco! Fique-me o dito pelo não dito. Mas não me vigies, que eu receio, a respeito do que vai ser dito, que seja não engraçado o que vou dizer — pois isso seria proveitoso e próprio da nossa musa — mas ridículo".[64]

"Pois sim!", disse o outro, "lançada a tua seta, Aristófanes, pensas em fugir; mas toma cuidado e fala como se fosses prestar contas. [189c] Talvez todavia, se bem me parecer, eu te largarei."

"Na verdade, Erixímaco", disse Aristófanes, "é de outro modo[65] que tenho a intenção de falar, diferente do teu e do de Pausânias. Com efeito, parece-me os homens absolutamente não terem percebido o poder do amor, que se o percebessem, os maiores templos e altares lhe preparariam, e os maiores sacrifícios lhe fariam, não como agora que nada disso há em sua honra, quando mais que tudo deve haver. É ele, com efeito, o deus mais amigo do homem, [189d] protetor e médico desses males, de cuja cura dependeria sem dúvida a maior felicidade para o gênero humano. Tentarei eu portan-

---

[64] De fato seu discurso é engraçadíssimo. A precaução de Aristófanes faz lembrar o tom e a função de uma parábase, na comédia antiga, onde o poeta, pela voz do coro, explica-se a respeito de sua peça. Ver *Os Cavaleiros*, 515-6, e 541-5, onde se sente a mesma nota de prudência que aqui. Além desse traço de verossimilhança dramática, Platão estaria insinuando uma alusão à insuficiência da arte de Aristófanes, que não tem domínio de seus próprios recursos, dependente que é de uma inspiração.

[65] Ver posfácio, pp. 212-4.

εἴη. ἐγὼ οὖν πειράσομαι ὑμῖν εἰσηγήσασθαι τὴν
δύναμιν αὐτοῦ, ὑμεῖς δὲ τῶν ἄλλων διδάσκαλοι ἔσεσθε.
δεῖ δὲ πρῶτον ὑμᾶς μαθεῖν τὴν ἀνθρωπίνην φύσιν καὶ
τὰ παθήματα αὐτῆς. ἡ γὰρ πάλαι ἡμῶν φύσις οὐχ αὐτὴ
ἦν ἥπερ νῦν, ἀλλ' ἀλλοία. πρῶτον μὲν γὰρ τρία ἦν τὰ
γένη τὰ τῶν ἀνθρώπων, οὐχ ὥσπερ νῦν δύο, ἄρρεν καὶ
θῆλυ, [189e] ἀλλὰ καὶ τρίτον προσῆν κοινὸν ὂν
ἀμφοτέρων τούτων, οὗ νῦν ὄνομα λοιπόν, αὐτὸ δὲ
ἠφάνισται· ἀνδρόγυνον γὰρ ἓν τότε μὲν ἦν καὶ εἶδος
καὶ ὄνομα ἐξ ἀμφοτέρων κοινὸν τοῦ τε ἄρρενος καὶ
θήλεος, νῦν δὲ οὐκ ἔστιν ἀλλ' ἢ ἐν ὀνείδει ὄνομα
κείμενον. ἔπειτα ὅλον ἦν ἑκάστου τοῦ ἀνθρώπου τὸ
εἶδος στρογγύλον, νῶτον καὶ πλευρὰς κύκλῳ ἔχον,
χεῖρας δὲ τέτταρας εἶχε, καὶ σκέλη τὰ ἴσα ταῖς χερσίν,
καὶ πρόσωπα [190a] δύ' ἐπ' αὐχένι κυκλοτερεῖ, ὅμοια
πάντῃ· κεφαλὴν δ' ἐπ' ἀμφοτέροις τοῖς προσώποις
ἐναντίοις κειμένοις μίαν, καὶ ὦτα τέτταρα, καὶ αἰδοῖα
δύο, καὶ τἆλλα πάντα ὡς ἀπὸ τούτων ἄν τις εἰκάσειεν.
ἐπορεύετο δὲ καὶ ὀρθὸν ὥσπερ νῦν, ὁποτέρωσε
βουληθείη· καὶ ὁπότε ταχὺ ὁρμήσειεν θεῖν, ὥσπερ οἱ
κυβιστῶντες καὶ εἰς ὀρθὸν τὰ σκέλη περιφερόμενοι
κυβιστῶσι κύκλῳ, ὀκτὼ τότε οὖσι τοῖς μέλεσιν
ἀπερειδόμενοι ταχὺ ἐφέροντο κύκλῳ. ἦν δὲ διὰ ταῦτα
τρία [190b] τὰ γένη καὶ τοιαῦτα, ὅτι τὸ μὲν ἄρρεν ἦν τοῦ
ἡλίου τὴν ἀρχὴν ἔκγονον, τὸ δὲ θῆλυ τῆς γῆς, τὸ δὲ
ἀμφοτέρων μετέχον τῆς σελήνης, ὅτι καὶ ἡ σελήνη
ἀμφοτέρων μετέχει· περιφερῆ δὲ δὴ ἦν καὶ αὐτὰ καὶ ἡ
πορεία αὐτῶν διὰ τὸ τοῖς γονεῦσιν ὅμοια εἶναι. ἦν οὖν
τὴν ἰσχὺν δεινὰ καὶ τὴν ῥώμην, καὶ τὰ φρονήματα

to iniciar-vos[66] em seu poder, e vós o ensinareis aos outros. Mas é preciso primeiro aprenderdes a natureza humana e as suas vicissitudes. Com efeito, nossa natureza outrora não era a mesma que a de agora, mas diferente. Em primeiro lugar, três eram os gêneros da humanidade, não dois como agora, o masculino e o feminino, [189e] mas também havia a mais um terceiro, comum a estes dois, do qual resta agora um nome, desaparecida a coisa; andrógino era então um gênero distinto, tanto na forma como no nome comum aos dois, ao masculino e ao feminino, enquanto agora nada mais é que um nome posto em desonra. Depois, inteiriça[67] era a forma de cada homem, com o dorso redondo, os flancos em círculo; quatro mãos ele tinha, e as pernas o mesmo tanto das mãos, dois [190a] rostos sobre um pescoço torneado, semelhantes em tudo; mas a cabeça sobre os dois rostos opostos um ao outro era uma só, e quatro orelhas, dois sexos, e tudo o mais como desses exemplos se poderia supor. E quanto ao seu andar, era também ereto como agora, em qualquer das duas direções que quisesse; mas quando se lançavam a uma rápida corrida, como os que cambalhotando e virando as pernas para cima fazem uma roda, do mesmo modo, apoiando-se nos seus oito membros de então, rapidamente eles se locomoviam em círculo. Eis por que eram três [190b] os gêneros, e tal a sua constituição, porque o masculino de início era descendente do sol, o feminino da terra, e o que tinha de ambos era da lua, pois também a lua tem de ambos; e eram assim circulares, tanto eles próprios como a sua locomoção, por terem semelhantes genitores. Eram por conseguinte de uma força e de um vigor terríveis, e uma grande presunção

---

[66] A palavra é própria da linguagem dos Mistérios. Aristófanes não vai explicar as virtudes do Amor, como os dois oradores precedentes, mas tentará o acesso direto à sua natureza, como numa iniciação.

[67] Cf. Empédocles, frag. 62, vs. 4, Diels: Οὐλοφυεῖς μὲν πρῶτα τύποι χθονὸς ἐξανέτελλον, "primeiro, tipos inteiriços surgiram da terra".

μεγάλα εἶχον, ἐπεχείρησαν δὲ τοῖς θεοῖς, καὶ ὃ λέγει
Ὅμηρος περὶ Ἐφιάλτου τε καὶ Ὤτου, περὶ ἐκείνων
λέγεται, τὸ εἰς τὸν οὐρανὸν ἀνάβασιν ἐπιχειρεῖν [190c]
ποιεῖν, ὡς ἐπιθησομένων τοῖς θεοῖς. ὁ οὖν Ζεὺς καὶ οἱ
ἄλλοι θεοὶ ἐβουλεύοντο ὅτι χρὴ αὐτοὺς ποιῆσαι, καὶ
ἠπόρουν· οὔτε γὰρ ὅπως ἀποκτείναιεν εἶχον καὶ
ὥσπερ τοὺς γίγαντας κεραυνώσαντες τὸ γένος
ἀφανίσαιεν — αἱ τιμαὶ γὰρ αὐτοῖς καὶ ἱερὰ τὰ παρὰ
τῶν ἀνθρώπων ἠφανίζετο — οὔτε ὅπως ἐῷεν
ἀσελγαίνειν. μόγις δὴ ὁ Ζεὺς ἐννοήσας λέγει ὅτι 'δοκῶ
μοι,' ἔφη, 'ἔχειν μηχανήν, ὡς ἂν εἶέν τε ἄνθρωποι καὶ
παύσαιντο τῆς ἀκολασίας ἀσθενέστεροι [190d]
γενόμενοι. νῦν μὲν γὰρ αὐτούς, ἔφη, διατεμῶ δίχα
ἕκαστον, καὶ ἅμα μὲν ἀσθενέστεροι ἔσονται, ἅμα δὲ
χρησιμώτεροι ἡμῖν διὰ τὸ πλείους τὸν ἀριθμὸν
γεγονέναι· καὶ βαδιοῦνται ὀρθοὶ ἐπὶ δυοῖν σκελοῖν. ἐὰν
δ' ἔτι δοκῶσιν ἀσελγαίνειν καὶ μὴ 'θέλωσιν ἡσυχίαν
ἄγειν, πάλιν αὖ, ἔφη, τεμῶ δίχα, ὥστ' ἐφ' ἑνὸς
πορεύσονται σκέλους ἀσκωλιάζοντες.' ταῦτα εἰπὼν
ἔτεμνε τοὺς ἀνθρώπους δίχα, ὥσπερ οἱ τὰ ὄα τέμνοντες
[190e] καὶ μέλλοντες ταριχεύειν, ἢ ὥσπερ οἱ τὰ ᾠὰ ταῖς
θριξίν· ὅντινα δὲ τέμοι, τὸν Ἀπόλλω ἐκέλευεν τό τε
πρόσωπον μεταστρέφειν καὶ τὸ τοῦ αὐχένος ἥμισυ
πρὸς τὴν τομήν, ἵνα θεώμενος τὴν αὑτοῦ τμῆσιν
κοσμιώτερος εἴη ὁ ἄνθρωπος, καὶ τἆλλα ἰᾶσθαι
ἐκέλευεν. ὁ δὲ τό τε πρόσωπον μετέστρεφε, καὶ
συνέλκων πανταχόθεν τὸ δέρμα ἐπὶ τὴν γαστέρα νῦν

eles tinham; mas voltaram-se contra os deuses, e o que diz Homero de Efialtes e de Otes[68] é a eles que se refere, a tentativa de fazer uma escalada ao céu, [190c] para investir contra os deuses. Zeus então e os demais deuses puseram-se a deliberar sobre o que se devia fazer com eles, e embaraçavam-se; não podiam nem matá-los e, após fulminá-los como aos gigantes, fazer desaparecer-lhes a raça — pois as honras e os templos que lhes vinham dos homens desapareceriam — nem permitir-lhes que continuassem na impiedade. Depois de laboriosa reflexão, diz Zeus: 'Acho que tenho um meio de fazer com que os homens possam existir, mas parem com a intemperança, tornados [190d] mais fracos. Agora, com efeito', continuou, 'eu os cortarei a cada um em dois, e ao mesmo tempo eles serão mais fracos e também mais úteis para nós, pelo fato de se terem tornado mais numerosos; e andarão eretos, sobre duas pernas. Se ainda pensarem em arrogância e não quiserem acomodar-se, de novo', disse ele, 'eu os cortarei em dois, e assim sobre uma só perna eles andarão, saltitando'. Logo que o disse pôs-se a cortar os homens em dois, como os que cortam as sorvas[69] [190e] para a conserva, ou como os que cortam ovos com cabelo; a cada um que cortava mandava Apolo voltar-lhe o rosto e a banda do pescoço para o lado do corte, a fim de que, contemplando a própria mutilação, fosse mais moderado o homem, e quanto ao mais ele também mandava curar. Apolo torcia-lhes o rosto, e repuxando a pele de todos os lados para o que agora se chama o ventre, como as bolsas que se entrouxam, ele fazia uma só

---

[68] Os dois gigantes que tentaram pôr sobre o Olimpo o monte Ossa e sobre este o Pélio, a fim de atingirem o céu e destronarem Zeus. Ver *Odisseia*, XI, 307-20.

[69] Emile Chambry (*Platon — Oeuvres complètes*, III, p. 577, Garnier) cita o seguinte texto de Varrão: "Putant manere sorba quidam dissecta et in sole macerata, ut pira, et sorba per se ubicumque sint posita, in arido facile durare" (*De Re Rustica*, L, 60).

καλουμένην, ὥσπερ τὰ σύσπαστα βαλλάντια, ἓν στόμα ποιῶν ἀπέδει κατὰ μέσην τὴν γαστέρα, ὃ δὴ τὸν ὀμφαλὸν καλοῦσι. καὶ τὰς μὲν ἄλλας ῥυτίδας [191a] τὰς πολλὰς ἐξελέαινε καὶ τὰ στήθη διήρθρου, ἔχων τι τοιοῦτον ὄργανον οἷον οἱ σκυτοτόμοι περὶ τὸν καλάποδα λεαίνοντες τὰς τῶν σκυτῶν ῥυτίδας· ὀλίγας δὲ κατέλιπε, τὰς περὶ αὐτὴν τὴν γαστέρα καὶ τὸν ὀμφαλόν, μνημεῖον εἶναι τοῦ παλαιοῦ πάθους. ἐπειδὴ οὖν ἡ φύσις δίχα ἐτμήθη, ποθοῦν ἕκαστον τὸ ἥμισυ τὸ αὐτοῦ συνῄει, καὶ περιβάλλοντες τὰς χεῖρας καὶ συμπλεκόμενοι ἀλλήλοις, ἐπιθυμοῦντες συμφῦναι, ἀπέθνῃσκον ὑπὸ λιμοῦ καὶ τῆς [191b] ἄλλης ἀργίας διὰ τὸ μηδὲν ἐθέλειν χωρὶς ἀλλήλων ποιεῖν. καὶ ὁπότε τι ἀποθάνοι τῶν ἡμίσεων, τὸ δὲ λειφθείη, τὸ λειφθὲν ἄλλο ἐζήτει καὶ συνεπλέκετο, εἴτε γυναικὸς τῆς ὅλης ἐντύχοι ἡμίσει — ὃ δὴ νῦν γυναῖκα καλοῦμεν — εἴτε ἀνδρός· καὶ οὕτως ἀπώλλυντο. ἐλεήσας δὲ ὁ Ζεὺς ἄλλην μηχανὴν πορίζεται, καὶ μετατίθησιν αὐτῶν τὰ αἰδοῖα εἰς τὸ πρόσθεν — τέως γὰρ καὶ ταῦτα ἐκτὸς εἶχον, καὶ ἐγέννων [191c] καὶ ἔτικτον οὐκ εἰς ἀλλήλους ἀλλ᾽ εἰς γῆν, ὥσπερ οἱ τέττιγες — μετέθηκέ τε οὖν οὕτω αὐτῶν εἰς τὸ πρόσθεν καὶ διὰ τούτων τὴν γένεσιν ἐν ἀλλήλοις ἐποίησεν, διὰ τοῦ ἄρρενος ἐν τῷ θήλει, τῶνδε ἕνεκα, ἵνα ἐν τῇ συμπλοκῇ ἅμα μὲν εἰ ἀνὴρ γυναικὶ ἐντύχοι, γεννῷεν καὶ γίγνοιτο τὸ γένος, ἅμα δ᾽ εἰ καὶ ἄρρην ἄρρενι, πλησμονὴ γοῦν γίγνοιτο τῆς συνουσίας καὶ διαπαύοιντο καὶ ἐπὶ τὰ ἔργα τρέποιντο καὶ τοῦ ἄλλου βίου ἐπιμελοῖντο. ἔστι δὴ οὖν ἐκ τόσου [191d] ὁ ἔρως ἔμφυτος ἀλλήλων τοῖς ἀνθρώποις καὶ τῆς ἀρχαίας φύσεως συναγωγεὺς καὶ ἐπιχειρῶν ποιῆσαι ἓν ἐκ δυοῖν καὶ ἰάσασθαι τὴν φύσιν τὴν ἀνθρωπίνην. ἕκαστος οὖν

abertura e ligava-a firmemente no meio do ventre, que é o que chamam umbigo. As outras pregas, [191a] numerosas, ele se pôs a polir, e a articular os peitos, com um instrumento semelhante ao dos sapateiros quando estão polindo na forma as pregas dos sapatos; umas poucas ele deixou, as que estão à volta do próprio ventre e do umbigo, para lembrança da antiga condição. Por conseguinte, desde que a nossa natureza se mutilou em duas, ansiava cada um por sua própria metade e a ela se unia, e envolvendo-se com as mãos e enlaçando-se um ao outro, no ardor de se confundirem, morriam de fome e de [191b] inércia em geral, por nada quererem fazer longe um do outro. E sempre que morria uma das metades e a outra ficava, a que ficava procurava outra e com ela se enlaçava, quer se encontrasse com a metade do todo que era mulher — o que agora chamamos mulher — quer com a de um homem; e assim iam-se destruindo. Tomado de compaixão, Zeus consegue outro expediente, e lhes muda o sexo para a frente — pois até então eles o tinham para fora, e geravam [191c] e reproduziam não um no outro, mas na terra,[70] como as cigarras; pondo assim o sexo na frente deles fez com que através dele se processasse a geração um no outro, o macho na fêmea, pelo seguinte, para que no enlace, se fosse um homem a encontrar uma mulher, que ao mesmo tempo gerassem e se fosse constituindo a raça, mas se fosse um homem com um homem, que pelo menos houvesse saciedade em seu convívio e pudessem repousar, voltar ao trabalho e ocupar-se do resto da vida. É então de há tanto tempo que [191d] o amor de um pelo outro está implantado nos homens, restaurador da nossa antiga natureza, em sua tentativa de fazer um só de dois e de curar a natureza humana. Cada um de nós portanto é uma téssera complementar[71] de um ho-

---

[70] No mito do *Político* (271a), Platão refere-se a essa geração da terra, e Aristófanes nas *Nuvens* (853) alude sem dúvida a essa ideia.

[71] No grego σύμβολον (de συμβάλλειν, "juntar", "fazer conjunto").

ἡμῶν ἐστιν ἀνθρώπου σύμβολον, ἅτε τετμημένος ὥσπερ αἱ ψῆτται, ἐξ ἑνὸς δύο· ζητεῖ δὴ ἀεὶ τὸ αὑτοῦ ἕκαστος σύμβολον. ὅσοι μὲν οὖν τῶν ἀνδρῶν τοῦ κοινοῦ τμῆμά εἰσιν, ὃ δὴ τότε ἀνδρόγυνον ἐκαλεῖτο, φιλογύναικές τέ εἰσι καὶ οἱ πολλοὶ τῶν μοιχῶν ἐκ τούτου τοῦ γένους γεγόνασιν, καὶ [191e] ὅσαι αὖ γυναῖκες φίλανδροί τε καὶ μοιχεύτριαι ἐκ τούτου τοῦ γένους γίγνονται. ὅσαι δὲ τῶν γυναικῶν γυναικὸς τμῆμά εἰσιν, οὐ πάνυ αὗται τοῖς ἀνδράσι τὸν νοῦν προσέχουσιν, ἀλλὰ μᾶλλον πρὸς τὰς γυναῖκας τετραμμέναι εἰσί, καὶ αἱ ἑταιρίστριαι ἐκ τούτου τοῦ γένους γίγνονται. ὅσοι δὲ ἄρρενος τμῆμά εἰσι, τὰ ἄρρενα διώκουσι, καὶ τέως μὲν ἂν παῖδες ὦσιν, ἅτε τεμάχια ὄντα τοῦ ἄρρενος, φιλοῦσι τοὺς ἄνδρας καὶ χαίρουσι συγκατακείμενοι καὶ συμπεπλεγμένοι [192a] τοῖς ἀνδράσι, καί εἰσιν οὗτοι βέλτιστοι τῶν παίδων καὶ μειρακίων, ἅτε ἀνδρειότατοι ὄντες φύσει. φασὶ δὲ δή τινες αὐτοὺς ἀναισχύντους εἶναι, ψευδόμενοι· οὐ γὰρ ὑπ' ἀναισχυντίας τοῦτο δρῶσιν ἀλλ' ὑπὸ θάρρους καὶ ἀνδρείας καὶ ἀρρενωπίας, τὸ ὅμοιον αὑτοῖς ἀσπαζόμενοι. μέγα δὲ τεκμήριον· καὶ γὰρ τελεωθέντες μόνοι ἀποβαίνουσιν εἰς τὰ πολιτικὰ ἄνδρες οἱ τοιοῦτοι. ἐπειδὰν δὲ ἀνδρωθῶσι, [192b] παιδεραστοῦσι καὶ πρὸς γάμους καὶ παιδοποιίας οὐ προσέχουσι τὸν νοῦν φύσει, ἀλλ' ὑπὸ τοῦ νόμου ἀναγκάζονται· ἀλλ' ἐξαρκεῖ αὐτοῖς μετ' ἀλλήλων καταζῆν ἀγάμοις. πάντως μὲν οὖν ὁ τοιοῦτος παιδεραστής τε καὶ φιλεραστὴς

mem, porque cortado como os linguados, de um só em dois; e procura então cada um o seu próprio complemento. Por conseguinte, todos os homens que são um corte do tipo comum, o que então se chamava andrógino, gostam de mulheres, e a maioria dos adultérios provém deste tipo, assim [191e] como também todas as mulheres que gostam de homens e são adúlteras, é deste tipo que provêm. Todas as mulheres que são o corte de uma mulher não dirigem muito sua atenção aos homens, mas antes estão voltadas para as mulheres e as amiguinhas provêm deste tipo. E todos os que são corte de um macho perseguem o macho, e enquanto são crianças, como cortículos do macho, gostam dos homens e se comprazem em deitar-se com os homens e a eles se enlaçar, [192a] e são estes os melhores meninos e adolescentes, os de natural mais corajoso. Dizem alguns, é verdade, que eles são despudorados, mas estão mentindo; pois não é por despudor que fazem isso, mas por audácia, coragem e masculinidade, porque acolhem o que lhes é semelhante. Uma prova disso é que, uma vez amadurecidos, são os únicos que chegam a ser homens para a política,[72] os que são desse tipo. E quando se tornam homens, [192b] são os jovens que eles amam, e a casamentos e procriação naturalmente eles não lhes dão atenção, embora por lei a isso sejam forçados, mas se contentam em passar a vida um com o outro, solteiros. Assim é que, em geral, tal tipo torna-se amante e amigo do amante, porque está sempre acolhendo o que lhe é aparentado. Quando então se encontra com aquele mesmo que é a sua própria me-

---

Era um cubo ou um osso que se repartia entre dois hóspedes, como sinal de um compromisso. Transmitindo-se aos descendentes de ambos, podiam estes conferir os seus "símbolos" e ter assim a prova de antigos liames de hospitalidade.

[72] Aqui a sátira mordaz aos homossexuais completa-se habilmente com a sua identificação com os políticos. Comparar essa passagem com 184a7. Ver posfácio, p. 213.

γίγνεται, ἀεὶ τὸ συγγενὲς ἀσπαζόμενος. ὅταν μὲν οὖν καὶ αὐτῷ ἐκείνῳ ἐντύχῃ τῷ αὑτοῦ ἡμίσει καὶ ὁ παιδεραστὴς καὶ ἄλλος πᾶς, τότε καὶ θαυμαστὰ ἐκπλήττονται φιλίᾳ τε καὶ [192c] οἰκειότητι καὶ ἔρωτι, οὐκ ἐθέλοντες ὡς ἔπος εἰπεῖν χωρίζεσθαι ἀλλήλων οὐδὲ σμικρὸν χρόνον. καὶ οἱ διατελοῦντες μετ' ἀλλήλων διὰ βίου οὗτοί εἰσιν, οἳ οὐδ' ἂν ἔχοιεν εἰπεῖν ὅτι βούλονται σφίσι παρ' ἀλλήλων γίγνεσθαι. οὐδενὶ γὰρ ἂν δόξειεν τοῦτ' εἶναι ἡ τῶν ἀφροδισίων συνουσία, ὡς ἄρα τούτου ἕνεκα ἕτερος ἑτέρῳ χαίρει συνὼν οὕτως ἐπὶ μεγάλης σπουδῆς· ἀλλ' ἄλλο τι βουλομένη ἑκατέρου ἡ ψυχὴ [192d] δήλη ἐστίν, ὃ οὐ δύναται εἰπεῖν, ἀλλὰ μαντεύεται ὃ βούλεται, καὶ αἰνίττεται. καὶ εἰ αὐτοῖς ἐν τῷ αὐτῷ κατακειμένοις ἐπιστὰς ὁ Ἥφαιστος, ἔχων τὰ ὄργανα, ἔροιτο· 'τί ἔσθ' ὃ βούλεσθε, ὦ ἄνθρωποι, ὑμῖν παρ' ἀλλήλων γενέσθαι;' καὶ εἰ ἀποροῦντας αὐτοὺς πάλιν ἔροιτο· 'ἆρά γε τοῦδε ἐπιθυμεῖτε, ἐν τῷ αὐτῷ γενέσθαι ὅτι μάλιστα ἀλλήλοις, ὥστε καὶ νύκτα καὶ ἡμέραν μὴ ἀπολείπεσθαι ἀλλήλων; εἰ γὰρ τούτου ἐπιθυμεῖτε, θέλω ὑμᾶς συντῆξαι καὶ [192e] συμφυσῆσαι εἰς τὸ αὐτό, ὥστε δύ' ὄντας ἕνα γεγονέναι καὶ ἕως τ' ἂν ζῆτε, ὡς ἕνα ὄντα, κοινῇ ἀμφοτέρους ζῆν, καὶ ἐπειδὰν ἀποθάνητε, ἐκεῖ αὖ ἐν Ἅιδου ἀντὶ δυοῖν ἕνα εἶναι κοινῇ τεθνεῶτε· ἀλλ' ὁρᾶτε εἰ τούτου ἐρᾶτε καὶ ἐξαρκεῖ ὑμῖν ἂν τούτου τύχητε·' ταῦτ' ἀκούσας ἴσμεν ὅτι οὐδ' ἂν εἷς ἐξαρνηθείη οὐδ' ἄλλο τι ἂν φανείη βουλόμενος, ἀλλ' ἀτεχνῶς οἴοιτ' ἂν ἀκηκοέναι τοῦτο ὃ πάλαι ἄρα ἐπεθύμει, συνελθὼν καὶ συντακεὶς τῷ ἐρωμένῳ ἐκ δυοῖν εἷς γενέσθαι. τοῦτο γάρ ἐστι τὸ αἴτιον, ὅτι ἡ ἀρχαία

tade, tanto o amante do jovem como qualquer outro, então extraordinárias são as emoções que sentem, de amizade, [192c] intimidade e amor, a ponto de não quererem por assim dizer separar-se um do outro nem por um pequeno momento. E os que continuam um com o outro pela vida afora são estes, os quais nem saberiam dizer o que querem que lhes venha da parte de um ao outro. A ninguém, com efeito, pareceria que se trata de união sexual,[73] e que é porventura em vista disso que um gosta da companhia do outro assim com tanto interesse; ao contrário, que uma coisa quer a alma de cada um, [192d] é evidente, a qual coisa ela não pode dizer, mas adivinha o que quer e o indica por enigmas. Se diante deles, deitados no mesmo leito, surgisse Hefesto[74] e com seus instrumentos lhes perguntasse: 'Que é que quereis, ó homens, ter um do outro?', e se, diante do seu embaraço, de novo lhes perguntasse: 'Porventura é isso que desejais, ficardes no mesmo lugar o mais possível um para o outro, de modo que nem de noite nem de dia vos separeis um do outro? Pois se é isso que desejais, quero fundir-vos e [192e] forjar-vos numa mesma pessoa, de modo que de dois vos torneis um só e, enquanto viverdes, como uma só pessoa, possais viver ambos em comum, e depois que morrerdes, lá no Hades, em vez de dois ser um só, mortos os dois numa morte comum; mas vede se é isso o vosso amor, e se vos contentais se conseguirdes isso'. Depois de ouvir essas palavras, sabemos que nem um só diria que não, ou demonstraria querer outra coisa, mas simplesmente pensaria ter ouvido o que há muito estava desejando, sim, unir-se e confundir-se com o amado e de dois ficarem um só. O motivo disso é que nossa antiga natureza era

---

[73] Observar a facilidade com que o discurso muda de tom, atingindo aqui um lirismo saudável que permite a eclosão de uma ideia importante nessa sucessão dialética dos discursos: a de que o sentimento amoroso não é exclusivamente sexual.

[74] O deus do fogo e da metalurgia, o Vulcano dos latinos.

φύσις ἡμῶν ἦν αὕτη καὶ ἦμεν ὅλοι· τοῦ ὅλου οὖν τῇ ἐπιθυμίᾳ [193a] καὶ διώξει ἔρως ὄνομα. καὶ πρὸ τοῦ, ὥσπερ λέγω, ἓν ἦμεν, νυνὶ δὲ διὰ τὴν ἀδικίαν διῳκίσθημεν ὑπὸ τοῦ θεοῦ, καθάπερ Ἀρκάδες ὑπὸ Λακεδαιμονίων· φόβος οὖν ἔστιν, ἐὰν μὴ κόσμιοι ὦμεν πρὸς τοὺς θεούς, ὅπως μὴ καὶ αὖθις διασχισθησόμεθα, καὶ περίιμεν ἔχοντες ὥσπερ οἱ ἐν ταῖς στήλαις καταγραφὴν ἐκτετυπωμένοι, διαπεπρισμένοι κατὰ τὰς ῥῖνας, γεγονότες ὥσπερ λίσπαι. ἀλλὰ τούτων ἕνεκα πάντ' ἄνδρα χρὴ ἅπαντα παρακελεύεσθαι εὐσεβεῖν περὶ [193b] θεούς, ἵνα τὰ μὲν ἐκφύγωμεν, τῶν δὲ τύχωμεν, ὡς ὁ Ἔρως ἡμῖν ἡγεμὼν καὶ στρατηγός. ᾧ μηδεὶς ἐναντία πραττέτω — πράττει δ' ἐναντία ὅστις θεοῖς ἀπεχθάνεται — φίλοι γὰρ γενόμενοι καὶ διαλλαγέντες τῷ θεῷ ἐξευρήσομέν τε καὶ ἐντευξόμεθα τοῖς παιδικοῖς τοῖς ἡμετέροις αὐτῶν, ὃ τῶν νῦν ὀλίγοι ποιοῦσι. καὶ μή μοι ὑπολάβῃ Ἐρυξίμαχος, κωμῳδῶν τὸν λόγον, ὡς Παυσανίαν καὶ Ἀγάθωνα λέγω — ἴσως μὲν [193c] γὰρ καὶ οὗτοι τούτων τυγχάνουσιν ὄντες καί εἰσιν ἀμφότεροι τὴν φύσιν ἄρρενες — λέγω δὲ οὖν ἔγωγε καθ' ἁπάντων καὶ ἀνδρῶν καὶ γυναικῶν, ὅτι οὕτως ἂν ἡμῶν τὸ γένος εὔδαιμον γένοιτο, εἰ ἐκτελέσαιμεν τὸν ἔρωτα καὶ τῶν παιδικῶν τῶν αὑτοῦ ἕκαστος τύχοι εἰς τὴν ἀρχαίαν ἀπελθὼν φύσιν. εἰ δὲ τοῦτο ἄριστον, ἀναγκαῖον καὶ τῶν νῦν παρόντων τὸ

assim e nós éramos um todo; é portanto ao desejo e procura do todo [193a] que se dá o nome de amor.[75] Anteriormente, como estou dizendo, nós éramos um só, e agora é que, por causa da nossa injustiça, fomos separados pelo deus, e como o foram os árcades pelos lacedemônios;[76] é de temer então, se não formos moderados para com os deuses, que de novo sejamos fendidos em dois, e perambulemos tais quais os que nas esteias estão talhados de perfil, serrados na linha do nariz, como os ossos que se fendem.[77] Pois bem, em vista dessas eventualidades todo homem deve a todos exortar à piedade para com [193b] os deuses, a fim de que evitemos uma e alcancemos a outra, na medida em que o Amor nos dirige e comanda. Que ninguém em sua ação se lhe oponha — e se opõe todo aquele que aos deuses se torna odioso — pois amigos do deus e com ele reconciliados descobriremos e conseguiremos o nosso próprio amado, o que agora poucos fazem. E que não me suspeite Erixímaco, fazendo comédia de meu discurso, que é a Pausânias e Agatão que me estou referindo[78] — talvez [193c] também estes se encontrem no número desses e são ambos de natureza máscula — mas eu, no entanto, estou dizendo a respeito de todos, homens e mulheres, que é assim que nossa raça se tornaria feliz, se plenamente realizássemos o amor, e o seu próprio amado cada um encontrasse, tornado à sua primitiva natureza. E se isso é o melhor, é forçoso que dos casos atuais o que mais se lhe avizinha é o me-

---

[75] Ver posfácio, p. 212.

[76] Em 385 a.C. os lacedemônios destruíram a cidade de Mantineia, na Arcádia, e dispersaram seus habitantes por várias povoações (Xenofonte, V, 2, 1). É o que os gregos chamavam de διοικισμός, o contrário de uma colonização, isto é, um συνοικισμός. Notar que o diálogo se passa em 416 a.C. (ver nota 7, p. 21). O anacronismo é gritante.

[77] Justamente um dos tipos (λίσπαι) dos "símbolos", referidos acima (ver nota 71).

[78] Ver posfácio, p. 246.

τούτου ἐγγυτάτω ἄριστον εἶναι· τοῦτο δ᾽ ἐστὶ παιδικῶν τυχεῖν κατὰ νοῦν αὐτῷ πεφυκότων· οὗ δὴ τὸν αἴτιον θεὸν ὑμνοῦντες [193d] δικαίως ἂν ὑμνοῖμεν ἔρωτα, ὃς ἔν τε τῷ παρόντι ἡμᾶς πλεῖστα ὀνίνησιν εἰς τὸ οἰκεῖον ἄγων, καὶ εἰς τὸ ἔπειτα ἐλπίδας μεγίστας παρέχεται, ἡμῶν παρεχομένων πρὸς θεοὺς εὐσέβειαν, καταστήσας ἡμᾶς εἰς τὴν ἀρχαίαν φύσιν καὶ ἰασάμενος μακαρίους καὶ εὐδαίμονας ποιῆσαι.

οὗτος, ἔφη, ὦ Ἐρυξίμαχε, ὁ ἐμὸς λόγος ἐστὶ περὶ Ἔρωτος, ἀλλοῖος ἢ ὁ σός. ὥσπερ οὖν ἐδεήθην σου, μὴ κωμῳδήσῃς αὐτόν, ἵνα καὶ τῶν λοιπῶν ἀκούσωμεν τί ἕκαστος [193e] ἐρεῖ, μᾶλλον δὲ τί ἑκάτερος· Ἀγάθων γὰρ καὶ Σωκράτης λοιποί.

ἀλλὰ πείσομαί σοι, ἔφη φάναι τὸν Ἐρυξίμαχον· καὶ γάρ μοι ὁ λόγος ἡδέως ἐρρήθη. καὶ εἰ μὴ συνῄδη Σωκράτει τε καὶ Ἀγάθωνι δεινοῖς οὖσι περὶ τὰ ἐρωτικά, πάνυ ἂν ἐφοβούμην μὴ ἀπορήσωσι λόγων διὰ τὸ πολλὰ καὶ παντοδαπὰ εἰρῆσθαι· νῦν δὲ ὅμως θαρρῶ. [194a]

τὸν οὖν Σωκράτη εἰπεῖν καλῶς γὰρ αὐτὸς ἠγώνισαι, ὦ Ἐρυξίμαχε· εἰ δὲ γένοιο οὗ νῦν ἐγώ εἰμι, μᾶλλον δὲ ἴσως οὗ ἔσομαι ἐπειδὰν καὶ Ἀγάθων εἴπῃ εὖ, καὶ μάλ᾽ ἂν φοβοῖο καὶ ἐν παντὶ εἴης ὥσπερ ἐγὼ νῦν.

lhor, e é este o conseguir um bem-amado de natureza conforme ao seu gosto; e se disso fôssemos glorificar o deus responsável, [193d] merecidamente glorificaríamos o Amor, que agora nos é de máxima utilidade, levando-nos ao que nos é familiar, e que para o futuro nos dá as maiores esperanças, se formos piedosos para com os deuses, de restabelecer-nos em nossa primitiva natureza e, depois de nos curar, fazer-nos bem-aventurados e felizes.

"Eis, Erixímaco", disse ele, "o meu discurso sobre o Amor, diferente do teu. Conforme eu te pedi, não faças comédia dele, a fim de que possamos ouvir também os restantes, que dirá [193e] cada um deles, ou antes cada um dos dois; pois restam Agatão e Sócrates."

"Bem, eu te obedecerei", tornou-lhe Erixímaco; "e, com efeito, teu discurso foi para mim de um agradável teor.[79] E se por mim mesmo eu não soubesse que Sócrates e Agatão são terríveis nas questões do amor, muito temeria que sentissem falta de argumentos, pelo muito e variado que se disse; de fato porém eu confio neles." [194a]

Sócrates então disse: "É que foi bela, ó Erixímaco,[80] tua competição! Se porém ficasses na situação em que agora estou, ou melhor, em que estarei, depois que Agatão tiver falado, bem grande seria o teu temor, e em tudo por tudo estarias como eu agora".

---

[79] Ver pp. 246 ss.

[80] A observação de Sócrates é fina. Comentando o discurso de Aristófanes, Erixímaco expressava seu receio de que os dois últimos concorrentes tivessem dificuldades "pelo muito e variado que se disse" (isto é, não apenas Aristófanes). Sócrates o ajuda então nesse pequeno detalhe e insiste na sua contribuição. Ao mesmo tempo ele tem uma ótima deixa para dirigir-se à competência de Agatão.

φαρμάττειν βούλει με, ὦ Σώκρατες, εἰπεῖν τὸν Ἀγάθωνα, ἵνα θορυβηθῶ διὰ τὸ οἴεσθαι τὸ θέατρον προσδοκίαν μεγάλην ἔχειν ὡς εὖ ἐροῦντος ἐμοῦ.

ἐπιλήσμων μεντἂν εἴην, ὦ Ἀγάθων, εἰπεῖν τὸν Σωκράτη, [194b] εἰ ἰδὼν τὴν σὴν ἀνδρείαν καὶ μεγαλοφροσύνην ἀναβαίνοντος ἐπὶ τὸν ὀκρίβαντα μετὰ τῶν ὑποκριτῶν, καὶ βλέψαντος ἐναντία τοσούτῳ θεάτρῳ, μέλλοντος ἐπιδείξεσθαι σαυτοῦ λόγους, καὶ οὐδ' ὁπωστιοῦν ἐκπλαγέντος, νῦν οἰηθείην σε θορυβήσεσθαι ἕνεκα ἡμῶν ὀλίγων ἀνθρώπων.

τί δέ, ὦ Σώκρατες; τὸν Ἀγάθωνα φάναι, οὐ δήπου με οὕτω θεάτρου μεστὸν ἡγῇ ὥστε καὶ ἀγνοεῖν ὅτι νοῦν ἔχοντι ὀλίγοι ἔμφρονες πολλῶν ἀφρόνων φοβερώτεροι; [194c]

οὐ μεντἂν καλῶς ποιοίην, φάναι, ὦ Ἀγάθων, περὶ σοῦ τι ἐγὼ ἄγροικον δοξάζων· ἀλλ' εὖ οἶδα ὅτι εἴ τισιν ἐντύχοις οὓς ἡγοῖο σοφούς, μᾶλλον ἂν αὐτῶν φροντίζοις ἢ τῶν πολλῶν. ἀλλὰ μὴ οὐχ οὗτοι ἡμεῖς ὦμεν — ἡμεῖς μὲν γὰρ καὶ ἐκεῖ παρῆμεν καὶ ἦμεν τῶν πολλῶν — εἰ δὲ ἄλλοις ἐντύχοις σοφοῖς, τάχ' ἂν αἰσχύνοιο αὐτούς, εἴ τι ἴσως οἴοιο αἰσχρὸν ὂν ποιεῖν· ἢ πῶς λέγεις;

ἀληθῆ λέγεις, φάναι.

τοὺς δὲ πολλοὺς οὐκ ἂν αἰσχύνοιο εἴ τι οἴοιο αἰσχρὸν ποιεῖν; [194d]

καὶ τὸν Φαῖδρον ἔφη ὑπολαβόντα εἰπεῖν ὦ φίλε Ἀγάθων, ἐὰν ἀποκρίνῃ Σωκράτει, οὐδὲν ἔτι διοίσει αὐτῷ ὁπῃοῦν τῶν ἐνθάδε ὁτιοῦν γίγνεσθαι, ἐὰν μόνον ἔχῃ ὅτῳ διαλέγηται, ἄλλως

"Enfeitiçar é o que me queres, ó Sócrates," disse-lhe Agatão, "a fim de que eu me alvoroce com a ideia de que o público está em grande expectativa de que eu vá falar bem."

"Desmemoriado eu seria, Agatão", tornou-lhe Sócrates, [194b] "se depois de ver tua coragem e sobranceria, quando subias ao estrado com os atores e encaraste de frente uma tão numerosa plateia, no momento em que ias apresentar uma peça tua, sem de modo algum te teres abalado, fosse eu agora imaginar que tu te alvoroçarias por causa de nós, tão poucos."

"O quê, Sócrates!", exclamou Agatão; "não me julgas sem dúvida tão cheio de teatro que ignore que, a quem tem juízo, poucos sensatos são mais temíveis que uma multidão insensata!" [194c]

"Realmente eu não faria bem, Agatão", tornou-lhe Sócrates, "se a teu respeito pensasse eu em alguma deselegância; ao contrário, bem sei que, se te encontrasses com pessoas que considerasses sábias, mais te preocuparias com elas do que com a multidão. No entanto, é de temer que estas não sejamos nós — pois nós estávamos lá e éramos da multidão — mas se fosse com outros que te encontrasses, com sábios, sem dúvida tu te envergonharias deles, se pensasses estar talvez cometendo algum ato que fosse vergonhoso; senão, que dizes?"

"É verdade o que dizes", respondeu-lhe.

"E da multidão não te envergonharias, se pensasses estar fazendo algo vergonhoso?"[81] [194d]

E eis que Fedro, disse Aristodemo, interrompeu e exclamou: "Meu caro Agatão, se responderes a Sócrates, nada mais lhe importará do programa, como quer que ande e o

---

[81] Esse breve diálogo, aqui interrompido, tem um duplo efeito dramático: serve de intervalo entre os discursos de dois poetas, tão diferentes de método e de espírito, e constitui como um prelúdio ao discurso especial de Sócrates, que vai começar, ao contrário dos outros, por um diálogo.

τε καὶ καλῷ. ἐγὼ δὲ ἡδέως μὲν ἀκούω Σωκράτους διαλεγομένου, ἀναγκαῖον δέ μοι ἐπιμεληθῆναι τοῦ ἐγκωμίου τῷ Ἔρωτι καὶ ἀποδέξασθαι παρ' ἑνὸς ἑκάστου ὑμῶν τὸν λόγον· ἀποδοὺς οὖν ἑκάτερος τῷ θεῷ οὕτως ἤδη διαλεγέσθω. [194e]

ἀλλὰ καλῶς λέγεις, ὦ Φαῖδρε, φάναι τὸν Ἀγάθωνα, καὶ οὐδέν με κωλύει λέγειν· Σωκράτει γὰρ καὶ αὖθις ἔσται πολλάκις διαλέγεσθαι.

ἐγὼ δὲ δὴ βούλομαι πρῶτον μὲν εἰπεῖν ὡς χρή με εἰπεῖν, ἔπειτα εἰπεῖν. δοκοῦσι γάρ μοι πάντες οἱ πρόσθεν εἰρηκότες οὐ τὸν θεὸν ἐγκωμιάζειν ἀλλὰ τοὺς ἀνθρώπους εὐδαιμονίζειν τῶν ἀγαθῶν ὧν ὁ θεὸς αὐτοῖς αἴτιος· ὁποῖος δέ τις αὐτὸς ὢν [195a] ταῦτα ἐδωρήσατο, οὐδεὶς εἴρηκεν. εἷς δὲ τρόπος ὀρθὸς παντὸς ἐπαίνου περὶ παντός, λόγῳ διελθεῖν οἷος οἵων αἴτιος ὢν τυγχάνει περὶ οὗ ἂν ὁ λόγος ᾖ. οὕτω δὴ τὸν ἔρωτα καὶ ἡμᾶς δίκαιον ἐπαινέσαι πρῶτον αὐτὸν οἷός ἐστιν, ἔπειτα τὰς δόσεις. φημὶ οὖν ἐγὼ πάντων θεῶν εὐδαιμόνων ὄντων ἔρωτα, εἰ θέμις καὶ ἀνεμέσητον εἰπεῖν, εὐδαιμονέστατον εἶναι αὐτῶν, κάλλιστον ὄντα καὶ ἄριστον. ἔστι δὲ κάλλιστος ὢν τοιόσδε. πρῶτον μὲν νεώτατος θεῶν, ὦ Φαῖδρε. μέγα [195b] δὲ τεκμήριον τῷ λόγῳ αὐτὸς παρέχεται, φεύγων

que quer que resulte, contanto que ele tenha com quem dialogue, sobretudo se é com um belo. Eu por mim é sem dúvida com prazer que ouço Sócrates a conversar, é-me forçoso cuidar do elogio ao recolher de cada um de vós o seu discurso; pague[82] então cada um o que deve ao deus e assim já pode conversar". [194e]

"Muito bem, Fedro!", exclamou Agatão, "nada me impede de falar, pois com Sócrates depois eu poderei ainda conversar muitas vezes.

"Eu então quero primeiro dizer como devo falar, e depois falar. Parece-me, com efeito, que todos os que antes falaram, não era o deus que elogiavam, mas os homens que felicitavam pelos bens de que o deus lhes é causador; qual porém é a sua natureza, [195a] em virtude da qual ele fez tais dons, ninguém o disse. Ora, a única maneira correta de qualquer elogio a qualquer um é, no discurso, explicar em virtude de que natureza vem a ser causa de tais efeitos aquele de quem se estiver falando.[83] Assim então com o Amor, é justo que também nós primeiro o louvemos em sua natureza, tal qual ele é, e depois os seus dons. Digo eu então que de todos os deuses, que são felizes, é o Amor, se é lícito dizê-lo sem incorrer em vingança,[84] o mais feliz, porque é o mais belo deles e o melhor. Ora, ele é o mais belo por ser tal como se segue. Primeiramente, é o mais jovem dos deuses, ó Fedro. E uma grande [195b] prova do que digo ele próprio fornece, quan-

---

[82] Como um bom "simposiarca", Fedro zela pelo bom andamento do programa estabelecido. Ver nota 21.

[83] Sócrates louvará mais adiante a excelência desse princípio, que representa uma etapa decisiva na progressão dos discursos. Com efeito, embora não vá acertar na definição da natureza do Amor, Agatão traz à baila o problema, possibilitando assim a refutação socrática (189d-204c) e a definição platônica (201c-204a). Ver posfácio, pp. 214-5.

[84] Cf. 180e3. As palavras e os atos humanos podem suscitar a justiça vingativa (*nemesis*) dos deuses.

φυγῇ τὸ γῆρας, ταχὺ ὂν δῆλον ὅτι· θᾶττον γοῦν
τοῦ δέοντος ἡμῖν προσέρχεται. ὃ δὴ πέφυκεν Ἔρως
μισεῖν καὶ οὐδ' ἐντὸς πολλοῦ πλησιάζειν. μετὰ δὲ
νέων ἀεὶ σύνεστί τε καὶ ἔστιν· ὁ γὰρ παλαιὸς
λόγος εὖ ἔχει, ὡς ὅμοιον ὁμοίῳ ἀεὶ πελάζει. ἐγὼ
δὲ Φαίδρῳ πολλὰ ἄλλα ὁμολογῶν τοῦτο οὐχ
ὁμολογῶ, ὡς Ἔρως Κρόνου καὶ Ἰαπετοῦ
ἀρχαιότερός ἐστιν, ἀλλά [195c] φημι νεώτατον
αὐτὸν εἶναι θεῶν καὶ ἀεὶ νέον, τὰ δὲ παλαιὰ
πράγματα περὶ θεούς, ἃ Ἡσίοδος καὶ Παρμενίδης
λέγουσιν, Ἀνάγκῃ καὶ οὐκ Ἔρωτι γεγονέναι, εἰ
ἐκεῖνοι ἀληθῆ ἔλεγον· οὐ γὰρ ἂν ἐκτομαὶ οὐδὲ
δεσμοὶ ἀλλήλων ἐγίγνοντο καὶ ἄλλα πολλὰ καὶ
βίαια, εἰ Ἔρως ἐν αὐτοῖς ἦν, ἀλλὰ φιλία καὶ
εἰρήνη, ὥσπερ νῦν, ἐξ οὗ Ἔρως τῶν θεῶν
βασιλεύει. νέος μὲν οὖν ἐστι, πρὸς δὲ τῷ νέῳ
ἁπαλός· ποιητοῦ δ' ἔστιν [195d] ἐνδεὴς οἷος ἦν
Ὅμηρος πρὸς τὸ ἐπιδεῖξαι θεοῦ ἁπαλότητα.
Ὅμηρος γὰρ Ἄτην θεόν τέ φησιν εἶναι καὶ ἁπαλήν
— τούς γοῦν πόδας αὐτῆς ἁπαλοὺς εἶναι — λέγων

"... τῆς μένθ' ἁπαλοὶ πόδες· οὐ γὰρ ἐπ' οὔδεος
πίλναται, ἀλλ' ἄρα ἥ γε κατ' ἀνδρῶν κράατα βαίνει."

καλῷ οὖν δοκεῖ μοι τεκμηρίῳ τὴν ἁπαλότητα
ἀποφαίνειν, ὅτι οὐκ ἐπὶ σκληροῦ βαίνει, ἀλλ' ἐπὶ
μαλθακοῦ. τῷ αὐτῷ [195e] δὴ καὶ ἡμεῖς χρησόμεθα
τεκμηρίῳ περὶ ἔρωτα ὅτι ἁπαλός. οὐ γὰρ ἐπὶ γῆς

do em fuga foge da velhice, que é rápida evidentemente, e que em todo caso, mais rápida do que devia, para nós se encaminha. De sua natureza Amor a odeia e nem de longe se lhe aproxima. Com os jovens ele está sempre em seu convívio e ao seu lado; está certo, com efeito, o antigo ditado, que o semelhante sempre do semelhante se aproxima. Ora, eu, embora com Fedro concorde em muitos outros pontos, nisso não concordo, em que Amor seja mais antigo que Crono e Jápeto, mas ao contrário [195c] afirmo ser ele o mais novo dos deuses e sempre jovem, e que as questões entre os deuses, de que falam Hesíodo[85] e Parmênides, foi por Necessidade[86] e não por Amor que ocorreram, se é verdade o que aqueles diziam; não haveria, com efeito, mutilações nem prisões de uns pelos outros, e muitas outras violências, se Amor estivesse entre eles, mas amizade e paz, como agora, desde que Amor entre os deuses reina. Por conseguinte, jovem ele é, mas além de jovem ele é delicado; falta-lhe porém um [195d] poeta como era Homero para mostrar sua delicadeza de deus. Homero afirma, com efeito, que Ate é uma deusa, e delicada — que os seus pés em todo caso são delicados — quando diz:

'seus pés são delicados; pois não sobre o solo
se move, mas sobre as cabeças dos homens ela anda.'[87]

Assim, bela me parece a prova com que Homero revela a delicadeza da deusa: não anda ela sobre o que é duro, mas sobre o que é mole. Pois a mesma [195e] prova também nós utilizaremos a respeito do Amor, de que ele é delicado. Não

---

[85] Cf. *Teogonia, passim*.

[86] É talvez ideia de Parmênides. O que este escreveu sobre os deuses devia estar na parte do seu poema referente às "opiniões" dos mortais. Segundo Aécio, II, 7, 1 (Diels 28, A, 37), ele punha Justiça e Necessidade no meio de várias esferas concêntricas, como causa de movimento e geração.

[87] *Ilíada*, XIX, 92-3. Ate é a personificação da fatalidade.

βαίνει οὐδ' ἐπὶ κρανίων, ἅ ἐστιν οὐ πάνυ μαλακά, ἀλλ' ἐν τοῖς μαλακωτάτοις τῶν ὄντων καὶ βαίνει καὶ οἰκεῖ. ἐν γὰρ ἤθεσι καὶ ψυχαῖς θεῶν καὶ ἀνθρώπων τὴν οἴκησιν ἵδρυται, καὶ οὐκ αὖ ἑξῆς ἐν πάσαις ταῖς ψυχαῖς, ἀλλ' ᾗτινι ἂν σκληρὸν ἦθος ἐχούσῃ ἐντύχῃ, ἀπέρχεται, ᾗ δ' ἂν μαλακόν, οἰκίζεται. ἁπτόμενον οὖν ἀεὶ καὶ ποσὶν καὶ πάντῃ ἐν μαλακωτάτοις τῶν μαλακωτάτων, ἁπαλώτατον ἀνάγκη [196a] εἶναι. νεώτατος μὲν δή ἐστι καὶ ἁπαλώτατος, πρὸς δὲ τούτοις ὑγρὸς τὸ εἶδος. οὐ γὰρ ἂν οἷός τ' ἦν πάντῃ περιπτύσσεσθαι οὐδὲ διὰ πάσης ψυχῆς καὶ εἰσιὼν τὸ πρῶτον λανθάνειν καὶ ἐξιών, εἰ σκληρὸς ἦν. συμμέτρου δὲ καὶ ὑγρᾶς ἰδέας μέγα τεκμήριον ἡ εὐσχημοσύνη, ὃ δὴ διαφερόντως ἐκ πάντων ὁμολογουμένως Ἔρως ἔχει· ἀσχημοσύνῃ γὰρ καὶ Ἔρωτι πρὸς ἀλλήλους ἀεὶ πόλεμος. χρόας δὲ κάλλος ἡ κατ' ἄνθη δίαιτα τοῦ θεοῦ σημαίνει· ἀνανθεῖ γὰρ [196b] καὶ ἀπηνθηκότι καὶ σώματι καὶ ψυχῇ καὶ ἄλλῳ ὁτῳοῦν οὐκ ἐνίζει Ἔρως, οὗ δ' ἂν εὐανθής τε καὶ εὐώδης τόπος ᾖ, ἐνταῦθα δὲ καὶ ἵζει καὶ μένει.

περὶ μὲν οὖν κάλλους τοῦ θεοῦ καὶ ταῦτα ἱκανὰ καὶ ἔτι πολλὰ λείπεται, περὶ δὲ ἀρετῆς Ἔρωτος μετὰ ταῦτα λεκτέον, τὸ μὲν μέγιστον ὅτι Ἔρως οὔτ' ἀδικεῖ οὔτ' ἀδικεῖται οὔτε ὑπὸ θεοῦ οὔτε θεόν, οὔτε ὑπ' ἀνθρώπου οὔτε ἄνθρωπον. οὔτε γὰρ αὐτὸς βίᾳ πάσχει, εἴ τι πάσχει — βία γὰρ Ἔρωτος οὐχ [196c] ἅπτεται· οὔτε ποιῶν ποιεῖ — πᾶς γὰρ ἑκὼν Ἔρωτι

é, com efeito, sobre a terra que ele anda, nem sobre cabeças, que não são lá tão moles, mas no que há de mais brando entre os seres é onde ele anda e reside. Nos costumes, nas almas de deuses e de homens ele fez sua morada, e ainda, não indistintamente em todas as almas, mas da que encontre com um costume rude ele se afasta, e na que o tenha delicado ele habita. Estando assim sempre em contato, nos pés como em tudo, com os que, entre os seres mais brandos, são os mais brandos, necessariamente é ele o que há de mais delicado. [196a] É então o mais jovem, o mais delicado, e além dessas qualidades, sua constituição é úmida. Pois não seria ele capaz de se amoldar de todo jeito, nem de por toda alma primeiramente entrar, despercebido, e depois sair, se fosse ele seco.[88] De sua constituição acomodada e úmida é uma grande prova sua bela compleição, o que excepcionalmente todos reconhecem ter o Amor; é que entre deformidade e amor sempre de parte a parte há guerra. Quanto à beleza da sua tez, o seu viver entre flores bem o atesta; pois no que não floresce, [196b] como no que já floresceu, corpo, alma ou o que quer que seja, não se assenta o Amor, mas onde houver lugar bem florido e bem perfumado, aí ele se assenta e fica.

"Sobre a beleza do deus já é isso bastante, e, no entanto, ainda muita coisa resta; sobre a virtude de Amor devo depois disso falar, principalmente que Amor não comete nem sofre injustiça, nem de um deus ou contra um deus, nem de um homem ou contra um homem.[89] À força, com efeito, nem ele cede, se algo cede — pois violência não toca em [196c] Amor — nem, quando age, age, pois todo homem de bom

---

[88] Sendo úmido, mole, Amor cede à pressão, adapta-se, modela-se; ao contrário, sendo seco, não se adapta e não adquire forma conveniente. O argumento é de uma fantasia extravagante, de acordo com o caráter requintado de Agatão.

[89] Como a seguinte, essa frase, com seus paralelismos exagerados, é típica do maneirismo do estilo retórico de Agatão.

πᾶν ὑπηρετεῖ, ἃ δ' ἂν ἑκὼν ἑκόντι ὁμολογήσῃ, φασὶν
"'οἱ πόλεως βασιλῆς νόμοι'" δίκαια εἶναι. πρὸς δὲ τῇ
δικαιοσύνῃ σωφροσύνης πλείστης μετέχει. εἶναι γὰρ
ὁμολογεῖται σωφροσύνη τὸ κρατεῖν ἡδονῶν καὶ
ἐπιθυμιῶν, Ἔρωτος δὲ μηδεμίαν ἡδονὴν κρείττω εἶναι·
εἰ δὲ ἥττους, κρατοῖντ' ἂν ὑπὸ Ἔρωτος, ὁ δὲ κρατοῖ,
κρατῶν δὲ ἡδονῶν καὶ ἐπιθυμιῶν ὁ Ἔρως
διαφερόντως ἂν σωφρονοῖ. καὶ μὴν εἴς γε ἀνδρείαν
Ἔρωτι [196d] "'οὐδ' Ἄρης ἀνθίσταται.'" οὐ γὰρ ἔχει
ἔρωτα Ἄρης, ἀλλ' Ἔρως Ἄρη — Ἀφροδίτης, ὡς λόγος
— κρείττων δὲ ὁ ἔχων τοῦ ἐχομένου· τοῦ δ'
ἀνδρειοτάτου τῶν ἄλλων κρατῶν πάντων ἂν
ἀνδρειότατος εἴη. περὶ μὲν οὖν δικαιοσύνης καὶ
σωφροσύνης καὶ ἀνδρείας τοῦ θεοῦ εἴρηται, περὶ δὲ
σοφίας λείπεται· ὅσον οὖν δυνατόν, πειρατέον μὴ
ἐλλείπειν. καὶ πρῶτον μέν, ἵν' αὖ καὶ ἐγὼ τὴν ἡμετέραν
τέχνην τιμήσω ὥσπερ Ἐρυξίμαχος [196e] τὴν αὐτοῦ,
ποιητὴς ὁ θεὸς σοφὸς οὕτως ὥστε καὶ ἄλλον ποιῆσαι·
πᾶς γοῦν ποιητὴς γίγνεται, "'κἂν ἄμουσος ᾖ τὸ πρίν,'"
οὗ ἂν Ἔρως ἅψηται. ᾧ δὴ πρέπει ἡμᾶς μαρτυρίῳ
χρῆσθαι, ὅτι ποιητὴς ὁ Ἔρως ἀγαθὸς ἐν κεφαλαίῳ
πᾶσαν ποίησιν τὴν κατὰ μουσικήν· ἃ γάρ τις ἢ μὴ ἔχει
ἢ μὴ οἶδεν, οὔτ' ἂν ἑτέρῳ δοίη οὔτ' ἂν ἄλλον διδάξειεν.

grado serve em tudo ao Amor, e o que de bom grado reconhece uma parte a outra, dizem 'as leis, rainhas da cidade',[90] é justo. Além da justiça, da máxima temperança ele compartilha. É, com efeito, a temperança, reconhecidamente, o domínio sobre prazeres e desejos; ora, o Amor, nenhum prazer lhe é predominante; e se inferiores, seriam dominados por Amor, e ele os dominaria, e dominando prazeres e desejos seria o Amor excepcionalmente temperante. E também quanto à coragem, ao Amor [196d] 'nem Ares se lhe opõe'.[91] Com efeito, a Amor não pega Ares, mas Amor a Ares — o de Afrodite, segundo a lenda — e é mais forte o que pega do que é pegado: dominando assim o mais corajoso de todos, seria então ele o mais corajoso. Da justiça portanto, da temperança e da coragem do deus, está dito; da sua sabedoria porém resta dizer; o quanto possível então deve-se procurar não ser omisso. E em primeiro lugar, para que também eu por minha vez honre a minha arte como Erixímaco [196e] a dele, é um poeta o deus, e sábio, tanto que também a outro ele o faz; qualquer um em todo caso torna-se poeta, 'mesmo que antes seja estranho às Musas',[92] desde que lhe toque o Amor. É o que nos cabe utilizar como testemunho de que é um bom poeta o Amor, em geral em toda criação artística;[93] pois o que não se tem ou o que não se sabe, também a outro não se po-

---

[90] Expressão do retórico Alcidamas, aluno de Górgias, citado por Aristóteles, *Retórica*, 1406a.

[91] Fragmento de um *Tiestes* de Sófocles: Πρὸς τὴν Ἀνάγκην οὐδ' Ἄρης ἀνίσταται (frag. 235, Nauck2).

[92] Μουσικὸν δ' ἄρα Ἔρως διδάσκει κἂν ἄμουσος ᾖ τὸ πρίν. Eurípides, *Estenobeia* (frag. 663, Nauck2).

[93] O grego tem ποίησις, correspondente a ποιητής, ação e agente respectivamente de ποιεῖν: "fazer", "produzir". O sentido lato de ποίησις presta-se assim muito bem às analogias que a seguir faz Agatão. Cf. 205b7 ss.

καὶ [197a] μὲν δὴ τήν γε τῶν ζῴων ποίησιν πάντων τίς
ἐναντιώσεται μὴ οὐχὶ Ἔρωτος εἶναι σοφίαν, ᾗ γίγνεταί
τε καὶ φύεται πάντα τὰ ζῷα; ἀλλὰ τὴν τῶν τεχνῶν
δημιουργίαν οὐκ ἴσμεν, ὅτι οὗ μὲν ἂν ὁ θεὸς οὗτος
διδάσκαλος γένηται, ἐλλόγιμος καὶ φανὸς ἀπέβη, οὗ
δ' ἂν Ἔρως μὴ ἐφάψηται, σκοτεινός; τοξικήν γε μὴν
καὶ ἰατρικὴν καὶ μαντικὴν Ἀπόλλων ἀνηῦρεν
ἐπιθυμίας καὶ ἔρωτος ἡγεμονεύσαντος, [197b] ὥστε καὶ
οὗτος Ἔρωτος ἂν εἴη μαθητής, καὶ Μοῦσαι μουσικῆς
καὶ Ἥφαιστος χαλκείας καὶ Ἀθηνᾶ ἱστουργίας καὶ
"Ζεὺς κυβερνᾶν θεῶν τε καὶ ἀνθρώπων"Unknown.
ὅθεν δὴ καὶ κατεσκευάσθη τῶν θεῶν τὰ πράγματα
Ἔρωτος ἐγγενομένου, δῆλον ὅτι κάλλους — αἴσχει
γὰρ οὐκ ἔπι ἔρως — πρὸ τοῦ δέ, ὥσπερ ἐν ἀρχῇ εἶπον,
πολλὰ καὶ δεινὰ θεοῖς ἐγίγνετο, ὡς λέγεται, διὰ τὴν τῆς
ἀνάγκης βασιλείαν· ἐπειδὴ δ' ὁ θεὸς οὗτος ἔφυ, ἐκ τοῦ
ἐρᾶν τῶν καλῶν πάντ' ἀγαθὰ γέγονεν καὶ θεοῖς καὶ
ἀνθρώποις. [197c]

οὕτως ἐμοὶ δοκεῖ, ὦ Φαῖδρε, Ἔρως πρῶτος
αὐτὸς ὢν κάλλιστος καὶ ἄριστος μετὰ τοῦτο
τοῖς ἄλλοις ἄλλων τοιούτων αἴτιος εἶναι.
ἐπέρχεται δέ μοί τι καὶ ἔμμετρον εἰπεῖν, ὅτι
οὗτός ἐστιν ὁ ποιῶν

"εἰρήνην μὲν ἐν ἀνθρώποις, πελάγει δὲ γαλήνην
νηνεμίαν, ἀνέμων κοίτην ὕπνον τ' ἐνὶ κήδει." [197d]

οὗτος δὲ ἡμᾶς ἀλλοτριότητος μὲν κενοῖ, οἰκειότητος
δὲ πληροῖ, τὰς τοιάσδε συνόδους μετ' ἀλλήλων

deria dar ou ensinar. E [197a] em verdade, a criação[94] dos animais todos, quem contestará que não é sabedoria do Amor, pela qual nascem e crescem todos os animais? Mas, no exercício das artes, não sabemos que aquele de quem este deus se torna mestre acaba célebre e ilustre, enquanto aquele no qual o Amor não toque, acaba obscuro? E quanto à arte do arqueiro, à medicina, à adivinhação, inventou-as Apolo guiado pelo desejo e pelo amor, [197b] de modo que também Apolo seria discípulo do Amor. Assim como também as Musas nas belas-artes, Hefesto na metalurgia, Atena na tecelagem, e Zeus na arte 'de governar os deuses e os homens'.[95] E daí é que até as questões dos deuses foram regradas, quando entre eles surgiu Amor, evidentemente da beleza — pois no feio não se firma Amor[96] —, enquanto que antes, como a princípio disse, muitos casos terríveis se davam entre os deuses, ao que se diz, porque entre eles a Necessidade reinava; desde porém que este deus existiu, de se amarem as belas coisas toda espécie de bem surgiu para deuses e homens. [197c]

"Assim é que me parece, ó Fedro, que o Amor, primeiramente por ser em si mesmo o mais belo e o melhor, depois é que é para os outros a causa de outros tantos bens. Mas ocorre-me agora também em verso dizer alguma coisa, que é ele o que produz

'paz entre os homens, e no mar bonança,
repouso tranquilo de ventos e sono na dor.' [197d]

É ele que nos tira o sentimento de estranheza e nos enche de familiaridade, promovendo todas as reuniões deste tipo, pa-

---

[94] Também ποίησις. Ver nota anterior.

[95] Fragmento de alguma tragédia, não identificada.

[96] É dessa pequena afirmação que Sócrates partirá não só para a refutação do poeta como para a sua própria definição do Amor. Ver posfácio, pp. 222-3.

πάσας τιθεὶς συνιέναι, ἐν ἑορταῖς, ἐν χοροῖς, ἐν
θυσίαισι γιγνόμενος ἡγεμών· πραότητα μὲν
πορίζων, ἀγριότητα δ' ἐξορίζων· φιλόδωρος
εὐμενείας, ἄδωρος δυσμενείας· ἵλεως ἀγαθός· θεατὸς
σοφοῖς, ἀγαστὸς θεοῖς· ζηλωτὸς ἀμοίροις, κτητὸς
εὐμοίροις· τρυφῆς, ἁβρότητος, χλιδῆς, χαρίτων,
ἱμέρου, πόθου πατήρ· ἐπιμελὴς ἀγαθῶν, ἀμελὴς
κακῶν· ἐν πόνῳ, ἐν φόβῳ, ἐν πόθῳ, ἐν [197e] λόγῳ
κυβερνήτης, ἐπιβάτης, παραστάτης τε καὶ σωτὴρ
ἄριστος, συμπάντων τε θεῶν καὶ ἀνθρώπων
κόσμος, ἡγεμὼν κάλλιστος καὶ ἄριστος, ᾧ χρὴ
ἕπεσθαι πάντα ἄνδρα ἐφυμνοῦντα καλῶς, ᾠδῆς
μετέχοντα ἣν ᾄδει θέλγων πάντων θεῶν τε καὶ
ἀνθρώπων νόημα.

οὗτος, ἔφη, ὁ παρ' ἐμοῦ λόγος, ὦ Φαῖδρε, τῷ θεῷ
ἀνακείσθω, τὰ μὲν παιδιᾶς, τὰ δὲ σπουδῆς μετρίας,
καθ' ὅσον ἐγὼ δύναμαι, μετέχων. [198a]

εἰπόντος δὲ τοῦ Ἀγάθωνος πάντας ἔφη ὁ
Ἀριστόδημος ἀναθορυβῆσαι τοὺς παρόντας, ὡς
πρεπόντως τοῦ νεανίσκου εἰρηκότος καὶ αὑτῷ καὶ τῷ
θεῷ. τὸν οὖν Σωκράτη εἰπεῖν βλέψαντα εἰς τὸν
Ἐρυξίμαχον, ἆρά σοι δοκῶ, φάναι, ὦ παῖ Ἀκουμενοῦ,
ἀδεὲς πάλαι δέος δεδιέναι, ἀλλ' οὐ μαντικῶς ἃ νυνδὴ
ἔλεγον εἰπεῖν, ὅτι Ἀγάθων θαυμαστῶς ἐροῖ, ἐγὼ δ'
ἀπορήσοιμι;

ra mutuamente nos encontrarmos, tornando-se nosso guia nas festas, nos coros, nos sacrifícios; incutindo brandura e excluindo rudeza; pródigo de bem-querer e incapaz de mal querer; propício e bom; contemplado pelos sábios e admirado pelos deuses; invejado pelos desafortunados e conquistado pelos afortunados; do luxo, do requinte, do brilho, das graças, do ardor e da paixão, pai; diligente com o que é bom e negligente com o que é mau; no labor, no temor, no ardor da paixão, no [197e] teor da expressão, piloto e combatente, protetor e salvador supremo, adorno de todos os deuses e homens, guia belíssimo e excelente, que todo homem deve seguir, celebrando-o em belos hinos, e compartilhando do canto com ele encanta o pensamento de todos os deuses e homens.

"Este, ó Fedro", rematou ele, "o discurso que de minha parte quero que seja ao deus oferecido, em parte jocoso,[97] em parte, tanto quanto posso, discretamente sério." [198a]

Depois que falou Agatão, continuou Aristodemo, todos os presentes aplaudiram, por ter o jovem falado à altura do seu talento e da dignidade do deus. Sócrates então olhou para Erixímaco e lhe disse: "Porventura, ó filho de Acúmeno, parece-te que não tem nada de temível o temor[98] que de há muito sinto, e que não foi profético o que há pouco eu dizia, que Agatão falaria maravilhosamente, enquanto que eu me havia de embaraçar?".

---

[97] Essa advertência de Agatão atenua, em favor do mérito do seu discurso, o significado que comumente se atribui à extravagância dos seus argumentos, tais como o que vimos à nota 88. Ele tem consciência do caráter leve e fantasioso dos argumentos com que preencheu o esquema sério do seu discurso. Ver posfácio, pp. 215 ss.

[98] No original grego ἀδεὲς δέος, um medo que não é medo. Como que contagiado pela retórica de Agatão, Sócrates imita suas aliterações e paradoxos.

τὸ μὲν ἕτερον, φάναι τὸν Ἐρυξίμαχον, μαντικῶς μοι δοκεῖς εἰρηκέναι, ὅτι Ἀγάθων εὖ ἐρεῖ· τὸ δὲ σὲ ἀπορήσειν, οὐκ οἶμαι. [198b]

καὶ πῶς, ὦ μακάριε, εἰπεῖν τὸν Σωκράτη, οὐ μέλλω ἀπορεῖν καὶ ἐγὼ καὶ ἄλλος ὁστισοῦν, μέλλων λέξειν μετὰ καλὸν οὕτω καὶ παντοδαπὸν λόγον ῥηθέντα; καὶ τὰ μὲν ἄλλα οὐχ ὁμοίως μὲν θαυμαστά· τὸ δὲ ἐπὶ τελευτῆς τοῦ κάλλους τῶν ὀνομάτων καὶ ῥημάτων τίς οὐκ ἂν ἐξεπλάγη ἀκούων; ἐπεὶ ἔγωγε ἐνθυμούμενος ὅτι αὐτὸς οὐχ οἷός τ' ἔσομαι οὐδ' ἐγγὺς τούτων οὐδὲν καλὸν εἰπεῖν, ὑπ' αἰσχύνης ὀλίγου [198c] ἀποδρὰς ᾠχόμην, εἴ πῃ εἶχον. καὶ γάρ με Γοργίου ὁ λόγος ἀνεμίμνησκεν, ὥστε ἀτεχνῶς τὸ τοῦ Ὁμήρου ἐπεπόνθη· ἐφοβούμην μή μοι τελευτῶν ὁ Ἀγάθων Γοργίου κεφαλὴν δεινοῦ λέγειν ἐν τῷ λόγῳ ἐπὶ τὸν ἐμὸν λόγον πέμψας αὐτόν με λίθον τῇ ἀφωνίᾳ ποιήσειεν. καὶ ἐνενόησα τότε ἄρα καταγέλαστος ὤν, ἡνίκα ὑμῖν ὡμολόγουν ἐν τῷ μέρει μεθ' [198d] ὑμῶν ἐγκωμιάσεσθαι τὸν ἔρωτα καὶ ἔφην εἶναι δεινὸς τὰ ἐρωτικά, οὐδὲν εἰδὼς ἄρα τοῦ πράγματος, ὡς ἔδει ἐγκωμιάζειν ὁτιοῦν. ἐγὼ μὲν γὰρ ὑπ' ἀβελτερίας ᾤμην δεῖν τἀληθῆ λέγειν περὶ ἑκάστου τοῦ ἐγκωμιαζομένου, καὶ τοῦτο μὲν ὑπάρχειν, ἐξ αὐτῶν δὲ τούτων τὰ κάλλιστα ἐκλεγομένους ὡς εὐπρεπέστατα τιθέναι· καὶ

"Em parte", respondeu-lhe Erixímaco, "parece-me profético o que disseste, que Agatão falaria bem; mas quanto a te embaraçares, não creio." [198b]

"E como, ditoso amigo", disse Sócrates, "não vou embaraçar-me, eu e qualquer outro, quando devo falar depois de proferido um tão belo e colorido discurso? Não é que as suas demais partes não sejam igualmente admiráveis; mas o que está no fim, pela beleza dos termos e das frases,[99] quem não se teria perturbado ao ouvi-lo? Eu por mim, considerando que eu mesmo não seria capaz de nem de perto proferir algo tão belo, de vergonha quase [198c] me retirava e partia, se tivesse algum meio. Com efeito, vinha-me à mente o discurso de Górgias, a ponto de realmente eu sentir o que disse Homero:[100] temia que, concluindo, Agatão em seu discurso enviasse ao meu a cabeça de Górgias, terrível orador, e de mim mesmo me fizesse uma pedra, sem voz. Refleti então que estava evidentemente sendo ridículo, quando convosco concordava em fazer na minha vez, depois [198d] de vós, o elogio ao Amor, dizendo ser terrível nas questões de amor, quando na verdade nada sabia do que se tratava, de como se devia fazer qualquer elogio. Pois eu achava, por ingenuidade, que se devia dizer a verdade sobre tudo que está sendo elogiado, e que isso era fundamental, da própria verdade se escolhendo as mais belas manifestações para dispô-las o mais decen-

---

[99] Na segunda parte (197c-e) do discurso de Agatão, a preciosidade do seu estilo atinge o máximo com aquela longa litania de epítetos. Alguns críticos querem ver na palavra ῥήματα (que está traduzida por "frases", mas que em Platão significa às vezes "verbos", em oposição a "nomes") uma ambiguidade de sentido que esconde assim uma irônica alusão à ausência de verbos nesse trecho.

[100] *Odisseia*, XI, 633-5: [...] ἐμὲ δὲ χλωρὸν δέος ᾕρει,/ μή μοι Γοργείην κεφαλὴν δεινοῖο πελώρου/ ἐξ Ἀίδεω πέμψειεν ἀγαυὴ Περσεφόνεια, "um medo esverdeante me tomava, não me enviasse do Hades a augusta Perséfone a cabeça de Górgona, 'o monstro terrível'". O adjetivo Γοργείην ("Górgona") é homófono de Γοργίαν ("Górgias").

πάνυ δὴ μέγα ἐφρόνουν ὡς εὖ ἐρῶν, ὡς εἰδὼς τὴν ἀλήθειαν τοῦ ἐπαινεῖν ὁτιοῦν. τὸ δὲ ἄρα, ὡς ἔοικεν, οὐ τοῦτο ἦν τὸ καλῶς ἐπαινεῖν ὁτιοῦν, ἀλλὰ τὸ ὡς [198e] μέγιστα ἀνατιθέναι τῷ πράγματι καὶ ὡς κάλλιστα, ἐάν τε ᾖ οὕτως ἔχοντα ἐάν τε μή· εἰ δὲ ψευδῆ, οὐδὲν ἄρ' ἦν πρᾶγμα. προυρρήθη γάρ, ὡς ἔοικεν, ὅπως ἕκαστος ἡμῶν τὸν ἔρωτα ἐγκωμιάζειν δόξει, οὐχ ὅπως ἐγκωμιάσεται. διὰ ταῦτα δὴ οἶμαι πάντα λόγον κινοῦντες ἀνατίθετε τῷ Ἔρωτι, καὶ φατε αὐτὸν τοιοῦτόν τε εἶναι καὶ τοσούτων αἴτιον, ὅπως ἂν [199a] φαίνηται ὡς κάλλιστος καὶ ἄριστος, δῆλον ὅτι τοῖς μὴ γιγνώσκουσιν — οὐ γὰρ δήπου τοῖς γε εἰδόσιν — καὶ καλῶς γ' ἔχει καὶ σεμνῶς ὁ ἔπαινος. ἀλλὰ γὰρ ἐγὼ οὐκ ᾔδη ἄρα τὸν τρόπον τοῦ ἐπαίνου, οὐ δ' εἰδὼς ὑμῖν ὡμολόγησα καὶ αὐτὸς ἐν τῷ μέρει ἐπαινέσεσθαι. "ἡ γλῶσσα" οὖν ὑπέσχετο, "ἡ δὲ φρὴν" οὔ· χαιρέτω δή. οὐ γὰρ ἔτι ἐγκωμιάζω τοῦτον τὸν τρόπον — οὐ γὰρ ἂν δυναίμην — οὐ μέντοι ἀλλὰ τά γε ἀληθῆ, [199b] εἰ βούλεσθε, ἐθέλω εἰπεῖν κατ' ἐμαυτόν, οὐ πρὸς τοὺς ὑμετέρους λόγους, ἵνα μὴ γέλωτα ὄφλω. ὅρα οὖν, ὦ Φαῖδρε, εἴ τι καὶ τοιούτου λόγου δέῃ, περὶ Ἔρωτος τἀληθῆ λεγόμενα ἀκούειν, ὀνομάσει δὲ καὶ θέσει ῥημάτων τοιαύτῃ ὁποία δἄν τις τύχῃ ἐπελθοῦσα.

τὸν οὖν Φαῖδρον ἔφη καὶ τοὺς ἄλλους κελεύειν λέγειν, ὅπῃ αὐτὸς οἴοιτο δεῖν εἰπεῖν, ταύτῃ.

temente possível; e muito me orgulhava então, como se eu fosse falar bem, como se soubesse a verdade em qualquer elogio. No entanto, está aí, [198e] não era esse o belo elogio ao que quer que seja, mas o acrescentar o máximo à coisa, e o mais belamente possível, quer ela seja assim quer não; quanto a ser falso, não tinha nenhuma importância. Foi, com efeito, combinado como cada um de nós entenderia elogiar o Amor, não como cada um o elogiaria. Eis por que, pondo em ação todo argumento, vós o aplicais ao Amor, e dizeis que ele é tal e causa de tantos bens, a fim de [199a] aparecer[101] ele como o mais belo e o melhor possível, evidentemente aos que o não conhecem — pois não é aos que o conhecem — eis que fica belo, sim, e nobre o elogio. Mas é que eu não sabia então o modo de elogiar, e sem saber concordei, também eu, em elogiá-lo na minha vez: 'a língua jurou, mas o meu peito não';[102] que ela se vá então. Não vou mais elogiar desse modo, que não o poderia, é certo, mas a verdade sim, [199b] se vos apraz, quero dizer à minha maneira, e não em competição com os vossos discursos, para não me prestar ao riso. Vê então, Fedro, se por acaso há ainda precisão de um tal discurso, de ouvir sobre o Amor dizer a verdade, mas com nomes e com a disposição de frases que por acaso me tiver ocorrido.

Fedro então, disse Aristodemo, e os demais presentes pediram-lhe que, como ele próprio entendesse que devia falar, assim o fizesse.

---

[101] Sócrates critica nos elogios anteriores a preocupação exclusiva da aparência, em detrimento da realidade. Como concorrentes, os oradores agiram como se a máxima beleza dos seus discursos fosse uma consequência da máxima beleza atribuída ao Amor. Sócrates evita essa falha fundamental.

[102] Eurípides, *Hipólito*, 612: ἡ γλῶσσα ὀμώμοχ' ἡ δὲ φρὴν ἀνώμοτος.

ἔτι τοίνυν, φάναι, ὦ Φαῖδρε, πάρες μοι Ἀγάθωνα σμίκρ᾽ ἄττα ἐρέσθαι, ἵνα ἀνομολογησάμενος παρ᾽ αὐτοῦ οὕτως ἤδη λέγω. [199c]

ἀλλὰ παρίημι, φάναι τὸν Φαῖδρον, ἀλλ᾽ ἐρώτα. μετὰ ταῦτα δὴ τὸν Σωκράτη ἔφη ἐνθένδε ποθὲν ἄρξασθαι.

καὶ μήν, ὦ φίλε Ἀγάθων, καλῶς μοι ἔδοξας καθηγήσασθαι τοῦ λόγου, λέγων ὅτι πρῶτον μὲν δέοι αὐτὸν ἐπιδεῖξαι ὁποῖός τίς ἐστιν ὁ Ἔρως, ὕστερον δὲ τὰ ἔργα αὐτοῦ. ταύτην τὴν ἀρχὴν πάνυ ἄγαμαι. ἴθι οὖν μοι περὶ Ἔρωτος, ἐπειδὴ καὶ τἆλλα καλῶς καὶ μεγαλοπρεπῶς διῆλθες οἷός ἐστι, καὶ [199d] τόδε εἰπέ· πότερόν ἐστι τοιοῦτος οἷος εἶναί τινος ὁ Ἔρως ἔρως, ἢ οὐδενός; ἐρωτῶ δ᾽ οὐκ εἰ μητρός τινος ἢ πατρός ἐστιν — γελοῖον γὰρ ἂν εἴη τὸ ἐρώτημα εἰ Ἔρως ἐστὶν ἔρως μητρὸς ἢ πατρός — ἀλλ᾽ ὥσπερ ἂν εἰ αὐτὸ τοῦτο πατέρα ἠρώτων, ἆρα ὁ πατήρ ἐστι πατήρ τινος ἢ οὔ; εἶπες ἂν δήπου μοι, εἰ ἐβούλου καλῶς ἀποκρίνασθαι, ὅτι ἔστιν ὑέος γε ἢ θυγατρὸς ὁ πατὴρ πατήρ· ἢ οὔ;

πάνυ γε, φάναι τὸν Ἀγάθωνα.

οὐκοῦν καὶ ἡ μήτηρ ὡσαύτως; Ὁμολογεῖσθαι καὶ τοῦτο. [199e]

ἔτι τοίνυν, εἰπεῖν τὸν Σωκράτη, ἀπόκριναι ὀλίγῳ πλείω, ἵνα μᾶλλον καταμάθῃς ὃ βούλομαι. εἰ γὰρ ἐροίμην, 'τί δέ; ἀδελφός, αὐτὸ τοῦθ᾽ ὅπερ ἔστιν, ἔστι τινὸς ἀδελφὸς ἢ οὔ;' φάναι εἶναι.

"Permite-me ainda, Fedro", retornou Sócrates, "fazer umas perguntas a Agatão, a fim de que tendo obtido o seu acordo, eu já possa assim falar." [199c]

"Mas sim, permito", disse Fedro. "Pergunta!" E então, disse Aristodemo, Sócrates começou mais ou menos por esse ponto:

"Realmente, caro Agatão, bem me pareceste iniciar teu discurso, quando dizias que primeiro se devia mostrar o próprio Amor, qual a sua natureza, e depois as suas obras. Esse começo, muito o admiro. Vamos então, a respeito do Amor, já que em geral explicaste bem e magnificamente qual é a sua natureza, [199d] dize-me também o seguinte: é de tal natureza o Amor que é amor de algo ou de nada? Estou perguntando, não se é de uma mãe ou de um pai — pois ridícula seria essa pergunta, se Amor é amor de um pai ou de uma mãe — mas é como se, a respeito disso mesmo, de 'pai', eu perguntasse: 'Porventura o pai é pai de algo ou não?'. Ter-me-ias sem dúvida respondido, se me quisesses dar uma bela resposta, que é de um filho ou de uma filha que o pai é pai;[103] ou não?"

"Exatamente", disse Agatão.

"E também a mãe não é assim?" "Também", admitiu ele. [199e]

"Responde-me ainda", continuou Sócrates, "mais um pouco, a fim de melhor compreenderes o que quero. Se eu te perguntasse: 'E irmão,[104] enquanto é justamente isso mesmo que é, é irmão de algo ou não?'" "É, sim", disse ele.

---

[103] Entender: assim como pai é pai com relação a filho, amor é amor com relação a alguma coisa. É por esse objeto específico do amor que Sócrates pergunta.

[104] A repetição dos exemplos numa argumentação, que muitas vezes nos parece ociosa e geralmente nos impacienta, é típica dos diálogos, que parecem nesse ponto refletir um hábito da época.

οὐκοῦν ἀδελφοῦ ἢ ἀδελφῆς; Ὁμολογεῖν.

πειρῶ δή, φάναι, καὶ τὸν ἔρωτα εἰπεῖν. ὁ Ἔρως ἔρως ἐστὶν οὐδενὸς ἢ τινός;

πάνυ μὲν οὖν ἔστιν. [200a]

τοῦτο μὲν τοίνυν, εἰπεῖν τὸν Σωκράτη, φύλαξον παρὰ σαυτῷ μεμνημένος ὅτου· τοσόνδε δὲ εἰπέ, πότερον ὁ Ἔρως ἐκείνου οὗ ἔστιν ἔρως, ἐπιθυμεῖ αὐτοῦ ἢ οὔ;

πάνυ γε, φάναι.

πότερον ἔχων αὐτὸ οὗ ἐπιθυμεῖ τε καὶ ἐρᾷ, εἶτα ἐπιθυμεῖ τε καὶ ἐρᾷ, ἢ οὐκ ἔχων;

οὐκ ἔχων, ὡς τὸ εἰκός γε, φάναι.

σκόπει δή, εἰπεῖν τὸν Σωκράτη, ἀντὶ τοῦ εἰκότος εἰ ἀνάγκη οὕτως, τὸ ἐπιθυμοῦν ἐπιθυμεῖν οὗ ἐνδεές ἐστιν, ἢ μὴ [200b] ἐπιθυμεῖν, ἐὰν μὴ ἐνδεὲς ᾖ; ἐμοὶ μὲν γὰρ θαυμαστῶς δοκεῖ, ὦ Ἀγάθων, ὡς ἀνάγκη εἶναι· σοὶ δὲ πῶς;

κἀμοί, φάναι, δοκεῖ.

καλῶς λέγεις. ἆρ' οὖν βούλοιτ' ἄν τις μέγας ὢν μέγας εἶναι, ἢ ἰσχυρὸς ὢν ἰσχυρός;

ἀδύνατον ἐκ τῶν ὡμολογημένων.

οὐ γάρ που ἐνδεὴς ἂν εἴη τούτων ὅ γε ὤν.

ἀληθῆ λέγεις.

εἰ γὰρ καὶ ἰσχυρὸς ὢν βούλοιτο ἰσχυρὸς εἶναι, φάναι τὸν Σωκράτη, καὶ ταχὺς ὢν ταχύς, καὶ ὑγιὴς ὢν ὑγιής — ἴσως γὰρ ἄν τις ταῦτα οἰηθείη καὶ πάντα τὰ τοιαῦτα τοὺς ὄντας [200c] τε τοιούτους καὶ ἔχοντας ταῦτα τούτων ἅπερ ἔχουσι καὶ ἐπιθυμεῖν, ἵν' οὖν μὴ ἐξαπατηθῶμεν, τούτου ἕνεκα λέγω — τούτοις γάρ, ὦ Ἀγάθων, εἰ ἐννοεῖς, ἔχειν μὲν ἕκαστα τούτων ἐν τῷ παρόντι ἀνάγκη ἃ ἔχουσιν, ἐάντε βούλωνται ἐάντε μή, καὶ τούτου γε δήπου τίς ἂν ἐπιθυμήσειεν; ἀλλ' ὅταν τις λέγῃ ὅτι ἐγὼ ὑγιαίνων

"De um irmão ou de uma irmã, não é?" Concordou.

"Tenta então", continuou Sócrates, "também a respeito do Amor dizer-me: o Amor é amor de nada ou de algo?"

"De algo, sim." [200a]

"Isso então", continuou ele, "guarda contigo,[105] lembrando-te de que é que ele é amor; agora dize-me apenas o seguinte: será que o Amor, aquilo de que é amor, ele o deseja ou não?"

"Perfeitamente", respondeu o outro.

"E é quando tem isso mesmo que deseja e ama que ele então deseja e ama, ou quando não tem?"

"Quando não tem, como é bem provável", disse Agatão.

"Observa bem", continuou Sócrates, "se em vez de uma probabilidade não é uma necessidade que seja assim, o que deseja deseja aquilo de que é carente, sem o que não [200b] deseja, se não for carente. É espantoso como me parece, Agatão, ser uma necessidade; e a ti?"

"Também a mim", disse ele.

"Tens razão. Pois porventura desejaria quem já é grande ser grande, ou quem já é forte ser forte?"

"Impossível, pelo que foi admitido."

"Com efeito, não seria carente disso o que justamente é isso."

"É verdade o que dizes."

"Se, com efeito, mesmo o forte quisesse ser forte", continuou Sócrates, "e o rápido ser rápido, e o sadio ser sadio — pois talvez alguém pensasse que nesses e em todos os casos semelhantes os que são [200c] tais e têm essas qualidades desejam o que justamente têm, e é para não nos enganarmos que estou dizendo isso — ora, para estes, Agatão, se atinas bem, é forçoso que tenham no momento tudo aquilo que têm, quer queiram, quer não, e isso mesmo, sim, quem é que poderia desejá-lo? Mas quando alguém diz: 'Eu, mesmo sadio,

---

[105] Para dizê-lo em 201 a 206.

βούλομαι καὶ ὑγιαίνειν, καὶ πλουτῶν βούλομαι καὶ πλουτεῖν, καὶ ἐπιθυμῶ αὐτῶν τούτων ἃ ἔχω, εἴποιμεν ἂν αὐτῷ ὅτι σύ, ὦ ἄνθρωπε, [200d] πλοῦτον κεκτημένος καὶ ὑγίειαν καὶ ἰσχὺν βούλει καὶ εἰς τὸν ἔπειτα χρόνον ταῦτα κεκτῆσθαι, ἐπεὶ ἐν τῷ γε νῦν παρόντι, εἴτε βούλει εἴτε μή, ἔχεις· σκόπει οὖν, ὅταν τοῦτο λέγῃς, ὅτι ἐπιθυμῶ τῶν παρόντων, εἰ ἄλλο τι λέγεις ἢ τόδε, ὅτι βούλομαι τὰ νῦν παρόντα καὶ εἰς τὸν ἔπειτα χρόνον παρεῖναι. ἄλλο τι ὁμολογοῖ ἄν; Συμφάναι ἔφη τὸν Ἀγάθωνα.

εἰπεῖν δὴ τὸν Σωκράτη, οὐκοῦν τοῦτό γ᾽ ἐστὶν ἐκείνου ἐρᾶν, ὃ οὔπω ἕτοιμον αὐτῷ ἐστιν οὐδὲ ἔχει, τὸ εἰς τὸν ἔπειτα χρόνον ταῦτα εἶναι αὐτῷ σῳζόμενα καὶ παρόντα; [200e]

πάνυ γε, φάναι.

καὶ οὗτος ἄρα καὶ ἄλλος πᾶς ὁ ἐπιθυμῶν τοῦ μὴ ἑτοίμου ἐπιθυμεῖ καὶ τοῦ μὴ παρόντος, καὶ ὃ μὴ ἔχει καὶ ὃ μὴ ἔστιν αὐτὸς καὶ οὗ ἐνδεής ἐστι, τοιαῦτ᾽ ἄττα ἐστὶν ὧν ἡ ἐπιθυμία τε καὶ ὁ ἔρως ἐστίν;

πάνυ γ᾽, εἰπεῖν.

ἴθι δή, φάναι τὸν Σωκράτη, ἀνομολογησώμεθα τὰ εἰρημένα. ἄλλο τι ἔστιν ὁ Ἔρως πρῶτον μὲν τινῶν, ἔπειτα τούτων ὧν ἂν ἔνδεια παρῇ αὐτῷ; [201a]

ναί, φάναι.

ἐπὶ δὴ τούτοις ἀναμνήσθητι τίνων ἔφησθα ἐν τῷ λόγῳ εἶναι τὸν ἔρωτα· εἰ δὲ βούλει, ἐγώ σε ἀναμνήσω. οἶμαι γάρ σε οὑτωσί πως εἰπεῖν, ὅτι τοῖς θεοῖς κατεσκευάσθη τὰ πράγματα δι᾽ ἔρωτα καλῶν· αἰσχρῶν γὰρ οὐκ εἴη ἔρως. οὐχ οὑτωσί πως ἔλεγες;

εἶπον γάρ, φάναι τὸν Ἀγάθωνα.

καὶ ἐπιεικῶς γε λέγεις, ὦ ἑταῖρε, φάναι τὸν Σωκράτη· καὶ εἰ τοῦτο οὕτως ἔχει, ἄλλο τι ὁ Ἔρως κάλλους ἂν εἴη ἔρως, αἴσχους δὲ οὔ; ὡμολόγει. [201b]

desejo ser sadio, e mesmo rico, ser rico, e desejo isso mesmo que tenho', poderíamos dizer-lhe: 'Ó homem, tu [200d] que possuis riqueza, saúde e fortaleza, o que queres é também no futuro possuir esses bens, pois no momento, quer queiras quer não, tu os tens; observa então se, quando dizes 'desejo o que tenho comigo', queres dizer outra coisa senão isso: 'quero que o que tenho agora comigo, também no futuro eu o tenha'.' Deixaria ele de admitir?" Agatão, dizia Aristodemo, estava de acordo.

Disse então Sócrates: "Não é isso então amar o que ainda não está à mão nem se tem, o querer que, para o futuro, seja isso que se tem conservado consigo e presente?" [200e]

"Perfeitamente", disse Agatão.

"Esse então, como qualquer outro que deseja, deseja o que não está à mão nem consigo, o que não tem, o que não é ele próprio e o de que é carente; tais são mais ou menos as coisas de que há desejo e amor, não é?"

"Perfeitamente", disse Agatão.

"Vamos então", continuou Sócrates, "recapitulemos o que foi dito. Não é certo que é o Amor, primeiro de certas coisas, e depois, daquelas de que ele tem precisão?" [201a]

"Sim", disse o outro.

"Depois disso, então, lembra-te de que é que em teu discurso disseste ser o Amor; se preferes, eu te lembrarei. Creio, com efeito, que foi mais ou menos assim que disseste, que aos deuses foram arranjadas suas questões através do amor do que é belo, pois do que é feio não havia amor.[106] Não era mais ou menos assim que dizias?"

"Sim, com efeito", disse Agatão.

"E acertadamente o dizes, amigo", declarou Sócrates; "e se é assim, não é certo que o Amor seria da beleza, mas não da feiura?" Concordou. [201b]

---

[106] Ver nota 96 e posfácio, pp. 222-3.

οὐκοῦν ὡμολόγηται, οὗ ἐνδεής ἐστι καὶ μὴ ἔχει, τούτου ἐρᾶν;

ναί, εἰπεῖν.

ἐνδεὴς ἄρ᾽ ἐστὶ καὶ οὐκ ἔχει ὁ Ἔρως κάλλος.

ἀνάγκη, φάναι.

τί δέ; τὸ ἐνδεὲς κάλλους καὶ μηδαμῇ κεκτημένον κάλλος ἆρα λέγεις σὺ καλὸν εἶναι;

οὐ δῆτα.

ἔτι οὖν ὁμολογεῖς ἔρωτα καλὸν εἶναι, εἰ ταῦτα οὕτως ἔχει;

καὶ τὸν Ἀγάθωνα εἰπεῖν κινδυνεύω, ὦ Σώκρατες, οὐδὲν εἰδέναι ὧν τότε εἶπον. [201c]

καὶ μὴν καλῶς γε εἶπες, φάναι, ὦ Ἀγάθων. ἀλλὰ σμικρὸν ἔτι εἰπέ· τἀγαθὰ οὐ καὶ καλὰ δοκεῖ σοι εἶναι;

ἔμοιγε.

εἰ ἄρα ὁ Ἔρως τῶν καλῶν ἐνδεής ἐστι, τὰ δὲ ἀγαθὰ καλά, κἂν τῶν ἀγαθῶν ἐνδεὴς εἴη.

ἐγώ, φάναι, ὦ Σώκρατες, σοὶ οὐκ ἂν δυναίμην ἀντιλέγειν, ἀλλ᾽ οὕτως ἐχέτω ὡς σὺ λέγεις.

οὐ μὲν οὖν τῇ ἀληθείᾳ, φάναι, ὦ φιλούμενε Ἀγάθων, δύνασαι ἀντιλέγειν, ἐπεὶ Σωκράτει γε οὐδὲν χαλεπόν. [201d]

καὶ σὲ μέν γε ἤδη ἐάσω· τὸν δὲ λόγον τὸν περὶ τοῦ Ἔρωτος, ὅν ποτ᾽ ἤκουσα γυναικὸς

"Não está então admitido que aquilo de que é carente e que não tem é o que ele ama?"

"Sim", disse ele.

"Carece então de beleza o Amor, e não a tem?"

"É forçoso."

"E então? O que carece de beleza e de modo algum a possui, porventura dizes tu que é belo?"

"Não, sem dúvida."

"Ainda admites por conseguinte que o Amor é belo, se isso é assim?"

E Agatão: "É bem provável, ó Sócrates, que nada sei do que então disse?"[107] [201c]

"E no entanto", prosseguiu Sócrates, "bem que foi belo o que disseste, Agatão. Mas dize-me ainda uma pequena coisa: o que é bom não te parece que também é belo?"

"Parece-me, sim."

"Se portanto o Amor é carente do que é belo, e o que é bom é belo, também do que é bom seria ele carente."[108]

"Eu não poderia, ó Sócrates", disse Agatão, "contradizer-te; mas seja assim como tu dizes."

"É à verdade,[109] querido Agatão, que não podes contradizer, pois a Sócrates não é nada difícil." [201d]

"E a ti eu te deixarei agora; mas o discurso que sobre o Amor eu ouvi um dia, de uma mulher de Mantineia, Dioti-

---

[107] Agatão reage como um discípulo ou um amigo de Sócrates, isto é, confessando francamente a ignorância que acaba de descobrir em si.

[108] Essa associação do bom e do belo, bem familiar ao grego (observar o epíteto corrente: καλὸς κἀγαθός), e insistentemente defendida na argumentação socrática (ver, por exemplo, *Górgias*, 474d-e), será de muita utilidade em 204e.

[109] Não se trata aqui de refutar a A ou a B, é o que quer dizer Sócrates: uma vez estabelecida a veracidade de um argumento, não é mais possível, ou melhor, não é mais questão de contestá-lo.

Μαντινικῆς Διοτίμας, ἣ ταυτά τε σοφὴ ἦν καὶ ἄλλα πολλά — καὶ Ἀθηναίοις ποτὲ θυσαμένοις πρὸ τοῦ λοιμοῦ δέκα ἔτη ἀναβολὴν ἐποίησε τῆς νόσου, ἣ δὴ καὶ ἐμὲ τὰ ἐρωτικὰ ἐδίδαξεν — ὃν οὖν ἐκείνη ἔλεγε λόγον, πειράσομαι ὑμῖν διελθεῖν ἐκ τῶν ὡμολογημένων ἐμοὶ καὶ Ἀγάθωνι, αὐτὸς ἐπ' ἐμαυτοῦ, ὅπως ἂν δύνωμαι. δεῖ δή, ὦ Ἀγάθων, ὥσπερ σὺ διηγήσω, διελθεῖν [201e] αὐτὸν πρῶτον, τίς ἐστιν ὁ Ἔρως καὶ ποῖός τις, ἔπειτα τὰ ἔργα αὐτοῦ. δοκεῖ οὖν μοι ῥᾷστον εἶναι οὕτω διελθεῖν, ὥς ποτέ με ἡ ξένη ἀνακρίνουσα διῄει. σχεδὸν γάρ τι καὶ ἐγὼ πρὸς αὐτὴν ἕτερα τοιαῦτα ἔλεγον οἷάπερ νῦν πρὸς ἐμὲ Ἀγάθων, ὡς εἴη ὁ Ἔρως μέγας θεός, εἴη δὲ τῶν καλῶν· ἤλεγχε δή με τούτοις τοῖς λόγοις οἷσπερ ἐγὼ τοῦτον, ὡς οὔτε καλὸς εἴη κατὰ τὸν ἐμὸν λόγον οὔτε ἀγαθός.

καὶ ἐγώ, πῶς λέγεις, ἔφην, ὦ Διοτίμα; αἰσχρὸς ἄρα ὁ Ἔρως ἐστὶ καὶ κακός;

καὶ ἥ, οὐκ εὐφημήσεις; ἔφη· ἢ οἴει, ὅτι ἂν μὴ καλὸν ᾖ, ἀναγκαῖον αὐτὸ εἶναι αἰσχρόν; [202a]

μάλιστά γε.

ἦ καὶ ἂν μὴ σοφόν, ἀμαθές; ἢ οὐκ ᾔσθησαι ὅτι ἔστιν τι μεταξὺ σοφίας καὶ ἀμαθίας;

τί τοῦτο;

τὸ ὀρθὰ δοξάζειν καὶ ἄνευ τοῦ ἔχειν λόγον δοῦναι οὐκ οἶσθ', ἔφη, ὅτι οὔτε ἐπίστασθαί ἐστιν —

ma,[110] que nesse assunto era entendida e em muitos outros — foi ela que uma vez, porque os atenienses ofereceram sacrifícios para conjurar a peste, fez por dez anos[111] recuar a doença, e era ela que me instruía nas questões de amor — o discurso então que me fez aquela mulher eu tentarei repetir-vos, a partir do que foi admitido por mim e por Agatão, com meus próprios recursos e como eu puder. É de fato preciso, Agatão, como tu indicaste, primeiro discorrer [201e] sobre o próprio Amor, quem é ele e qual a sua natureza e depois sobre as suas obras. Parece-me então que o mais fácil é proceder como outrora a estrangeira, que discorria interrogando-me,[112] pois também eu quase que lhe dizia outras tantas coisas tais quais agora me diz Agatão, que era o Amor um grande deus, e era do que é belo; e ela me refutava, exatamente com estas palavras, com que eu estou refutando a este, que nem era belo segundo minha palavra, nem bom. E eu então:

"'Que dizes, ó Diotima? É feio então o Amor, e mau?' E ela:

"'Não vais te calar? Acaso pensas que o que não for belo é forçoso ser feio?' [202a]

"'Exatamente.'

"'E também se não for sábio é ignorante? Ou não percebeste que existe algo entre sabedoria e ignorância?'

"'Que é?'

"'O opinar certo, mesmo sem poder dar razão, não sabes', dizia-me ela, 'que nem é saber — pois o que é sem ra-

---

[110] Ver posfácio, pp. 224-5.

[111] Se se trata da peste que assolou Atenas no começo da guerra do Peloponeso, Diotima teria feito o sacrifício em 440 a.C., quando Sócrates entrava na casa dos trinta.

[112] É estranho que uma sacerdotisa use o método de explicação dos sofistas do século V a.C., através de perguntas forjadas por ela mesma. Esse parece um dos mais fortes indícios de que o fato contado por Sócrates é fictício, sobretudo se se considera a exata correspondência dos diálogos Sócrates-Agatão, Diotima-Sócrates.

ἄλογον γὰρ πρᾶγμα πῶς ἂν εἴη ἐπιστήμη; — οὔτε ἀμαθία — τὸ γὰρ τοῦ ὄντος τυγχάνον πῶς ἂν εἴη ἀμαθία; — ἔστι δὲ δήπου τοιοῦτον ἡ ὀρθὴ δόξα, μεταξὺ φρονήσεως καὶ ἀμαθίας.

ἀληθῆ, ἦν δ' ἐγώ, λέγεις. [202b]

μὴ τοίνυν ἀνάγκαζε ὃ μὴ καλόν ἐστιν αἰσχρὸν εἶναι, μηδὲ ὃ μὴ ἀγαθόν, κακόν. οὕτω δὲ καὶ τὸν ἔρωτα ἐπειδὴ αὐτὸς ὁμολογεῖς μὴ εἶναι ἀγαθὸν μηδὲ καλόν, μηδέν τι μᾶλλον οἴου δεῖν αὐτὸν αἰσχρὸν καὶ κακὸν εἶναι, ἀλλά τι μεταξύ, ἔφη, τούτοιν.

καὶ μήν, ἦν δ' ἐγώ, ὁμολογεῖταί γε παρὰ πάντων μέγας θεὸς εἶναι.

τῶν μὴ εἰδότων, ἔφη, πάντων λέγεις, ἢ καὶ τῶν εἰδότων;

συμπάντων μὲν οὖν.

καὶ ἡ γελάσασα καὶ πῶς ἄν, ἔφη, ὦ Σώκρατες, [202c] ὁμολογοῖτο μέγας θεὸς εἶναι παρὰ τούτων, οἵ φασιν αὐτὸν οὐδὲ θεὸν εἶναι;

τίνες οὗτοι; ἦν δ' ἐγώ.

εἷς μέν, ἔφη, σύ, μία δ' ἐγώ.

κἀγὼ εἶπον, πῶς τοῦτο, ἔφην, λέγεις;

καὶ ἥ, ῥᾳδίως, ἔφη. λέγε γάρ μοι, οὐ πάντας θεοὺς

zão, como seria ciência? — nem é ignorância[113] — pois o que atinge o ser, como seria ignorância? — e que é sem dúvida alguma coisa desse tipo a opinião certa, um intermediário entre entendimento e ignorância.'

"'É verdade o que dizes', tornei-lhe. [202b]

"'Não fiques, portanto, forçando o que não é belo a ser feio, nem o que não é bom a ser mau. Assim também o Amor, porque tu mesmo admites[114] que não é bom nem belo, nem por isso vás imaginar que ele deve ser feio e mau, mas sim algo que está', dizia ela, 'entre esses dois extremos.'

"'E todavia é por todos reconhecido que ele é um grande deus.'[115]

"'Todos os que não sabem, é o que estás dizendo, ou também os que sabem?'

"'Todos eles, sem dúvida.'

"E ela sorriu e disse: 'E como, ó Sócrates, [202c] admitiriam ser um grande deus aqueles que afirmam que nem deus ele é?'

"'Quem são estes?', perguntei-lhe.

"'Um és tu', respondeu-me, 'e eu, outra.'

"E eu: 'Que queres dizer com isso?'

"E ela: 'É simples. Dize-me, com efeito, todos os deuses

---

[113] Cf. *Mênon*, 97b-e.

[114] No *Lísis* (216d-221e) Sócrates faz uma proposição semelhante (é amigo do belo e do bom o que não é nem bom nem mau), que ele encaminha para a seguinte aporia: a presença do mal no que não é bom nem é mau é o que faz este desejar o belo e o bom, e assim, ausente o mal, o belo e o bom não seriam capazes de suscitar o amor. Como se vê, trata-se de puras ideias, cuja relação é dificultada na razão direta da sua exata conceituação. Ver posfácio, pp. 221-2.

[115] Essa observação de Sócrates vai determinar a passagem do método dialético para a exposição alegórica. Demonstrada a natureza intermediária do Amor, Diotima chama-o de gênio, conta sua origem e traça seu retrato. Ver posfácio, pp. 228 ss.

φῂς εὐδαίμονας εἶναι καὶ καλούς; ἢ τολμήσαις ἄν τινα μὴ φάναι καλόν τε καὶ εὐδαίμονα θεῶν εἶναι;

μὰ Δί' οὐκ ἔγωγ', ἔφην.

εὐδαίμονας δὲ δὴ λέγεις οὐ τοὺς τἀγαθὰ καὶ τὰ καλὰ κεκτημένους;

πάνυ γε. [202d]

ἀλλὰ μὴν Ἔρωτά γε ὡμολόγηκας δι' ἔνδειαν τῶν ἀγαθῶν καὶ καλῶν ἐπιθυμεῖν αὐτῶν τούτων ὧν ἐνδεής ἐστιν.

ὡμολόγηκα γάρ.

πῶς ἂν οὖν θεὸς εἴη ὅ γε τῶν καλῶν καὶ ἀγαθῶν ἄμοιρος;

οὐδαμῶς, ὥς γ' ἔοικεν.

ὁρᾷς οὖν, ἔφη, ὅτι καὶ σὺ ἔρωτα οὐ θεὸν νομίζεις;

τί οὖν ἄν, ἔφην, εἴη ὁ Ἔρως; θνητός;

ἥκιστά γε.

ἀλλὰ τί μήν;

ὥσπερ τὰ πρότερα, ἔφη, μεταξὺ θνητοῦ καὶ ἀθανάτου.

τί οὖν, ὦ Διοτίμα;

δαίμων μέγας, ὦ Σώκρατες· καὶ γὰρ πᾶν τὸ δαιμόνιον [202e] μεταξύ ἐστι θεοῦ τε καὶ θνητοῦ.

τίνα, ἦν δ' ἐγώ, δύναμιν ἔχον;

ἑρμηνεῦον καὶ διαπορθμεῦον θεοῖς τὰ παρ' ἀνθρώπων καὶ ἀνθρώποις τὰ παρὰ θεῶν, τῶν μὲν τὰς δεήσεις καὶ θυσίας, τῶν δὲ τὰς ἐπιτάξεις τε καὶ ἀμοιβὰς τῶν θυσιῶν, ἐν μέσῳ δὲ ὂν ἀμφοτέρων συμπληροῖ, ὥστε τὸ πᾶν αὐτὸ αὑτῷ συνδεδέσθαι. διὰ τούτου καὶ ἡ μαντικὴ πᾶσα χωρεῖ καὶ ἡ τῶν ἱερέων τέχνη τῶν τε περὶ τὰς θυσίας καὶ τελετὰς [203a] καὶ τὰς ἐπῳδὰς καὶ τὴν μαντείαν πᾶσαν καὶ γοητείαν. θεὸς δὲ ἀνθρώπῳ οὐ μείγνυται, ἀλλὰ διὰ τούτου πᾶσά ἐστιν ἡ ὁμιλία καὶ ἡ διάλεκτος θεοῖς πρὸς ἀνθρώπους, καὶ ἐγρηγορόσι καὶ

não os afirmas felizes e belos? Ou terias a audácia de dizer que algum deles não é belo e feliz?'

"'Por Zeus, não eu', retornei-lhe.

"'E os felizes então, não dizes que são os que possuem o que é bom e o que é belo?'

"'Perfeitamente.' [202d]

"'Mas no entanto, o Amor, tu reconheceste que, por carência do que é bom e do que é belo, deseja isso mesmo de que é carente.'

"'Reconheci, com efeito.'

"'Como então seria deus o que justamente é desprovido do que é belo e bom?'

"'De modo algum, pelo menos ao que parece.'

"'Estás vendo então', disse, 'que também tu não julgas o Amor um deus?'

"'Que seria então o Amor?', perguntei-lhe. 'Um mortal?'

"'Absolutamente.'

"'Mas o quê, ao certo, ó Diotima?'

"'Como nos casos anteriores', disse-me ela, 'algo entre mortal e imortal.'

"'O quê, então, ó Diotima?'

"'Um grande gênio, ó Sócrates; e com efeito, tudo o que é gênio [202e] está entre um deus e um mortal.'

"'E com que poder?', perguntei-lhe.

"'O de interpretar e transmitir aos deuses o que vem dos homens, e aos homens o que vem dos deuses, de uns as súplicas e os sacrifícios, e dos outros as ordens e as recompensas pelos sacrifícios; e como está no meio de ambos ele os completa, de modo que o todo fica ligado todo ele a si mesmo. Por seu intermédio é que procede não só toda arte divinatória, como também a dos sacerdotes que se ocupam dos sacrifícios, das iniciações [203a] e dos encantamentos, e enfim de toda adivinhação e magia. Um deus com um homem não se mistura, mas é através desse ser que se faz todo o convívio e diálogo dos deuses com os homens, tanto quando des-

καθεύδουσι· καὶ ὁ μὲν περὶ τὰ τοιαῦτα σοφὸς δαιμόνιος ἀνήρ, ὁ δὲ ἄλλο τι σοφὸς ὢν ἢ περὶ τέχνας ἢ χειρουργίας τινὰς βάναυσος. οὗτοι δὴ οἱ δαίμονες πολλοὶ καὶ παντοδαποί εἰσιν, εἷς δὲ τούτων ἐστὶ καὶ ὁ Ἔρως.

πατρὸς δέ, ἦν δ' ἐγώ, τίνος ἐστὶ καὶ μητρός; [203b] μακρότερον μέν, ἔφη, διηγήσασθαι· ὅμως δέ σοι ἐρῶ. ὅτε γὰρ ἐγένετο ἡ Ἀφροδίτη, ἡστιῶντο οἱ θεοὶ οἵ τε ἄλλοι καὶ ὁ τῆς Μήτιδος υὸς Πόρος. ἐπειδὴ δὲ ἐδείπνησαν, προσαιτήσουσα οἷον δὴ εὐωχίας οὔσης ἀφίκετο ἡ Πενία, καὶ ἦν περὶ τὰς θύρας. ὁ οὖν Πόρος μεθυσθεὶς τοῦ νέκταρος — οἶνος γὰρ οὔπω ἦν — εἰς τὸν τοῦ Διὸς κῆπον εἰσελθὼν βεβαρημένος ηὗδεν. ἡ οὖν Πενία ἐπιβουλεύουσα διὰ τὴν αὑτῆς ἀπορίαν παιδίον ποιήσασθαι ἐκ τοῦ Πόρου, κατακλίνεταί [203c] τε παρ' αὐτῷ καὶ ἐκύησε τὸν ἔρωτα. διὸ δὴ καὶ τῆς Ἀφροδίτης ἀκόλουθος καὶ θεράπων γέγονεν ὁ Ἔρως, γεννηθεὶς ἐν τοῖς ἐκείνης γενεθλίοις, καὶ ἅμα φύσει ἐραστὴς ὢν περὶ τὸ καλὸν καὶ τῆς Ἀφροδίτης καλῆς οὔσης. ἅτε οὖν Πόρου καὶ Πενίας υὸς ὢν ὁ Ἔρως ἐν τοιαύτῃ τύχῃ καθέστηκεν. πρῶτον μὲν πένης ἀεί ἐστι, καὶ πολλοῦ δεῖ ἁπαλός τε καὶ καλός, οἷον οἱ πολλοὶ οἴονται, ἀλλὰ σκληρὸς [203d] καὶ αὐχμηρὸς καὶ ἀνυπόδητος καὶ ἄοικος, χαμαιπετὴς ἀεὶ ὢν καὶ ἄστρωτος, ἐπὶ θύραις καὶ ἐν ὁδοῖς ὑπαίθριος κοιμώμενος, τὴν τῆς μητρὸς φύσιν ἔχων, ἀεὶ ἐνδείᾳ σύνοικος. κατὰ δὲ αὖ τὸν πατέρα ἐπίβουλός ἐστι τοῖς καλοῖς καὶ τοῖς ἀγαθοῖς, ἀνδρεῖος ὢν καὶ ἴτης καὶ σύντονος, θηρευτὴς δεινός, ἀεί τινας πλέκων μηχανάς, καὶ φρονήσεως ἐπιθυμητὴς καὶ πόριμος, φιλοσοφῶν διὰ παντὸς τοῦ βίου, δεινὸς γόης καὶ φαρμακεὺς καὶ σοφιστής· καὶ οὔτε ὡς

pertos como quando dormindo; e aquele que em tais questões é sábio é um homem de gênio,[116] enquanto o sábio em qualquer outra coisa, arte ou ofício, é um artesão. E esses gênios, é certo, são muitos e diversos, e um deles é justamente o Amor.

"'E quem é seu pai', perguntei-lhe, 'e sua mãe?' [203b]

"'É um tanto longo de explicar', disse ela; 'todavia, eu te direi. Quando nasceu Afrodite, banqueteavam-se os deuses, e entre os demais se encontrava também o filho de Prudência, Recurso. Depois que acabaram de jantar, veio para esmolar do festim a Pobreza, e ficou pela porta. Ora, Recurso, embriagado com o néctar — pois vinho ainda não havia —, penetrou o jardim de Zeus e, pesado, adormeceu. Pobreza então, tramando em sua falta de recurso engendrar um filho de Recurso, deita-se [203c] ao seu lado e pronto concebe o Amor. Eis por que ficou companheiro e servo de Afrodite o Amor, gerado em seu natalício, ao mesmo tempo que por natureza amante do belo, porque também Afrodite é bela. E por ser filho o Amor de Recurso e de Pobreza foi esta a condição em que ele ficou. Primeiramente ele é sempre pobre, e longe está de ser delicado e belo, como a maioria imagina, mas é duro, [203d] seco, descalço e sem lar, sempre por terra e sem forro, deitando-se ao desabrigo, às portas e nos caminhos, porque tem a natureza da mãe, sempre convivendo com a precisão. Segundo o pai, porém, ele é insidioso com o que é belo e bom, e corajoso, decidido e enérgico, caçador terrível, sempre a tecer maquinações, ávido de sabedoria e cheio de recursos, a filosofar por toda a vida, terrível mago, feiticeiro, sofista:[117] e nem [203e] imortal é a sua natureza nem mortal,

---

[116] A expressão grega é δαιμόνιος ἀνήρ, isto é, homem marcado pelo gênio, pela divindade (δαίμων). Nossos correspondentes "genial" ou "de gênio" derivam para a ideia de talento.

[117] O epíteto de sofista vem sem dúvida por associação com os dois anteriores. Ver *Protágoras*, 328d.

[203e] ἀθάνατος πέφυκεν οὔτε ὡς θνητός, ἀλλὰ τοτὲ μὲν τῆς αὐτῆς ἡμέρας θάλλει τε καὶ ζῇ, ὅταν εὐπορήσῃ, τοτὲ δὲ ἀποθνῄσκει, πάλιν δὲ ἀναβιώσκεται διὰ τὴν τοῦ πατρὸς φύσιν, τὸ δὲ ποριζόμενον ἀεὶ ὑπεκρεῖ, ὥστε οὔτε ἀπορεῖ Ἔρως ποτὲ οὔτε πλουτεῖ, σοφίας τε αὖ καὶ ἀμαθίας ἐν μέσῳ ἐστίν. [204a] ἔχει γὰρ ὧδε. θεῶν οὐδεὶς φιλοσοφεῖ οὐδ' ἐπιθυμεῖ σοφὸς γενέσθαι — ἔστι γάρ — οὐδ' εἴ τις ἄλλος σοφός, οὐ φιλοσοφεῖ. οὐδ' αὖ οἱ ἀμαθεῖς φιλοσοφοῦσιν οὐδ' ἐπιθυμοῦσι σοφοὶ γενέσθαι· αὐτὸ γὰρ τοῦτό ἐστι χαλεπὸν ἀμαθία, τὸ μὴ ὄντα καλὸν κἀγαθὸν μηδὲ φρόνιμον δοκεῖν αὑτῷ εἶναι ἱκανόν. οὔκουν ἐπιθυμεῖ ὁ μὴ οἰόμενος ἐνδεὴς εἶναι οὗ ἂν μὴ οἴηται ἐπιδεῖσθαι.

τίνες οὖν, ἔφην ἐγώ, ὦ Διοτίμα, οἱ φιλοσοφοῦντες, εἰ μήτε οἱ σοφοὶ μήτε οἱ ἀμαθεῖς; [204b]

δῆλον δή, ἔφη, τοῦτό γε ἤδη καὶ παιδί, ὅτι οἱ μεταξὺ τούτων ἀμφοτέρων, ὧν ἂν εἴη καὶ ὁ Ἔρως. ἔστιν γὰρ δὴ τῶν καλλίστων ἡ σοφία, Ἔρως δ' ἐστὶν ἔρως περὶ τὸ καλόν, ὥστε ἀναγκαῖον ἔρωτα φιλόσοφον εἶναι, φιλόσοφον δὲ ὄντα μεταξὺ εἶναι σοφοῦ καὶ ἀμαθοῦς. αἰτία δὲ αὐτῷ καὶ τούτων ἡ γένεσις· πατρὸς μὲν γὰρ σοφοῦ ἐστι καὶ εὐπόρου, μητρὸς δὲ οὐ σοφῆς καὶ ἀπόρου. ἡ μὲν οὖν φύσις τοῦ δαίμονος, ὦ φίλε Σώκρατες, αὕτη· ὃν

e no mesmo dia ora ele germina e vive, quando enriquece;[118] ora morre e de novo ressuscita, graças à natureza do pai; e o que consegue sempre lhe escapa, de modo que nem empobrece[119] o Amor nem enriquece, assim como também está no meio da sabedoria e da ignorância. [204a] Eis, com efeito, o que se dá. Nenhum deus filosofa ou deseja ser sábio — pois já é —,[120] assim como se alguém mais é sábio, não filosofa. Nem também os ignorantes filosofam ou desejam ser sábios; pois é nisso mesmo que está o difícil da ignorância, no pensar, quem não é um homem distinto e gentil, nem inteligente, que lhe basta assim. Não deseja portanto quem não imagina ser deficiente naquilo que não pensa lhe ser preciso.'

"'Quais então, Diotima', perguntei-lhe, 'os que filosofam, se não são nem os sábios nem os ignorantes?' [204b]

"'É o que é evidente desde já', respondeu-me, 'até a uma criança: são os que estão entre esses dois extremos, e um deles seria o Amor. Com efeito, uma das coisas mais belas é a sabedoria, e o Amor é amor pelo belo, de modo que é forçoso o Amor ser filósofo e, sendo filósofo, estar entre o sábio e o ignorante. E a causa dessa sua condição é a sua origem: pois é filho de um pai sábio e rico[121] e de uma mãe que não é sábia, e pobre. É essa então, ó Sócrates, a natureza desse

---

[118] No grego εὐπορήσῃ (derivado de πόρος, "recurso"). A transposição dessa temporal para depois de "ressuscita", feita por Ulrich von Wilamowitz-Moellendorff e adotada por Robin, não nos parece suficientemente justificada por razões estilísticas. Ao contrário do que alegam os seus defensores, tal como está o texto dos manuscritos, o período mostra-se bem articulado, pela correspondência dessa temporal com a expressão "graças à natureza do pai" no seguinte esquema: vive quando enriquece/morre/ressuscita graças à natureza do pai.

[119] No grego ἀπορεῖ (também derivado de πόρος).

[120] Cf. no *Lísis* um argumento semelhante: o bom, bastando-se a si mesmo, não é amigo (isto é, não ama e não deseja) do bom.

[121] No grego εὔπορος, assim como ἄπορος, "pobre", ambos derivados de πόρος.

δὲ σὺ ᾠήθης ἔρωτα [204c] εἶναι, θαυμαστὸν οὐδὲν ἔπαθες. ᾠήθης δέ, ὡς ἐμοὶ δοκεῖ τεκμαιρομένη ἐξ ὧν σὺ λέγεις, τὸ ἐρώμενον ἔρωτα εἶναι, οὐ τὸ ἐρῶν· διὰ ταῦτά σοι οἶμαι πάγκαλος ἐφαίνετο ὁ Ἔρως. καὶ γὰρ ἔστι τὸ ἐραστὸν τὸ τῷ ὄντι καλὸν καὶ ἁβρὸν καὶ τέλεον καὶ μακαριστόν· τὸ δέ γε ἐρῶν ἄλλην ἰδέαν τοιαύτην ἔχον, οἵαν ἐγὼ διῆλθον.

καὶ ἐγὼ εἶπον, εἶεν δή, ὦ ξένη, καλῶς γὰρ λέγεις· τοιοῦτος ὢν ὁ Ἔρως τίνα χρείαν ἔχει τοῖς ἀνθρώποις; [204d]

τοῦτο δὴ μετὰ ταῦτ', ἔφη, ὦ Σώκρατες, πειράσομαί σε διδάξαι. ἔστι μὲν γὰρ δὴ τοιοῦτος καὶ οὕτω γεγονὼς ὁ Ἔρως, ἔστι δὲ τῶν καλῶν, ὡς σὺ φῄς. εἰ δέ τις ἡμᾶς ἔροιτο· τί τῶν καλῶν ἐστιν ὁ Ἔρως, ὦ Σώκρατές τε καὶ Διοτίμα; ὧδε δὲ σαφέστερον· ἐρᾷ ὁ ἐρῶν τῶν καλῶν· τί ἐρᾷ;

καὶ ἐγὼ εἶπον ὅτι γενέσθαι αὐτῷ.

ἀλλ' ἔτι ποθεῖ, ἔφη, ἡ ἀπόκρισις ἐρώτησιν τοιάνδε· τί ἔσται ἐκείνῳ ᾧ ἂν γένηται τὰ καλά;

οὐ πάνυ ἔφην ἔτι ἔχειν ἐγὼ πρὸς ταύτην τὴν ἐρώτησιν προχείρως ἀποκρίνασθαι. [204e]

ἀλλ', ἔφη, ὥσπερ ἂν εἴ τις μεταβαλὼν ἀντὶ τοῦ καλοῦ τῷ ἀγαθῷ χρώμενος πυνθάνοιτο· φέρε, ὦ Σώκρατες, ἐρᾷ ὁ ἐρῶν τῶν ἀγαθῶν· τί ἐρᾷ;

γενέσθαι, ἦν δ' ἐγώ, αὐτῷ.

καὶ τί ἔσται ἐκείνῳ ᾧ ἂν γένηται τἀγαθά;

τοῦτ' εὐπορώτερον, ἦν δ' ἐγώ, ἔχω ἀποκρίνασθαι, ὅτι εὐδαίμων ἔσται. [205a]

gênio; quanto ao que pensaste ser [204c] o Amor, não é nada de espantar o que tiveste. Pois pensaste, ao que me parece a tirar pelo que dizes, que Amor era o amado e não o amante; eis por que, segundo penso, parecia-te todo belo o Amor. E de fato o que é amável é que é realmente belo, delicado, perfeito e bem-aventurado;[122] o amante, porém, é outro o seu caráter, tal qual eu expliquei.'

"E eu lhe disse: 'Muito bem, estrangeira! É belo o que dizes! Sendo porém tal a natureza do Amor, que proveito ele tem para os homens?'. [204d]

"'Eis o que depois disso', respondeu-me, 'tentarei ensinar-te. Tal é de fato a sua natureza e tal a sua origem; e é do que é belo, como dizes. Ora, se alguém nos perguntasse: em que é que é amor do que é belo o Amor, ó Sócrates e Diotima? Ou mais claramente: ama o amante o que é belo; que é que ele ama?'

"'Tê-lo consigo', respondi-lhe.

"'Mas essa resposta', dizia-me ela, 'ainda requer[123] uma pergunta desse tipo: que terá aquele que ficar com o que é belo?'

"'Absolutamente', expliquei-lhe, 'eu não podia mais responder-lhe de pronto a essa pergunta.' [204e]

"'Mas é', disse ela, 'como se alguém tivesse mudado a questão e, usando o bom[124] em vez do belo, perguntasse: vamos, Sócrates, ama o amante o que é bom; que é que ele ama?'

"'Tê-lo consigo', respondi-lhe.

"'E que terá aquele que ficar com o que é bom?'

"'Isso eu posso', disse-lhe, 'mais facilmente responder: ele será feliz.' [205a]

---

[122] Cf. 180a4.

[123] A expressão no grego é pitoresca (ποθεῖ, isto é, "deseja"), por sua relação com a ideia discutida no contexto.

[124] Ver nota 108.

κτήσει γάρ, ἔφη, ἀγαθῶν οἱ εὐδαίμονες εὐδαίμονες, καὶ οὐκέτι προσδεῖ ἐρέσθαι ἵνα τί δὲ βούλεται εὐδαίμων εἶναι ὁ βουλόμενος; ἀλλὰ τέλος δοκεῖ ἔχειν ἡ ἀπόκρισις.

ἀληθῆ λέγεις, εἶπον ἐγώ.

ταύτην δὴ τὴν βούλησιν καὶ τὸν ἔρωτα τοῦτον πότερα κοινὸν οἴει εἶναι πάντων ἀνθρώπων, καὶ πάντας τἀγαθὰ βούλεσθαι αὑτοῖς εἶναι ἀεί, ἢ πῶς λέγεις;

οὕτως, ἦν δ' ἐγώ· κοινὸν εἶναι πάντων.

τί δὴ οὖν, ἔφη, ὦ Σώκρατες, οὐ πάντας ἐρᾶν φαμεν, [205b] εἴπερ γε πάντες τῶν αὐτῶν ἐρῶσι καὶ ἀεί, ἀλλά τινάς φαμεν ἐρᾶν, τοὺς δ' οὔ;

θαυμάζω, ἦν δ' ἐγώ, καὶ αὐτός.

ἀλλὰ μὴ θαύμαζ', ἔφη· ἀφελόντες γὰρ ἄρα τοῦ ἔρωτός τι εἶδος ὀνομάζομεν, τὸ τοῦ ὅλου ἐπιτιθέντες ὄνομα, ἔρωτα, τὰ δὲ ἄλλα ἄλλοις καταχρώμεθα ὀνόμασιν.

ὥσπερ τί; ἦν δ' ἐγώ.

ὥσπερ τόδε. οἶσθ' ὅτι ποίησίς ἐστί τι πολύ· ἡ γάρ τοι ἐκ τοῦ μὴ ὄντος εἰς τὸ ὂν ἰόντι ὁτῳοῦν αἰτία πᾶσά ἐστι [205c] ποίησις, ὥστε καὶ αἱ ὑπὸ πάσαις ταῖς τέχναις ἐργασίαι ποιήσεις εἰσὶ καὶ οἱ τούτων δημιουργοὶ πάντες ποιηταί.

ἀληθῆ λέγεις.

ἀλλ' ὅμως, ἦ δ' ἥ, οἶσθ' ὅτι οὐ καλοῦνται ποιηταὶ ἀλλὰ ἄλλα ἔχουσιν ὀνόματα, ἀπὸ δὲ πάσης τῆς ποιήσεως ἓν μόριον ἀφορισθὲν τὸ περὶ τὴν μουσικὴν καὶ τὰ μέτρα τῷ τοῦ ὅλου ὀνόματι προσαγορεύεται. ποίησις γὰρ τοῦτο μόνον καλεῖται, καὶ οἱ ἔχοντες τοῦτο τὸ μόριον τῆς ποιήσεως ποιηταί.

ἀληθῆ λέγεις, ἔφην. [205d]

"'É, com efeito, pela aquisição do que é bom', disse ela, 'que os felizes são felizes, e não mais é preciso ainda perguntar: e para que quer ser feliz aquele que o quer? Ao contrário, completa parece a resposta.'

"'É verdade o que dizes', tornei-lhe.

"'E essa vontade então e esse amor, achas que é comum a todos os homens, e que todos querem ter sempre consigo o que é bom, ou que dizes?'

"'Isso', respondi-lhe, 'é comum a todos.'

"'E por que então, ó Sócrates, não são todos que dizemos que amam, [205b] se é que todos desejam a mesma coisa[125] e sempre, mas sim que uns amam e outros não?'

"'Também eu', respondi-lhe, 'admiro-me.'

"'Mas não! Não te admires!', retrucou ela; 'pois é porque destacamos do amor um certo aspecto e, aplicando-lhe o nome do todo, chamamo-lo de amor, enquanto para os outros aspectos servimo-nos de outros nomes.'

"'Como, por exemplo?', perguntei-lhe.

"'Como o seguinte. Sabes que 'poesia'[126] é algo de múltiplo; pois toda causa de qualquer coisa passar do não-ser ao ser é [205c] 'poesia', de modo que as confecções de todas as artes são 'poesias', e todos os seus artesãos poetas.'

"'É verdade o que dizes.'

"'Todavia', continuou ela, 'tu sabes que estes não são denominados poetas, mas têm outros nomes, enquanto que de toda a 'poesia' uma única parcela foi destacada, a que se refere à música e aos versos, e com o nome do todo é denominada. Poesia é, com efeito, só isso que se chama, e os que têm essa parte da poesia, poetas.'

"'É verdade', disse-lhe. [205d]

---

[125] Isto é, o que é bom ou, mais literalmente, as coisas boas.

[126] Ποίησις é no grego ação de ποιεῖν ("fazer"), isto é, "confecção", "produção" e, num sentido mais limitado, "poesia".

οὕτω τοίνυν καὶ περὶ τὸν ἔρωτα. τὸ μὲν κεφάλαιόν ἐστι πᾶσα ἡ τῶν ἀγαθῶν ἐπιθυμία καὶ τοῦ εὐδαιμονεῖν ὁ "μέγιστός τε καὶ δολερὸς ἔρως" παντί· ἀλλ' οἱ μὲν ἄλλῃ τρεπόμενοι πολλαχῇ ἐπ' αὐτόν, ἢ κατὰ χρηματισμὸν ἢ κατὰ φιλογυμναστίαν ἢ κατὰ φιλοσοφίαν, οὔτε ἐρᾶν καλοῦνται οὔτε ἐρασταί, οἱ δὲ κατὰ ἕν τι εἶδος ἰόντες τε καὶ ἐσπουδακότες τὸ τοῦ ὅλου ὄνομα ἴσχουσιν, ἔρωτά τε καὶ ἐρᾶν καὶ ἐρασταί.

κινδυνεύεις ἀληθῆ, ἔφην ἐγώ, λέγειν.

καὶ λέγεται μέν γέ τις, ἔφη, λόγος, ὡς οἳ ἂν τὸ ἥμισυ [205e] ἑαυτῶν ζητῶσιν, οὗτοι ἐρῶσιν· ὁ δ' ἐμὸς λόγος οὔτε ἡμίσεός φησιν εἶναι τὸν ἔρωτα οὔτε ὅλου, ἐὰν μὴ τυγχάνῃ γέ που, ὦ ἑταῖρε, ἀγαθὸν ὄν, ἐπεὶ αὑτῶν γε καὶ πόδας καὶ χεῖρας ἐθέλουσιν ἀποτέμνεσθαι οἱ ἄνθρωποι, ἐὰν αὐτοῖς δοκῇ τὰ ἑαυτῶν πονηρὰ εἶναι. οὐ γὰρ τὸ ἑαυτῶν οἶμαι ἕκαστοι ἀσπάζονται, εἰ μὴ εἴ τις τὸ μὲν ἀγαθὸν οἰκεῖον καλεῖ καὶ ἑαυτοῦ, τὸ δὲ κακὸν ἀλλότριον· ὡς οὐδέν γε ἄλλο ἐστὶν οὗ [206a] ἐρῶσιν ἄνθρωποι ἢ τοῦ ἀγαθοῦ. ἢ σοὶ δοκοῦσιν;

μὰ Δί' οὐκ ἔμοιγε, ἦν δ' ἐγώ.

ἆρ' οὖν, ἦ δ' ἥ, οὕτως ἁπλοῦν ἐστι λέγειν ὅτι οἱ ἄνθρωποι τἀγαθοῦ ἐρῶσιν;

ναί, ἔφην.

τί δέ; οὐ προσθετέον, ἔφη, ὅτι καὶ εἶναι τὸ ἀγαθὸν αὐτοῖς ἐρῶσιν;

"'Pois assim também é com o amor. Em geral, todo esse desejo do que é bom e de ser feliz, eis o que é 'o supremo e insidioso amor, para todo homem',[127] no entanto, enquanto uns, porque se voltam para ele por vários outros caminhos, ou pela riqueza ou pelo amor à ginástica ou à sabedoria, nem se diz que amam nem que são amantes, outros ao contrário, procedendo e empenhando-se numa só forma, detêm o nome do todo, de amor, de amar e de amantes.'

"'É bem provável que estejas dizendo a verdade', disse-lhe eu.

"'E de fato corre um dito',[128] continuou ela, 'segundo o qual são os que procuram a sua própria [205e] metade os que amam; o que eu digo porém é que não é nem da metade o amor, nem do todo; pelo menos, meu amigo, se não se encontra este em bom estado, pois até os seus próprios pés e mãos querem os homens cortar, se lhes parece que o que é seu está ruim. Não é, com efeito, o que é seu, penso, que cada um estima, a não ser que se chame o bem de próprio e de seu, e o mal de alheio; pois nada mais há que [206a] amem os homens senão o bem; ou te parece que amam?'

"'Não, por Zeus', respondi-lhe.

"'Será então', continuou, 'que é tão simples[129] assim dizer que os homens amam o bem?'

"'Sim', disse-lhe.

"'E então? Não se deve acrescentar que é ter consigo o bem que eles amam?'

---

[127] Provavelmente uma citação de verso não identificado.

[128] Essa alusão ao discurso de Aristófanes é, como nota Robin em sua introdução ao *Banquete*, um indício habilmente dissimulado na verossimilhança da narração do caráter fictício de Diotima.

[129] O que segue até 206b deve ser relacionado com 200b-e. O desejo de ter para o futuro é o desejo de ter sempre. Daí associar-se a ideia do bem à de continuidade, a qual, logo mais referida ao homem, ser mortal, assume a feição de imortalidade.

προσθετέον.

ἆρ' οὖν, ἔφη, καὶ οὐ μόνον εἶναι, ἀλλὰ καὶ ἀεὶ εἶναι;

καὶ τοῦτο προσθετέον.

ἔστιν ἄρα συλλήβδην, ἔφη, ὁ ἔρως τοῦ τὸ ἀγαθὸν αὑτῷ εἶναι ἀεί.

ἀληθέστατα, ἔφην ἐγώ, λέγεις. [206b]

ὅτε δὴ τοῦτο ὁ ἔρως ἐστὶν ἀεί, ἦ δ' ἥ, τῶν τίνα τρόπον διωκόντων αὐτὸ καὶ ἐν τίνι πράξει ἡ σπουδὴ καὶ ἡ σύντασις ἔρως ἂν καλοῖτο; τί τοῦτο τυγχάνει ὂν τὸ ἔργον; ἔχεις εἰπεῖν;

οὐ μεντἂν σέ, ἔφην ἐγώ, ὦ Διοτίμα, ἐθαύμαζον ἐπὶ σοφίᾳ καὶ ἐφοίτων παρὰ σὲ αὐτὰ ταῦτα μαθησόμενος.

ἀλλὰ ἐγώ σοι, ἔφη, ἐρῶ. ἔστι γὰρ τοῦτο τόκος ἐν καλῷ καὶ κατὰ τὸ σῶμα καὶ κατὰ τὴν ψυχήν.

μαντείας, ἦν δ' ἐγώ, δεῖται ὅτι ποτε λέγεις, καὶ οὐ μανθάνω. [206c]

ἀλλ' ἐγώ, ἦ δ' ἥ, σαφέστερον ἐρῶ. κυοῦσιν γάρ, ἔφη, ὦ Σώκρατες, πάντες ἄνθρωποι καὶ κατὰ τὸ σῶμα καὶ κατὰ τὴν ψυχήν, καὶ ἐπειδὰν ἔν τινι ἡλικίᾳ γένωνται, τίκτειν ἐπιθυμεῖ ἡμῶν ἡ φύσις. τίκτειν δὲ ἐν μὲν αἰσχρῷ οὐ δύναται, ἐν δὲ τῷ καλῷ. ἡ γὰρ ἀνδρὸς καὶ γυναικὸς συνουσία τόκος ἐστίν. ἔστι δὲ τοῦτο θεῖον τὸ πρᾶγμα, καὶ τοῦτο ἐν θνητῷ ὄντι τῷ ζῴῳ ἀθάνατον ἔνεστιν, ἡ κύησις καὶ ἡ γέννησις. τὰ δὲ ἐν τῷ ἀναρμόστῳ ἀδύνατον γενέσθαι. [206d] ἀνάρμοστον δ' ἐστὶ τὸ αἰσχρὸν παντὶ τῷ θείῳ, τὸ δὲ καλὸν ἁρμόττον. Μοῖρα οὖν καὶ Εἰλείθυια ἡ Καλλονή ἐστι

"'Deve-se.'

"'E sem dúvida', continuou, 'não apenas ter, mas sempre ter?'

"'Também isso se deve acrescentar.'

"'Em resumo então', disse ela, 'é o amor amor de consigo ter sempre o bem.'

"'Certíssimo', afirmei-lhe, 'o que dizes.' [206b]

"'Quando então', continuou ela, 'é sempre isso o amor, de que modo, nos que o perseguem, e em que ação, o seu zelo e esforço se chamaria amor?[130] Que vem a ser essa atividade? Podes dizer-me?'

"'Eu não te admiraria então, ó Diotima, por tua sabedoria, nem te frequentaria para aprender isso mesmo.'

"'Mas eu te direi', tornou-me. 'É isso, com efeito, um parto em beleza, tanto no corpo como na alma.'

"'É um adivinho', disse-lhe eu, 'que requer o que estás dizendo: não entendo.' [206c]

"'Pois eu te falarei mais claramente, Sócrates,' disse-me ela. 'Com efeito, todos os homens concebem, não só no corpo como também na alma, e quando chegam a certa idade, é dar à luz que deseja a nossa natureza. Dar à luz no que é feio não é possível, mas sim no que é belo. A união de homem e mulher é parturição. É divino esse fato, e isso é imortal no ser vivo que é mortal, a concepção e a geração. Mas ocorrer isso no que é inadequado é impossível. [206d] E o feio é inadequado a tudo o que é divino, enquanto o belo é adequado. Moira então e Ilitia[131] do nascimento é a Beleza.

---

[130] Nova mudança no método de exposição, que agora passa a ser discursivo (ver posfácio, p. 231). Assimilando abruptamente, à maneira dos profetas, a atividade amorosa ao processo da geração, Diotima discorre então sobre o sentido desta, revelando-a como uma maneira de participarem os seres deste mundo da perene estabilidade do mundo ideal.

[131] Divindade que preside aos nascimentos, assim como uma das três Moiras ou Parcas.

τῇ γενέσει. διὰ ταῦτα ὅταν μὲν καλῷ προσπελάζῃ τὸ κυοῦν, ἵλεών τε γίγνεται καὶ εὐφραινόμενον διαχεῖται καὶ τίκτει τε καὶ γεννᾷ· ὅταν δὲ αἰσχρῷ, σκυθρωπόν τε καὶ λυπούμενον συσπειρᾶται καὶ ἀποτρέπεται καὶ ἀνείλλεται καὶ οὐ γεννᾷ, ἀλλὰ ἴσχον τὸ κύημα χαλεπῶς φέρει. ὅθεν δὴ τῷ κυοῦντί τε καὶ ἤδη σπαργῶντι πολλὴ ἡ πτοίησις γέγονε [206e] περὶ τὸ καλὸν διὰ τὸ μεγάλης ὠδῖνος ἀπολύειν τὸν ἔχοντα. ἔστιν γάρ, ὦ Σώκρατες, ἔφη, οὐ τοῦ καλοῦ ὁ ἔρως, ὡς σὺ οἴει.

ἀλλὰ τί μήν;

τῆς γεννήσεως καὶ τοῦ τόκου ἐν τῷ καλῷ.

εἶεν, ἦν δ' ἐγώ.

πάνυ μὲν οὖν, ἔφη. τί δὴ οὖν τῆς γεννήσεως; ὅτι ἀειγενές ἐστι καὶ ἀθάνατον ὡς θνητῷ ἡ γέννησις. ἀθανασίας [207a] δὲ ἀναγκαῖον ἐπιθυμεῖν μετὰ ἀγαθοῦ ἐκ τῶν ὡμολογημένων, εἴπερ τοῦ ἀγαθοῦ ἑαυτῷ εἶναι ἀεὶ ἔρως ἐστίν. ἀναγκαῖον δὴ ἐκ τούτου τοῦ λόγου καὶ τῆς ἀθανασίας τὸν ἔρωτα εἶναι.

ταῦτά τε οὖν πάντα ἐδίδασκέ με, ὁπότε περὶ τῶν ἐρωτικῶν λόγους ποιοῖτο, καί ποτε ἤρετο τί οἴει, ὦ Σώκρατες, αἴτιον εἶναι τούτου τοῦ ἔρωτος καὶ τῆς ἐπιθυμίας; ἢ οὐκ αἰσθάνῃ ὡς δεινῶς διατίθεται πάντα τὰ θηρία ἐπειδὰν γεννᾶν ἐπιθυμήσῃ, καὶ τὰ πεζὰ καὶ τὰ πτηνά, νοσοῦντά τε [207b] πάντα καὶ ἐρωτικῶς διατιθέμενα, πρῶτον μὲν περὶ τὸ συμμιγῆναι ἀλλήλοις, ἔπειτα περὶ τὴν τροφὴν τοῦ γενομένου, καὶ ἕτοιμά ἐστιν ὑπὲρ τούτων καὶ διαμάχεσθαι τὰ ἀσθενέστατα τοῖς ἰσχυροτάτοις καὶ ὑπεραποθνῄσκειν, καὶ αὐτὰ τῷ λιμῷ παρατεινόμενα ὥστ' ἐκεῖνα

Por isso, quando do belo se aproxima o que está em concepção, acalma-se, e de júbilo transborda, e dá à luz e gera; quando porém é do feio que se aproxima, sombrio e aflito contrai-se, afasta-se, recolhe-se e não gera, mas, retendo o que concebeu, penosamente o carrega. Daí é que ao que está prenhe e já intumescido é grande o alvoroço que lhe vem [206e] à vista do belo, que de uma grande dor liberta o que está prenhe. É com efeito, Sócrates,' dizia-me ela, 'não do belo o amor, como pensas.'

"'Mas de que é enfim?'

"'Da geração e da parturição no belo.'

"'Seja', disse-lhe eu.

"'Perfeitamente', continuou. 'E por que assim da geração? Porque é algo de perpétuo e imortal para um mortal, a geração. E é a imortalidade [207a] que, com o bem, necessariamente se deseja, pelo que foi admitido, se é que o amor é amor de sempre ter consigo o bem.[132] É de fato forçoso por esse argumento que também da imortalidade seja o amor.'

"Tudo isso ela me ensinava, quando sobre as questões de amor discorria, e uma vez ela me perguntou: 'Que pensas, ó Sócrates, ser o motivo[133] desse amor e desse desejo? Porventura não percebes como é estranho o comportamento de todos os animais quando desejam gerar, tanto dos que andam quanto dos que voam, adoecendo [207b] todos em sua disposição amorosa, primeiro no que concerne à união de um com o outro, depois no que diz respeito à criação do que nasceu? E como em vista disso estão prontos para lutar os mais fracos contra os mais fortes, e mesmo morrer, não só se torturando pela fome a fim de alimentá-los como tudo o mais

---

[132] Ver 206a e nota respectiva.

[133] Diotima e Sócrates já se entenderam sobre o motivo do amor (206-207a, 207c8-d). Por conseguinte, sua pergunta agora é apenas para iniciar uma verificação desse motivo, considerando-o a partir do amor físico, a forma mais sensível do amor. Ver 205b-d.

ἐκτρέφειν, καὶ ἄλλο πᾶν ποιοῦντα. τοὺς μὲν γὰρ ἀνθρώπους, ἔφη, οἴοιτ' ἄν τις ἐκ λογισμοῦ ταῦτα ποιεῖν· τὰ δὲ θηρία τίς αἰτία οὕτως ἐρωτικῶς [207c] διατίθεσθαι; ἔχεις λέγειν;

καὶ ἐγὼ αὖ ἔλεγον ὅτι οὐκ εἰδείην· ἣ δ' εἶπεν, Διανοῇ οὖν δεινός ποτε γενήσεσθαι τὰ ἐρωτικά, ἐὰν ταῦτα μὴ ἐννοῇς;

ἀλλὰ διὰ ταῦτά τοι, ὦ Διοτίμα, ὅπερ νυνδὴ εἶπον, παρὰ σὲ ἥκω, γνοὺς ὅτι διδασκάλων δέομαι. ἀλλά μοι λέγε καὶ τούτων τὴν αἰτίαν καὶ τῶν ἄλλων τῶν περὶ τὰ ἐρωτικά.

εἰ τοίνυν, ἔφη, πιστεύεις ἐκείνου εἶναι φύσει τὸν ἔρωτα, οὗ πολλάκις ὡμολογήκαμεν, μὴ θαύμαζε. ἐνταῦθα γὰρ [207d] τὸν αὐτὸν ἐκείνῳ λόγον ἡ θνητὴ φύσις ζητεῖ κατὰ τὸ δυνατὸν ἀεί τε εἶναι καὶ ἀθάνατος. δύναται δὲ ταύτῃ μόνον, τῇ γενέσει, ὅτι ἀεὶ καταλείπει ἕτερον νέον ἀντὶ τοῦ παλαιοῦ, ἐπεὶ καὶ ἐν ᾧ ἓν ἕκαστον τῶν ζῴων ζῆν καλεῖται καὶ εἶναι τὸ αὐτό — οἷον ἐκ παιδαρίου ὁ αὐτὸς λέγεται ἕως ἂν πρεσβύτης γένηται· οὗτος μέντοι οὐδέποτε τὰ αὐτὰ ἔχων ἐν αὐτῷ ὅμως ὁ αὐτὸς καλεῖται, ἀλλὰ νέος ἀεὶ γιγνόμενος, τὰ δὲ ἀπολλύς, καὶ κατὰ τὰς τρίχας καὶ σάρκα καὶ ὀστᾶ καὶ [207e] αἷμα καὶ σύμπαν τὸ σῶμα. καὶ μὴ ὅτι κατὰ τὸ σῶμα, ἀλλὰ καὶ κατὰ τὴν ψυχὴν οἱ τρόποι, τὰ ἤθη, δόξαι, ἐπιθυμίαι, ἡδοναί, λῦπαι, φόβοι, τούτων ἕκαστα οὐδέποτε τὰ αὐτὰ πάρεστιν ἑκάστῳ, ἀλλὰ τὰ μὲν γίγνεται, τὰ δὲ ἀπόλλυται. πολὺ δὲ τούτων ἀτοπώτερον ἔτι, ὅτι καὶ αἱ ἐπιστῆμαι [208a] μὴ ὅτι αἱ μὲν γίγνονται, αἱ δὲ ἀπόλλυνται ἡμῖν, καὶ οὐδέποτε οἱ αὐτοί ἐσμεν οὐδὲ

fazendo? Ora, os homens', continuou ela, 'poder-se-ia pensar que é pelo raciocínio que eles agem assim; mas os animais, qual a causa desse seu comportamento [207c] amoroso? Podes dizer-me?'

"De novo eu lhe disse que não sabia; e ela me tornou: 'Imaginas então algum dia te tornares temível nas questões do amor, se não refletires nesses fatos?'.

"'Mas é por isso mesmo, Diotima — como há pouco eu te dizia — que vim a ti, porque reconheci que precisava de mestres. Dize-me então não só a causa disso, como de tudo o mais que concerne ao amor.'

"'Se de fato', continuou, 'crês que o amor é por natureza amor daquilo que muitas vezes admitimos, não fiques admirado. Pois aqui, [207d] segundo o mesmo argumento que lá, a natureza mortal procura, na medida do possível, ser sempre e ficar imortal. E ela só pode assim, através da geração, porque sempre deixa um outro ser novo em lugar do velho;[134] pois é nisso que se diz que cada espécie animal vive e é a mesma — assim como de criança o homem se diz o mesmo até se tornar velho; este na verdade, apesar de jamais ter em si as mesmas coisas, diz-se todavia que é o mesmo, embora sempre se renovando e perdendo alguma coisa, nos cabelos, nas carnes, nos ossos, [207e] no sangue e em todo o corpo. E não é que é só no corpo, mas também na alma os modos, os costumes, as opiniões, desejos, prazeres, aflições, temores, cada um desses afetos jamais permanece o mesmo em cada um de nós, mas uns nascem, outros morrem. Mas ainda mais estranho do que isso é que até as ciências [208a] não é só que umas nascem e outras morrem para nós, e jamais somos os mesmos nas ciências, mas ainda cada uma

---

[134] Segue até 208b um quadro muito vivo da visão heraclitiana da realidade. Mas, sob o fluxo desesperador das coisas, Diotima vê em sua geração a sua maneira de continuar, o seu modo de participar do ser perene das ideias. Ver posfácio, pp. 232-3.

κατὰ τὰς ἐπιστήμας, ἀλλὰ καὶ μία ἑκάστη τῶν ἐπιστημῶν ταὐτὸν πάσχει. ὃ γὰρ καλεῖται μελετᾶν, ὡς ἐξιούσης ἐστὶ τῆς ἐπιστήμης· λήθη γὰρ ἐπιστήμης ἔξοδος, μελέτη δὲ πάλιν καινὴν ἐμποιοῦσα ἀντὶ τῆς ἀπιούσης μνήμην σῴζει τὴν ἐπιστήμην, ὥστε τὴν αὐτὴν δοκεῖν εἶναι. τούτῳ γὰρ τῷ τρόπῳ πᾶν τὸ θνητὸν σῴζεται, οὐ τῷ παντάπασιν τὸ αὐτὸ ἀεὶ εἶναι ὥσπερ τὸ [208b] θεῖον, ἀλλὰ τῷ τὸ ἀπιὸν καὶ παλαιούμενον ἕτερον νέον ἐγκαταλείπειν οἷον αὐτὸ ἦν. ταύτῃ τῇ μηχανῇ, ὦ Σώκρατες, ἔφη, θνητὸν ἀθανασίας μετέχει, καὶ σῶμα καὶ τἆλλα πάντα· ἀθάνατον δὲ ἄλλῃ. μὴ οὖν θαύμαζε εἰ τὸ αὑτοῦ ἀποβλάστημα φύσει πᾶν τιμᾷ· ἀθανασίας γὰρ χάριν παντὶ αὕτη ἡ σπουδὴ καὶ ὁ ἔρως ἕπεται.

καὶ ἐγὼ ἀκούσας τὸν λόγον ἐθαύμασά τε καὶ εἶπον εἶεν, ἦν δ' ἐγώ, ὦ σοφωτάτη Διοτίμα, ταῦτα ὡς ἀληθῶς οὕτως ἔχει; [208c]

καὶ ἥ, ὥσπερ οἱ τέλεοι σοφισταί, εὖ ἴσθι, ἔφη, ὦ Σώκρατες· ἐπεί γε καὶ τῶν ἀνθρώπων εἰ ἐθέλεις εἰς τὴν φιλοτιμίαν βλέψαι, θαυμάζοις ἂν τῆς ἀλογίας περὶ ἃ ἐγὼ εἴρηκα εἰ μὴ ἐννοεῖς, ἐνθυμηθεὶς ὡς δεινῶς διάκεινται ἔρωτι τοῦ ὀνομαστοὶ γενέσθαι "καὶ κλέος ἐς τὸν ἀεὶ χρόνον ἀθάνατον καταθέσθαι", καὶ ὑπὲρ τούτου κινδύνους τε κινδυνεύειν ἕτοιμοί εἰσι πάντας ἔτι μᾶλλον ἢ ὑπὲρ τῶν [208d] παίδων, καὶ χρήματα ἀναλίσκειν καὶ πόνους πονεῖν οὑστινασοῦν καὶ ὑπεραποθνῄσκειν.

delas sofre a mesma contingência. O que, com efeito, se chama exercitar é como se de nós estivesse saindo a ciência; esquecimento é escape de ciência, e o exercício, introduzindo uma nova lembrança em lugar da que está saindo, salva a ciência, de modo a parecer ela ser a mesma. É desse modo que tudo o que é mortal se conserva, e não pelo fato de absolutamente ser sempre o mesmo, como o que [208b] é divino, mas pelo fato de deixar o que parte e envelhece um outro ser novo, tal qual ele mesmo era. É por esse meio, ó Sócrates, que o mortal participa da imortalidade, no corpo como em tudo mais;[135] o imortal porém é de outro modo. Não te admires portanto de que o seu próprio rebento, todo ser por natureza o aprecie: é em virtude da imortalidade que a todo ser esse zelo e esse amor acompanham.'

"Depois de ouvir o seu discurso, admirado disse-lhe: 'Bem, ó doutíssima Diotima, essas coisas é verdadeiramente assim que se passam?'. [208c]

"E ela, como os sofistas consumados, tornou-me: 'Podes estar certo, ó Sócrates; o caso é que, mesmo entre os homens, se queres atentar à sua ambição, admirar-te-ias do seu desarrazoamento, a menos que, a respeito do que te falei, não reflitas, depois de considerares quão estranhamente eles se comportam com o amor de se tornarem renomados e de 'para sempre uma glória imortal se preservarem', e como por isso estão prontos a arrostar todos os perigos, ainda mais do que pelos [208d] filhos, a gastar fortuna, a sofrer privações, quaisquer

---

[135] Alguns críticos querem ver nessa passagem uma contradição com a doutrina da imortalidade da alma, e consequentemente um indício da anterioridade do *Banquete* ao *Fédon*, onde aquela doutrina é longamente exposta. Na verdade, ela não autoriza a inferência de que a alma é mortal. Diotima diz que seus afetos e conhecimentos são passageiros, como os elementos do corpo, mas não afirma que a alma são esses afetos e conhecimentos. A ideia de várias encarnações da alma e a do conhecimento-reminiscência, exposta também no *Fédon*, ilustra muito bem a compatibilidade de uma alma imortal com acidentes transitórios.

ἐπεὶ οἴει σύ, ἔφη, Ἄλκηστιν ὑπὲρ Ἀδμήτου ἀποθανεῖν ἄν, ἢ Ἀχιλλέα Πατρόκλῳ ἐπαποθανεῖν, ἢ προαποθανεῖν τὸν ὑμέτερον Κόδρον ὑπὲρ τῆς βασιλείας τῶν παίδων, μὴ οἰομένους ἀθάνατον μνήμην ἀρετῆς πέρι ἑαυτῶν ἔσεσθαι, ἣν νῦν ἡμεῖς ἔχομεν; πολλοῦ γε δεῖ, ἔφη, ἀλλ᾽ οἶμαι ὑπὲρ ἀρετῆς ἀθανάτου καὶ τοιαύτης δόξης εὐκλεοῦς πάντες πάντα ποιοῦσιν, ὅσῳ ἂν ἀμείνους [208e] ὦσι, τοσούτῳ μᾶλλον· τοῦ γὰρ ἀθανάτου ἐρῶσιν. οἱ μὲν οὖν ἐγκύμονες, ἔφη, κατὰ τὰ σώματα ὄντες πρὸς τὰς γυναῖκας μᾶλλον τρέπονται καὶ ταύτῃ ἐρωτικοί εἰσιν, διὰ παιδογονίας ἀθανασίαν καὶ μνήμην καὶ εὐδαιμονίαν, ὡς οἴονται, αὑτοῖς εἰς τὸν ἔπειτα χρόνον πάντα ποριζόμενοι· οἱ δὲ κατὰ τὴν [209a] ψυχήν — εἰσὶ γὰρ οὖν, ἔφη, οἳ ἐν ταῖς ψυχαῖς κυοῦσιν ἔτι μᾶλλον ἢ ἐν τοῖς σώμασιν, ἃ ψυχῇ προσήκει καὶ κυῆσαι καὶ τεκεῖν· τί οὖν προσήκει; φρόνησίν τε καὶ τὴν ἄλλην ἀρετήν — ὧν δή εἰσι καὶ οἱ ποιηταὶ πάντες γεννήτορες καὶ τῶν δημιουργῶν ὅσοι λέγονται εὑρετικοὶ εἶναι· πολὺ δὲ μεγίστη, ἔφη, καὶ καλλίστη τῆς φρονήσεως ἡ περὶ τὰ τῶν πόλεων τε καὶ οἰκήσεων διακόσμησις, ᾗ δὴ ὄνομά ἐστι σωφροσύνη τε καὶ δικαιοσύνη — τούτων δ᾽ αὖ ὅταν τις ἐκ [209b] νέου ἐγκύμων ᾖ τὴν ψυχήν, ἤθεος ὢν καὶ ἡκούσης τῆς ἡλικίας, τίκτειν τε καὶ γεννᾶν ἤδη ἐπιθυμῇ, ζητεῖ δὴ

que elas sejam, e até a sacrificar-se. Pois pensas tu', continuou ela, 'que Alceste[136] morreria por Admeto, que Aquiles morreria depois de Pátroclo, ou o vosso Codro[137] morreria antes, em favor da realeza dos filhos, se não imaginassem que eterna seria a memória da sua própria virtude, que agora nós conservamos? Longe disso', disse ela; 'ao contrário, é, segundo penso, por uma virtude imortal e por tal renome e glória que todos tudo fazem, e quanto melhores [208e] tanto mais; pois é o imortal que eles amam. Por conseguinte', continuou ela, 'aqueles que estão fecundados em seu corpo voltam-se de preferência para as mulheres, e é desse modo que são amorosos, pela procriação conseguindo para si imortalidade, memória e bem-aventurança por todos os séculos seguintes, ao que pensam; aqueles porém que é em sua [209a] alma — pois há os que concebem na alma mais do que no corpo, o que convém à alma conceber e gerar; e o que é que lhes convém senão o pensamento e o mais da virtude?[138] Entre estes estão todos os poetas criadores e todos aqueles artesãos que se diz serem inventivos; mas a mais importante', disse ela, 'e a mais bela forma de pensamento é a que trata da organização dos negócios da cidade e da família, e cujo nome é prudência e justiça[139] — destes por sua vez quando alguém, desde [209b] cedo fecundado em sua alma, ser divino que é, e chegada a idade oportuna, já está desejando dar à luz e gerar, procura

---

[136] Referência ao discurso de Fedro, 179 ss. Ver posfácio, pp. 204-5.

[137] Rei legendário de Atenas. Informado de que um oráculo prometera vitória aos dórios, se estes não o matassem, disfarça-se em soldado e como tal encontra a morte com que salvou sua pátria.

[138] Entender virtude no sentido amplo de excelência, tal como o grego ἀρετή. Notar a distinção feita no *Banquete* entre φρόνησις (de φρονέομαι), "disposição para a sabedoria", "pensamento", e σοφία, isto é, sabedoria (ver 202) que só os deuses possuem.

[139] Prudência (σωφροσύνη) e justiça são aqui formas do pensamento (φρόνησις); como no *Protágoras* (361b ss.) elas são, como as demais virtudes, formas ou aspectos de uma ciência (ἐπιστήμη).

οἶμαι καὶ οὗτος περιιὼν τὸ καλὸν ἐν ᾧ ἂν γεννήσειεν· ἐν τῷ γὰρ αἰσχρῷ οὐδέποτε γεννήσει. τά τε οὖν σώματα τὰ καλὰ μᾶλλον ἢ τὰ αἰσχρὰ ἀσπάζεται ἅτε κυῶν, καὶ ἂν ἐντύχῃ ψυχῇ καλῇ καὶ γενναίᾳ καὶ εὐφυεῖ, πάνυ δὴ ἀσπάζεται τὸ συναμφότερον, καὶ πρὸς τοῦτον τὸν ἄνθρωπον εὐθὺς εὐπορεῖ λόγων περὶ ἀρετῆς καὶ περὶ οἷον χρὴ εἶναι [209c] τὸν ἄνδρα τὸν ἀγαθὸν καὶ ἃ ἐπιτηδεύειν, καὶ ἐπιχειρεῖ παιδεύειν. ἁπτόμενος γὰρ οἶμαι τοῦ καλοῦ καὶ ὁμιλῶν αὐτῷ, ἃ πάλαι ἐκύει τίκτει καὶ γεννᾷ, καὶ παρὼν καὶ ἀπὼν μεμνημένος, καὶ τὸ γεννηθὲν συνεκτρέφει κοινῇ μετ᾽ ἐκείνου, ὥστε πολὺ μείζω κοινωνίαν τῆς τῶν παίδων πρὸς ἀλλήλους οἱ τοιοῦτοι ἴσχουσι καὶ φιλίαν βεβαιοτέραν, ἅτε καλλιόνων καὶ ἀθανατωτέρων παίδων κεκοινωνηκότες. καὶ πᾶς ἂν δέξαιτο ἑαυτῷ τοιούτους παῖδας μᾶλλον γεγονέναι ἢ τοὺς [209d] ἀνθρωπίνους, καὶ εἰς Ὅμηρον ἀποβλέψας καὶ Ἡσίοδον καὶ τοὺς ἄλλους ποιητὰς τοὺς ἀγαθοὺς ζηλῶν, οἷα ἔκγονα ἑαυτῶν καταλείπουσιν, ἃ ἐκείνοις ἀθάνατον κλέος καὶ μνήμην παρέχεται αὐτὰ τοιαῦτα ὄντα· εἰ δὲ βούλει, ἔφη, οἵους Λυκοῦργος παῖδας κατελίπετο ἐν Λακεδαίμονι σωτῆρας τῆς Λακεδαίμονος καὶ ὡς ἔπος εἰπεῖν τῆς Ἑλλάδος. τίμιος δὲ παρ᾽ ὑμῖν καὶ Σόλων διὰ τὴν τῶν νόμων γέννησιν, καὶ ἄλλοι [209e] ἄλλοθι πολλαχοῦ ἄνδρες, καὶ ἐν

então também este, penso eu, à sua volta o belo em que possa gerar: pois no que é feio ele jamais o fará. Assim é que os corpos belos mais que os feios ele os acolhe, por estar em concepção; e se encontra uma alma bela, nobre e bem dotada, é total o seu acolhimento a ambos, e para um homem desses logo ele se enriquece[140] de discursos sobre a virtude, sobre o que deve ser [209c] o homem bom e o que deve tratar, e tenta educá-lo.[141] Pois ao contato sem dúvida do que é belo e em sua companhia, o que de há muito ele concebia ei-lo que dá à luz e gera, sem o esquecer tanto em sua presença quanto ausente, e o que foi gerado, ele o alimenta justamente com esse belo, de modo que uma comunidade muito maior que a dos filhos ficam tais indivíduos mantendo entre si, e uma amizade mais firme, por serem mais belos e mais imortais os filhos que têm em comum. E qualquer um aceitaria obter tais filhos mais que os [209d] humanos, depois de considerar Homero e Hesíodo, e admirando com inveja os demais bons poetas, pelo tipo de descendentes que deixam de si, e que uma imortal glória e memória lhes garantem, sendo eles mesmos o que são; ou se preferes',[142] continuou ela, 'pelos filhos que Licurgo deixou na Lacedemônia, salvadores da Lacedemônia e por assim dizer da Grécia. E honrado entre vós é também Sólon[143] pelas leis que criou, e outros [209e] muitos em muitas outras partes, tanto entre os gregos como

---

[140] No grego εὐπορεῖ. Ver nota 118.

[141] Ver posfácio, pp. 232-3.

[142] A ordem em que aparecem os exemplos da poesia e da legislação parece sugerir a preeminência da primeira sobre a segunda. Cf. todavia *República*, X, 597 ss., em que Platão, ao contrário, explica a superioridade da segunda.

[143] Em conferência na antiga Associação dos Estudos Clássicos do Brasil (Seção de São Paulo), sobre o autocriticismo em Atenas, o Prof. Aubreton observou com muito acerto os sentimentos de laconismo que revela essa maneira de um ateniense citar depois das leis de Licurgo — "salvadores da [...] Grécia" — as leis do seu conterrâneo — "*também* Sólon".

Ἕλλησι καὶ ἐν βαρβάροις, πολλὰ καὶ καλὰ
ἀποφηνάμενοι ἔργα, γεννήσαντες παντοίαν ἀρετήν· ὧν
καὶ ἱερὰ πολλὰ ἤδη γέγονε διὰ τοὺς τοιούτους παῖδας,
διὰ δὲ τοὺς ἀνθρωπίνους οὐδενός πω.

ταῦτα μὲν οὖν τὰ ἐρωτικὰ ἴσως, ὦ Σώκρατες, κἂν
σὺ [210a] μυηθείης· τὰ δὲ τέλεα καὶ ἐποπτικά, ὧν ἕνεκα
καὶ ταῦτα ἔστιν, ἐάν τις ὀρθῶς μετίῃ, οὐκ οἶδ' εἰ οἷός τ'
ἂν εἴης. ἐρῶ μὲν οὖν, ἔφη, ἐγὼ καὶ προθυμίας οὐδὲν
ἀπολείψω· πειρῶ δὲ ἕπεσθαι, ἂν οἷός τε ᾖς. δεῖ γάρ,
ἔφη, τὸν ὀρθῶς ἰόντα ἐπὶ τοῦτο τὸ πρᾶγμα ἄρχεσθαι
μὲν νέον ὄντα ἰέναι ἐπὶ τὰ καλὰ σώματα, καὶ πρῶτον
μέν, ἐὰν ὀρθῶς ἡγῆται ὁ ἡγούμενος, ἑνὸς αὐτὸν
σώματος ἐρᾶν καὶ ἐνταῦθα γεννᾶν λόγους καλούς,
ἔπειτα δὲ αὐτὸν κατανοῆσαι ὅτι τὸ κάλλος [210b] τὸ
ἐπὶ ὁτῳοῦν σώματι τῷ ἐπὶ ἑτέρῳ σώματι ἀδελφόν ἐστι,
καὶ εἰ δεῖ διώκειν τὸ ἐπ' εἴδει καλόν, πολλὴ ἄνοια μὴ
οὐχ ἕν τε καὶ ταὐτὸν ἡγεῖσθαι τὸ ἐπὶ πᾶσιν τοῖς
σώμασι κάλλος· τοῦτο δ' ἐννοήσαντα καταστῆναι
πάντων τῶν καλῶν σωμάτων ἐραστήν, ἑνὸς δὲ τὸ
σφόδρα τοῦτο χαλάσαι καταφρονήσαντα καὶ σμικρὸν
ἡγησάμενον· μετὰ δὲ ταῦτα τὸ ἐν ταῖς ψυχαῖς κάλλος
τιμιώτερον ἡγήσασθαι τοῦ ἐν τῷ σώματι, ὥστε καὶ ἐὰν
ἐπιεικὴς ὢν τὴν ψυχήν τις κἂν σμικρὸν ἄνθος [210c]

entre os bárbaros, por terem dado à luz muitas obras belas e gerado toda espécie de virtudes; deles é que já se fizeram muitos cultos por causa de tais filhos, enquanto que por causa dos humanos ainda não se fez nenhum.

"'São esses então os casos de amor em que talvez, ó Sócrates, também tu [210a] pudesses ser iniciado;[144] mas, quanto à sua perfeita contemplação, em vista da qual é que esses graus existem, quando se procede corretamente, não sei se serias capaz; em todo caso, eu te direi', continuou, 'e nenhum esforço pouparei; tenta então seguir-me se fores capaz: deve com efeito', começou ela, 'o que corretamente se encaminha a esse fim, começar quando jovem por dirigir-se aos belos corpos, e em primeiro lugar, se corretamente o dirige o seu dirigente, deve ele amar um só corpo e então gerar belos discursos;[145] depois deve ele compreender que a beleza [210b] em qualquer corpo é irmã da que está em qualquer outro, e que, se se deve procurar o belo na forma, muita tolice seria não considerar uma só e a mesma a beleza em todos os corpos; e depois de entender isso, deve ele fazer-se amante de todos os belos corpos e largar esse amor violento de um só, após desprezá-lo e considerá-lo mesquinho; depois disso a beleza que está nas almas deve ele considerar mais preciosa que a do corpo, de modo que, mesmo se alguém de uma al-

---

[144] Feito o exame das diversas formas da atividade amorosa (procriação, poesia, legislação), Diotima as considera como estágios preliminares do supremo ato do amor, que é a conquista da ciência do belo em si. Para dar, no entanto, a entender o caráter dessa ciência e de sua aquisição, ela recorre à alegoria da iniciação aos mistérios. Compará-la a esse respeito com o mito da caverna na *República*.

[145] Evidentemente não se trata aqui do amor físico entre o homem e a mulher, que tem a justificação na procriação (208e), e sim de uma primeira etapa do amor entre o amante e o bem-amado, que deve estar condicionado à produção dos belos discursos. Essa etapa inicial corresponde ao que Pausânias, numa perspectiva menos clara, afirma ser o nobre amor de Afrodite Urânia.

ἔχῃ, ἐξαρκεῖν αὐτῷ καὶ ἐρᾶν καὶ κήδεσθαι καὶ τίκτειν
λόγους τοιούτους καὶ ζητεῖν, οἵτινες ποιήσουσι
βελτίους τοὺς νέους, ἵνα ἀναγκασθῇ αὖ θεάσασθαι τὸ
ἐν τοῖς ἐπιτηδεύμασι καὶ τοῖς νόμοις καλὸν καὶ τοῦτ᾽
ἰδεῖν ὅτι πᾶν αὐτὸ αὑτῷ συγγενές ἐστιν, ἵνα τὸ περὶ τὸ
σῶμα καλὸν σμικρόν τι ἡγήσηται εἶναι· μετὰ δὲ τὰ
ἐπιτηδεύματα ἐπὶ τὰς ἐπιστήμας ἀγαγεῖν, ἵνα ἴδῃ αὖ
ἐπιστημῶν κάλλος, καὶ βλέπων πρὸς [210d] πολὺ ἤδη
τὸ καλὸν μηκέτι τὸ παρ᾽ ἑνί, ὥσπερ οἰκέτης, ἀγαπῶν
παιδαρίου κάλλος ἢ ἀνθρώπου τινὸς ἢ ἐπιτηδεύματος
ἑνός, δουλεύων φαῦλος ᾖ καὶ σμικρολόγος, ἀλλ᾽ ἐπὶ τὸ
πολὺ πέλαγος τετραμμένος τοῦ καλοῦ καὶ θεωρῶν
πολλοὺς καὶ καλοὺς λόγους καὶ μεγαλοπρεπεῖς τίκτῃ
καὶ διανοήματα ἐν φιλοσοφίᾳ ἀφθόνῳ, ἕως ἂν ἐνταῦθα
ῥωσθεὶς καὶ αὐξηθεὶς κατίδῃ τινὰ ἐπιστήμην μίαν
τοιαύτην, ἥ ἐστι καλοῦ [210e] τοιοῦδε. πειρῶ δέ μοι,
ἔφη, τὸν νοῦν προσέχειν ὡς οἷόν τε μάλιστα. ὃς γὰρ ἂν
μέχρι ἐνταῦθα πρὸς τὰ ἐρωτικὰ παιδαγωγηθῇ,
θεώμενος ἐφεξῆς τε καὶ ὀρθῶς τὰ καλά, πρὸς τέλος ἤδη
ἰὼν τῶν ἐρωτικῶν ἐξαίφνης κατόψεταί τι θαυμαστὸν
τὴν φύσιν καλόν, τοῦτο ἐκεῖνο, ὦ Σώκρατες, οὗ δὴ
ἕνεκεν καὶ οἱ ἔμπροσθεν πάντες πόνοι ἦσαν, πρῶτον
μὲν [211a] ἀεὶ ὂν καὶ οὔτε γιγνόμενον οὔτε
ἀπολλύμενον, οὔτε αὐξανόμενον οὔτε φθίνον, ἔπειτα

ma gentil tenha todavia um escasso encanto, [210c] contente-se ele, ame e se interesse, e produza e procure discursos tais que tornem melhores os jovens; para que então seja obrigado a contemplar o belo nos ofícios e nas leis, e a ver assim que todo ele tem um parentesco comum,[146] e julgue enfim de pouca monta o belo no corpo; depois dos ofícios é para as ciências que é preciso transportá-lo, a fim de que veja também a beleza das ciências, e olhando para [210d] o belo já muito, sem mais amar como um doméstico a beleza individual de um criançola, de um homem ou de um só costume, não seja ele, nessa escravidão, miserável e um mesquinho discursador, mas voltado ao vasto oceano do belo e, contemplando-o, muitos discursos belos e magníficos ele produza, e reflexões, em inesgotável amor à sabedoria, até que aí robustecido e crescido[147] contemple ele uma certa ciência, única, tal que o seu objeto é o belo [210e] seguinte. Tenta agora', disse-me ela, 'prestar-me a máxima atenção possível. Aquele, pois, que até esse ponto tiver sido orientado para as coisas do amor, contemplando seguida e corretamente o que é belo, já chegando ao ápice dos graus do amor, súbito perceberá algo de maravilhosamente belo em sua natureza, aquilo mesmo,[148] ó Sócrates, a que tendiam todas as penas anteriores, primeiramente [211a] sempre sendo, sem nascer nem perecer, sem crescer nem decrescer, e depois, não de um jeito belo e de ou-

---

[146] Assim como, pouco antes, um belo corpo é irmão de um belo corpo, todos estes por sua vez têm a mesma relação com os belos ofícios e as belas leis.

[147] A abundância e a grandeza dos discursos decorrentes da extensão do belo já contemplado (πρὸς πολὺ ἤδη τὸ καλόν) é condição para atingir a contemplação do próprio belo.

[148] Observar no que precede até essa expressão uma extraordinária técnica de *suspense* para preparar o deslumbramento do que segue, isto é, a descrição do belo em si. Desencantados da magia desse trecho, podemos perceber que ele é uma resposta àquela litania final do discurso de Agatão (197d-e), mas quão superior em emoção e grandeza!

οὐ τῇ μὲν καλόν, τῇ δ' αἰσχρόν, οὐδὲ τοτὲ μέν, τοτὲ δὲ
οὔ, οὐδὲ πρὸς μὲν τὸ καλόν, πρὸς δὲ τὸ αἰσχρόν, οὐδ'
ἔνθα μὲν καλόν, ἔνθα δὲ αἰσχρόν, ὡς τισὶ μὲν ὂν καλόν,
τισὶ δὲ αἰσχρόν· οὐδ' αὖ φαντασθήσεται αὐτῷ τὸ
καλὸν οἷον πρόσωπόν τι οὐδὲ χεῖρες οὐδὲ ἄλλο οὐδὲν
ὧν σῶμα μετέχει, οὐδέ τις λόγος οὐδέ τις ἐπιστήμη,
οὐδέ που ὂν ἐν ἑτέρῳ τινι, οἷον ἐν ζῴῳ ἢ ἐν γῇ ἢ ἐν
οὐρανῷ [211b] ἢ ἔν τῳ ἄλλῳ, ἀλλ' αὐτὸ καθ' αὑτὸ
μεθ' αὑτοῦ μονοειδὲς ἀεὶ ὄν, τὰ δὲ ἄλλα πάντα καλὰ
ἐκείνου μετέχοντα τρόπον τινὰ τοιοῦτον, οἷον
γιγνομένων τε τῶν ἄλλων καὶ ἀπολλυμένων μηδὲν
ἐκεῖνο μήτε τι πλέον μήτε ἔλαττον γίγνεσθαι μηδὲ
πάσχειν μηδέν. ὅταν δή τις ἀπὸ τῶνδε διὰ τὸ ὀρθῶς
παιδεραστεῖν ἐπανιὼν ἐκεῖνο τὸ καλὸν ἄρχηται
καθορᾶν, σχεδὸν ἄν τι ἅπτοιτο τοῦ τέλους. τοῦτο γὰρ
δή ἐστι τὸ ὀρθῶς ἐπὶ [211c] τὰ ἐρωτικὰ ἰέναι ἢ ὑπ'
ἄλλου ἄγεσθαι, ἀρχόμενον ἀπὸ τῶνδε τῶν καλῶν
ἐκείνου ἕνεκα τοῦ καλοῦ ἀεὶ ἐπανιέναι, ὥσπερ
ἐπαναβασμοῖς χρώμενον, ἀπὸ ἑνὸς ἐπὶ δύο καὶ ἀπὸ
δυοῖν ἐπὶ πάντα τὰ καλὰ σώματα, καὶ ἀπὸ τῶν καλῶν
σωμάτων ἐπὶ τὰ καλὰ ἐπιτηδεύματα, καὶ ἀπὸ τῶν
ἐπιτηδευμάτων ἐπὶ τὰ καλὰ μαθήματα, καὶ ἀπὸ τῶν
μαθημάτων ἐπ' ἐκεῖνο τὸ μάθημα τελευτῆσαι, ὅ ἐστιν
οὐκ ἄλλου ἢ αὐτοῦ ἐκείνου τοῦ καλοῦ μάθημα, καὶ γνῷ
αὐτὸ τελευτῶν ὃ ἔστι [211d] καλόν. ἐνταῦθα τοῦ βίου,

tro feio, nem ora sim ora não, nem quanto a isso belo e quanto àquilo feio, nem aqui belo ali feio, como se a uns fosse belo e a outros feio; nem por outro lado aparecer-lhe-á o belo como um rosto ou mãos, nem como nada que o corpo tem consigo, nem como algum discurso ou alguma ciência, nem certamente como a existir em algo mais, como, por exemplo, em animal da terra ou do céu, [211b] ou em qualquer outra coisa; ao contrário, aparecer-lhe-á ele mesmo, por si mesmo, consigo mesmo, sendo sempre uniforme,[149] enquanto tudo mais que é belo dele participa, de um modo tal que, enquanto nasce e perece tudo mais que é belo, em nada ele fica maior ou menor, nem nada sofre. Quando então alguém, subindo a partir do que aqui é belo,[150] através do correto amor aos jovens, começa a contemplar aquele belo, quase que estaria a atingir o ponto final. Eis, com efeito, em que consiste o proceder corretamente nos [211c] caminhos do amor ou por outro se deixar conduzir: em começar do que aqui é belo e, em vista daquele belo, subir sempre, como que servindo-se de degraus, de um só para dois e de dois para todos os belos corpos, e dos belos corpos para os belos ofícios, e dos ofícios para as belas ciências até que das ciências acabe naquela ciência, que de nada mais é senão daquele próprio belo, e conheça enfim o que em si é [211d] belo. Nesse ponto da vida, meu caro Sócrates', continuou a estrangeira de Mantineia, 'se é que em outro mais, poderia o homem viver, a contemplar o

---

[149] Essas expressões, que aparecem frequentemente no *Fédon* para caracterizar as ideias em sua pureza essencial, contrapõem-se a fórmulas usadas pouco acima (de um jeito... de outro..., ora... ora... quanto a isso... quanto àquilo... etc.) para qualificar as coisas deste mundo, e que representam por assim dizer os marcos da argumentação socrática.

[150] O pronome τῶνδε parece-me aqui referir-se claramente à ideia do belo. Assim, traduzimo-lo especificando: "as coisas belas daqui". A menção explícita τῶν καλῶν, um pouco abaixo, explica-se pelo fato de que Diotima está resumindo sua lição.

ὦ φίλε Σώκρατες, ἔφη ἡ Μαντινικὴ ξένη, εἴπερ που ἄλλοθι, βιωτὸν ἀνθρώπῳ, θεωμένῳ αὐτὸ τὸ καλόν. ὃ ἐάν ποτε ἴδῃς, οὐ κατὰ χρυσίον τε καὶ ἐσθῆτα καὶ τοὺς καλοὺς παῖδάς τε καὶ νεανίσκους δόξει σοι εἶναι, οὓς νῦν ὁρῶν ἐκπέπληξαι καὶ ἕτοιμος εἶ καὶ σὺ καὶ ἄλλοι πολλοί, ὁρῶντες τὰ παιδικὰ καὶ συνόντες ἀεὶ αὐτοῖς, εἴ πως οἷόν τ᾽ ἦν, μήτ᾽ ἐσθίειν μήτε πίνειν, ἀλλὰ θεᾶσθαι μόνον καὶ συνεῖναι. τί δῆτα, ἔφη, οἰόμεθα, εἴ τῳ γένοιτο [211e] αὐτὸ τὸ καλὸν ἰδεῖν εἰλικρινές, καθαρόν, ἄμεικτον, ἀλλὰ μὴ ἀνάπλεων σαρκῶν τε ἀνθρωπίνων καὶ χρωμάτων καὶ ἄλλης πολλῆς φλυαρίας θνητῆς, ἀλλ᾽ αὐτὸ τὸ θεῖον καλὸν δύναιτο μονοειδὲς κατιδεῖν; ἆρ᾽ οἴει, ἔφη, φαῦλον βίον [212a] γίγνεσθαι ἐκεῖσε βλέποντος ἀνθρώπου καὶ ἐκεῖνο ᾧ δεῖ θεωμένου καὶ συνόντος αὐτῷ; ἢ οὐκ ἐνθυμῇ, ἔφη, ὅτι ἐνταῦθα αὐτῷ μοναχοῦ γενήσεται, ὁρῶντι ᾧ ὁρατὸν τὸ καλόν, τίκτειν οὐκ εἴδωλα ἀρετῆς, ἅτε οὐκ εἰδώλου ἐφαπτομένῳ, ἀλλὰ ἀληθῆ, ἅτε τοῦ ἀληθοῦς ἐφαπτομένῳ· τεκόντι δὲ ἀρετὴν ἀληθῆ καὶ θρεψαμένῳ ὑπάρχει θεοφιλεῖ γενέσθαι, καὶ εἴπέρ τῳ ἄλλῳ ἀνθρώπων ἀθανάτῳ καὶ ἐκείνῳ; [212b]

ταῦτα δή, ὦ Φαῖδρέ τε καὶ οἱ ἄλλοι, ἔφη μὲν Διοτίμα, πέπεισμαι δ᾽ ἐγώ· πεπεισμένος δὲ πειρῶμαι καὶ τοὺς ἄλλους πείθειν ὅτι τούτου τοῦ κτήματος τῇ ἀνθρωπείᾳ φύσει συνεργὸν ἀμείνω Ἔρωτος οὐκ ἄν τις ῥᾳδίως λάβοι. διὸ δὴ ἔγωγέ φημι χρῆναι πάντα ἄνδρα τὸν ἔρωτα τιμᾶν, καὶ αὐτὸς τιμῶ τὰ ἐρωτικὰ καὶ

próprio belo. Se algum dia o vires, não é como ouro[151] ou como roupa que ele te parecerá ser, ou como os belos jovens adolescentes, a cuja vista ficas agora aturdido e disposto, tu como outros muitos, contanto que vejam seus amados e sempre estejam com eles, a nem comer nem beber, se de algum modo fosse possível, mas a só contemplar e estar ao seu lado.[152] Que pensamos então que aconteceria', disse ela, 'se a alguém ocorresse [211e] contemplar o próprio belo, nítido, puro, simples, e não repleto de carnes humanas, de cores e outras muitas ninharias mortais, mas o próprio divino belo pudesse ele em sua forma única contemplar? Porventura pensas', disse, 'que é vida vã [212a] a de um homem a olhar naquela direção e aquele objeto, com aquilo[153] com que deve, quando o contempla e com ele convive? Ou não consideras', disse ela, 'que somente então, quando vir o belo com aquilo com que este pode ser visto, ocorrer-lhe-á produzir não sombras[154] de virtude, porque não é em sombra que estará tocando, mas reais virtudes, porque é no real que estará tocando? A quem gera e cria a virtude verdadeira é possível tornar-se caro aos deuses, e se a algum homem é possível tornar-se imortal, àquele também o é.' [212b]

"Eis o que me dizia Diotima, ó Fedro e demais presentes, e do que estou convencido; e porque estou convencido, tento convencer também os outros de que para essa aquisição, um colaborador da natureza humana melhor que o Amor não se encontraria facilmente. Eis por que eu afirmo que deve todo homem honrar o Amor, e que eu próprio pre-

---

[151] Como o sofista Hípias o define para Sócrates. Ver *Hípias maior*, 289e.

[152] Cf. 192d-e.

[153] Isto é, com a inteligência, ou antes, com a própria alma, livre das suas relações com o corpo. Ver *Fédon*, 65b-e.

[154] São as virtudes praticadas pelo comum dos homens, tais como Platão as explica no *Fédon*, 68b-69b.

διαφερόντως ἀσκῶ, καὶ τοῖς ἄλλοις παρακελεύομαι, καὶ νῦν τε καὶ ἀεὶ ἐγκωμιάζω τὴν δύναμιν καὶ ἀνδρείαν τοῦ Ἔρωτος καθ' ὅσον οἷός τ' εἰμί. τοῦτον [212c] οὖν τὸν λόγον, ὦ Φαῖδρε, εἰ μὲν βούλει, ὡς ἐγκώμιον εἰς ἔρωτα νόμισον εἰρῆσθαι, εἰ δέ, ὅτι καὶ ὅπῃ χαίρεις ὀνομάζων, τοῦτο ὀνόμαζε.

εἰπόντος δὲ ταῦτα τοῦ Σωκράτους τοὺς μὲν ἐπαινεῖν, τὸν δὲ Ἀριστοφάνη λέγειν τι ἐπιχειρεῖν, ὅτι ἐμνήσθη αὐτοῦ λέγων ὁ Σωκράτης περὶ τοῦ λόγου· καὶ ἐξαίφνης τὴν αὔλειον θύραν κρουομένην πολὺν ψόφον παρασχεῖν ὡς κωμαστῶν, καὶ αὐλητρίδος φωνὴν ἀκούειν. τὸν οὖν Ἀγάθωνα, παῖδες, φάναι, [212d] οὐ σκέψεσθε; καὶ ἐὰν μέν τις τῶν ἐπιτηδείων ᾖ, καλεῖτε· εἰ δὲ μή, λέγετε ὅτι οὐ πίνομεν ἀλλ' ἀναπαυόμεθα ἤδη.

καὶ οὐ πολὺ ὕστερον Ἀλκιβιάδου τὴν φωνὴν ἀκούειν ἐν τῇ αὐλῇ σφόδρα μεθύοντος καὶ μέγα βοῶντος, ἐρωτῶντος ὅπου Ἀγάθων καὶ κελεύοντος ἄγειν παρ' Ἀγάθωνα. ἄγειν οὖν αὐτὸν παρὰ σφᾶς τήν τε αὐλητρίδα ὑπολαβοῦσαν καὶ ἄλλους τινὰς τῶν ἀκολούθων, καὶ ἐπιστῆναι ἐπὶ τὰς θύρας [212e] ἐστεφανωμένον αὐτὸν κιττοῦ τέ τινι στεφάνῳ δασεῖ καὶ ἴων, καὶ ταινίας ἔχοντα ἐπὶ τῆς κεφαλῆς πάνυ πολλάς, καὶ εἰπεῖν· ἄνδρες, χαίρετε· μεθύοντα ἄνδρα πάνυ σφόδρα δέξεσθε συμπότην, ἢ ἀπίωμεν ἀναδήσαντες μόνον Ἀγάθωνα, ἐφ' ᾧπερ ἤλθομεν; ἐγὼ γάρ τοι, φάναι, χθὲς μὲν οὐχ οἷός τ' ἐγενόμην ἀφικέσθαι, νῦν δὲ ἥκω ἐπὶ τῇ κεφαλῇ ἔχων τὰς ταινίας, ἵνα ἀπὸ τῆς ἐμῆς κεφαλῆς τὴν τοῦ σοφωτάτου καὶ καλλίστου κεφαλὴν ἐὰν εἴπω οὑτωσὶ ἀναδήσω. ἆρα καταγελάσεσθέ μου ὡς

zo o que lhe concerne e particularmente o cultivo, e aos outros exorto, e agora e sempre elogio o poder e a virilidade do Amor na medida em que sou capaz. Este [212c] discurso, Fedro, se queres, considera-o proferido como um encômio[155] ao Amor; se não, o que quer e como quer que se apraza chamá-lo, assim deves fazê-lo."

Depois que Sócrates assim falou, enquanto que uns se põem a louvá-lo, Aristófanes tenta dizer alguma coisa,[156] que era a ele que aludira Sócrates, quando falava de um certo dito; e súbito a porta do pátio, percutida, produz um grande barulho, como de foliões, e ouve-se a voz de uma flautista. Agatão exclama: "Servos! [212d] Não ireis ver? Se for algum conhecido, chamai-o; se não, dizei que não estamos bebendo, mas já repousamos".

Não muito depois ouve-se a voz de Alcibíades no pátio, bastante embriagado, e a gritar alto, perguntando onde estava Agatão, pedindo que o levassem para junto de Agatão. Levam-no então até os convivas a flautista, que o tomou sobre si, e alguns outros acompanhantes, e ele se detém à porta, [212e] cingido de uma espécie de coroa tufada de hera e violetas, coberta a cabeça de fitas em profusão, e exclama: "Senhores! Salve! Um homem em completa embriaguez vós o recebereis como companheiro de bebida, ou devemos partir, tendo apenas coroado Agatão, pelo qual viemos? Pois eu, na verdade", continuou, "ontem mesmo não fui capaz de vir; agora porém eis-me aqui, com estas fitas sobre a cabeça, a fim de passá-las da minha para a cabeça do mais sábio e do mais belo, se assim devo dizer. Porventura ireis zombar de mim, de minha embriaguez? Ora, eu, por mais que [213a]

---

[155] Porque foi proferido à maneira socrática. Ver 199b.

[156] Aristófanes não parece, como os demais convivas, empolgado com o que foi dito por Sócrates, o que bem revela sua pouca predisposição para captar o conteúdo do discurso de Alcibíades. Ver posfácio, pp. 246 ss.

μεθύοντος; ἐγὼ δέ, κἂν ὑμεῖς [213a] γελᾶτε, ὅμως εὖ οἶδ᾽ ὅτι ἀληθῆ λέγω. ἀλλά μοι λέγετε αὐτόθεν, ἐπὶ ῥητοῖς εἰσίω ἢ μή; συμπίεσθε ἢ οὔ;

πάντας οὖν ἀναθορυβῆσαι καὶ κελεύειν εἰσιέναι καὶ κατακλίνεσθαι, καὶ τὸν Ἀγάθωνα καλεῖν αὐτόν. καὶ τὸν ἰέναι ἀγόμενον ὑπὸ τῶν ἀνθρώπων, καὶ περιαιρούμενον ἅμα τὰς ταινίας ὡς ἀναδήσοντα, ἐπίπροσθε τῶν ὀφθαλμῶν ἔχοντα οὐ κατιδεῖν τὸν Σωκράτη, ἀλλὰ καθίζεσθαι παρὰ τὸν Ἀγάθωνα [213b] ἐν μέσῳ Σωκράτους τε καὶ ἐκείνου· παραχωρῆσαι γὰρ τὸν Σωκράτη ὡς ἐκεῖνον κατιδεῖν. παρακαθεζόμενον δὲ αὐτὸν ἀσπάζεσθαί τε τὸν Ἀγάθωνα καὶ ἀναδεῖν.

εἰπεῖν οὖν τὸν Ἀγάθωνα Ὑπολύετε, παῖδες, Ἀλκιβιάδην, ἵνα ἐκ τρίτων κατακέηται.

πάνυ γε, εἰπεῖν τὸν Ἀλκιβιάδην· ἀλλὰ τίς ἡμῖν ὅδε τρίτος συμπότης; καὶ ἅμα μεταστρεφόμενον αὐτὸν ὁρᾶν τὸν Σωκράτη, ἰδόντα δὲ ἀναπηδῆσαι καὶ εἰπεῖν ὦ Ἡράκλεις, τουτὶ τί ἦν; Σωκράτης οὗτος; ἐλλοχῶν αὖ με ἐνταῦθα κατέκεισο, [213c] ὥσπερ εἰώθεις ἐξαίφνης ἀναφαίνεσθαι ὅπου ἐγὼ ᾤμην ἥκιστά σε ἔσεσθαι. καὶ νῦν τί ἥκεις; καὶ τί αὖ ἐνταῦθα κατεκλίνης; ὡς οὐ παρὰ Ἀριστοφάνει οὐδὲ εἴ τις ἄλλος γελοῖος ἔστι τε καὶ βούλεται, ἀλλὰ διεμηχανήσω ὅπως παρὰ τῷ καλλίστῳ τῶν ἔνδον κατακείσῃ.

καὶ τὸν Σωκράτη, Ἀγάθων, φάναι, ὅρα εἴ μοι ἐπαμύνεις· ὡς ἐμοὶ ὁ τούτου ἔρως τοῦ ἀνθρώπου οὐ φαῦλον

zombeis, bem sei portanto que estou dizendo a verdade. Mas dizei-me daí mesmo: com o que disse, devo entrar ou não? Bebereis comigo ou não?"

Todos então o aclamam e convidam a entrar e a recostar-se, e Agatão o chama. Vai ele conduzido pelos homens, e como ao mesmo tempo colhia as fitas para coroar, tendo-as diante dos olhos não viu Sócrates, e todavia senta-se ao pé de Agatão, [213b] entre este e Sócrates, que se afastara de modo a que ele se acomodasse. Sentando-se ao lado de Agatão ele o abraça e o coroa. Disse então Agatão: "Descalçai Alcibíades, servos, a fim de que seja o terceiro em nosso leito".[157]

"Perfeitamente", tornou Alcibíades; "mas quem é este nosso terceiro companheiro de bebida?"

E enquanto se volta avista Sócrates, e mal o viu recua em sobressalto e exclama: "Por Hércules! Isso aqui que é? Tu, ó Sócrates? Espreitando-me de novo aí te deitaste, [213c] de súbito aparecendo assim como era teu costume, onde eu menos esperava que haverias de estar? E agora, a que vieste? E ainda por que foi que aqui te recostaste? Pois não foi junto de Aristófanes,[158] ou de qualquer outro que seja ou pretenda ser engraçado, mas junto do mais belo dos que estão aqui dentro que maquinaste te deitar".

E Sócrates: "Agatão, vê se me defendes! Que o amor deste homem se me tornou um não pequeno problema.[159]

---

[157] Ver notas 13 e 16.

[158] Por que essa referência a Aristófanes? Não temos nenhuma outra notícia da predileção de Sócrates pelos cômicos, em particular por Aristófanes. Por outro lado é de supor que Alcibíades de pronto percebesse a possibilidade de Sócrates ter sido convidado pelo próprio Agatão, como de fato aconteceu. Assim, suas palavras devem ser entendidas mais como um artifício dramático para chamar a atenção sobre a incapacidade em Aristófanes de entender o verdadeiro aspecto cômico da atitude de Alcibíades para com Sócrates.

[159] Essa observação de Sócrates, como a de Alcibíades logo a seguir,

πρᾶγμα γέγονεν. ἀπ᾽ ἐκείνου γὰρ τοῦ χρόνου, ἀφ᾽ οὗ
τούτου [213d] ἠράσθην, οὐκέτι ἔξεστίν μοι οὔτε προσβλέψαι
οὔτε διαλεχθῆναι καλῷ οὐδ᾽ ἑνί, ἢ οὑτοσὶ ζηλοτυπῶν με καὶ
φθονῶν θαυμαστὰ ἐργάζεται καὶ λοιδορεῖταί τε καὶ τὼ
χεῖρε μόγις ἀπέχεται. ὅρα οὖν μή τι καὶ νῦν ἐργάσηται,
ἀλλὰ διάλλαξον ἡμᾶς, ἢ ἐὰν ἐπιχειρῇ βιάζεσθαι, ἐπάμυνε,
ὡς ἐγὼ τὴν τούτου μανίαν τε καὶ φιλεραστίαν πάνυ
ὀρρωδῶ.

ἀλλ᾽ οὐκ ἔστι, φάναι τὸν Ἀλκιβιάδην, ἐμοὶ καὶ σοὶ
διαλλαγή. ἀλλὰ τούτων μὲν εἰς αὖθίς σε τιμωρήσομαι·
νῦν [213e] δέ μοι, Ἀγάθων, φάναι, μετάδος τῶν ταινιῶν,
ἵνα ἀναδήσω καὶ τὴν τούτου ταυτηνὶ τὴν θαυμαστὴν
κεφαλήν, καὶ μή μοι μέμφηται ὅτι σὲ μὲν ἀνέδησα, αὐτὸν
δὲ νικῶντα ἐν λόγοις πάντας ἀνθρώπους, οὐ μόνον
πρῴην ὥσπερ σύ, ἀλλ᾽ ἀεί, ἔπειτα οὐκ ἀνέδησα. καὶ ἅμ᾽
αὐτὸν λαβόντα τῶν ταινιῶν ἀναδεῖν τὸν Σωκράτη καὶ
κατακλίνεσθαι.

ἐπειδὴ δὲ κατεκλίνη, εἰπεῖν· εἶεν δή, ἄνδρες·
δοκεῖτε γάρ μοι νήφειν. οὐκ ἐπιτρεπτέον οὖν ὑμῖν,
ἀλλὰ ποτέον· ὡμολόγηται γὰρ ταῦθ᾽ ἡμῖν. ἄρχοντα
οὖν αἱροῦμαι τῆς πόσεως, ἕως ἂν ὑμεῖς ἱκανῶς
πίητε, ἐμαυτόν. ἀλλὰ φερέτω, Ἀγάθων, εἴ τι ἔστιν
ἔκπωμα μέγα. μᾶλλον δὲ οὐδὲν δεῖ, ἀλλὰ φέρε, παῖ,
φάναι, τὸν ψυκτῆρα ἐκεῖνον, ἰδόντα αὐτὸν [214a]
πλέον ἢ ὀκτὼ κοτύλας χωροῦντα. τοῦτον
ἐμπλησάμενον πρῶτον μὲν αὐτὸν ἐκπιεῖν, ἔπειτα τῷ
Σωκράτει κελεύειν ἐγχεῖν καὶ ἅμα εἰπεῖν· πρὸς μὲν
Σωκράτη, ὦ ἄνδρες, τὸ σόφισμά μοι οὐδέν· ὁπόσον

Desde aquele tempo, com efeito, em que o [213d] amei, não mais me é permitido dirigir nem o olhar nem a palavra a nenhum belo jovem, senão este homem, enciumado e invejoso, faz coisas extraordinárias, insulta-me e mal retém suas mãos da violência. Vê então se também agora não vai ele fazer alguma coisa, e reconcilia-nos; ou se ele tentar a violência, defende-me, pois eu da sua fúria e da sua paixão amorosa muito me arreceio."

"Não!", disse Alcibíades, "entre mim e ti não há reconciliação. Mas pelo que disseste depois eu te castigarei; agora [213e] porém, Agatão", exclamou ele, "passa-me das tuas fitas, a fim de que eu cinja também esta aqui, a admirável cabeça deste homem, e não me censure ele de que a ti eu te coroei, mas a ele, que vence em argumentos todos os homens, não só ontem como tu, mas sempre, nem por isso eu o coroei." E ao mesmo tempo ele toma das fitas, coroa Sócrates e recosta-se.

Depois que se recostou, disse ele: "Bem, senhores! Vós me pareceis em plena sobriedade. É o que não se deve permitir entre vós, mas beber; pois foi o que foi combinado entre nós. Como chefe então da bebedeira, até que tiverdes suficientemente bebido, eu me elejo a mim mesmo.[160] Eia, Agatão, que a tragam logo, se houver aí alguma grande taça. Melhor ainda, não há nenhuma precisão: vamos, servo, traze-me aquele porta-gelo!", exclamou ele, quando viu um [214a] com capacidade de mais de oito "cótilas".[161] Depois de enchê-lo, primeiro ele bebeu, depois mandou Sócrates entornar, ao mesmo tempo que dizia: "Para Sócrates, senhores, meu

---

anuncia à maneira de um prelúdio as conclusões que vamos tirar do discurso de Alcibíades sobre a irresponsabilidade de Sócrates no comportamento de Alcibíades. Ver posfácio, pp. 243 ss.

[160] Alcibíades sente em sua embriaguez que o "simposiarca" (ver nota 21) não se houve bem em sua função e pretende reparar a falta.

[161] Uma "cótila" equivalia a pouco mais de um quarto de litro.

γὰρ ἂν κελεύῃ τις, τοσοῦτον ἐκπιὼν οὐδὲν μᾶλλον μή ποτε μεθυσθῇ.

τὸν μὲν οὖν Σωκράτη ἐγχέαντος τοῦ παιδὸς πίνειν· τὸν δ' Ἐρυξίμαχον πῶς οὖν, φάναι, ὦ Ἀλκιβιάδη, ποιοῦμεν; [214b] οὕτως οὔτε τι λέγομεν ἐπὶ τῇ κύλικι οὔτε τι ᾄδομεν, ἀλλ' ἀτεχνῶς ὥσπερ οἱ διψῶντες πιόμεθα;

τὸν οὖν Ἀλκιβιάδην εἰπεῖν ὦ Ἐρυξίμαχε, βέλτιστε βελτίστου πατρὸς καὶ σωφρονεστάτου, χαῖρε.

καὶ γὰρ σύ, φάναι τὸν Ἐρυξίμαχον· ἀλλὰ τί ποιῶμεν;

ὅτι ἂν σὺ κελεύῃς. δεῖ γάρ σοι πείθεσθαι·

"ἰητρὸς γὰρ ἀνὴρ πολλῶν ἀντάξιος ἄλλων·"

ἐπίταττε οὖν ὅτι βούλει.

ἄκουσον δή, εἰπεῖν τὸν Ἐρυξίμαχον. ἡμῖν πρὶν σὲ εἰσελθεῖν ἔδοξε χρῆναι ἐπὶ δεξιὰ ἕκαστον ἐν μέρει λόγον [214c] περὶ Ἔρωτος εἰπεῖν ὡς δύναιτο κάλλιστον, καὶ ἐγκωμιάσαι. οἱ μὲν οὖν ἄλλοι πάντες ἡμεῖς εἰρήκαμεν· σὺ δ' ἐπειδὴ οὐκ εἴρηκας καὶ ἐκπέπωκας, δίκαιος εἶ εἰπεῖν, εἰπὼν δὲ ἐπιτάξαι Σωκράτει ὅτι ἂν βούλῃ, καὶ τοῦτον τῷ ἐπὶ δεξιὰ καὶ οὕτω τοὺς ἄλλους.

ἀλλά, φάναι, ὦ Ἐρυξίμαχε, τὸν Ἀλκιβιάδην, καλῶς μὲν λέγεις, μεθύοντα δὲ ἄνδρα παρὰ νηφόντων λόγους παραβάλλειν μὴ οὐκ ἐξ ἴσου ᾖ. καὶ ἅμα, ὦ μακάριε, πείθει τί [214d] σε Σωκράτης ὧν ἄρτι εἶπεν; ἢ οἶσθα ὅτι τοὐναντίον ἐστὶ πᾶν ἢ ὃ ἔλεγεν; οὗτος γάρ, ἐάν τινα ἐγὼ ἐπαινέσω τούτου παρόντος ἢ θεὸν ἢ ἄνθρωπον ἄλλον ἢ τοῦτον, οὐκ ἀφέξεταί μου τὼ χεῖρε.

ardil não é nada: quanto se lhe mandar, tanto ele beberá, sem que por isso jamais se embriague".[162]

Sócrates então, tendo-lhe entornado o servo, pôs-se a beber; mas eis que Erixímaco exclama: "Que é então que fazemos, Alcibíades? [214b] Assim nem dizemos nada nem cantamos de taça à mão, mas simplesmente iremos beber, como os que têm sede?".

Alcibíades então exclamou: "Excelente filho de um excelente e sapientíssimo pai, salve!".

"Também tu, salve!", respondeu-lhe Erixímaco; "mas que devemos fazer?"

"O que ordenares! É preciso, com efeito, te obedecer:

'pois um homem que é médico vale muitos outros;'[163]

ordena então o que queres."

"Ouve então", disse Erixímaco. "Entre nós, antes de chegares, decidimos que devia cada um à direita proferir em seu turno um discurso [214c] sobre o Amor, o mais belo que pudesse, e lhe fazer o elogio. Ora, todos nós já falamos; tu porém como não o fizeste e já bebeste tudo, é justo que fales, e que depois do teu discurso ordenes a Sócrates o que quiseres, e este ao da direita, e assim aos demais."

"Mas, Erixímaco!", tornou-lhe Alcibíades, "é sem dúvida bonito o que dizes, mas um homem embriagado proferir um discurso em confronto com os de quem está com sua razão, é de se esperar que não seja de igual para igual. E ao mesmo tempo, ditoso amigo, convence-te [214d] Sócrates em algo do que há pouco disse? Ou sabes que é o contrário de tudo o que afirmou? É ele ao contrário que, se em sua presença eu louvar alguém, ou um deus ou um outro homem fora ele, não tirará suas mãos de mim."

---

[162] Ver 220a.
[163] *Ilíada*, XI, 514.

οὐκ εὐφημήσεις; φάναι τὸν Σωκράτη.

μὰ τὸν Ποσειδῶ, εἰπεῖν τὸν Ἀλκιβιάδην, μηδὲν λέγε πρὸς ταῦτα, ὡς ἐγὼ οὐδ᾽ ἂν ἕνα ἄλλον ἐπαινέσαιμι σοῦ παρόντος.

ἀλλ᾽ οὕτω ποίει, φάναι τὸν Ἐρυξίμαχον, εἰ βούλει· Σωκράτη ἐπαίνεσον. [214e]

πῶς λέγεις; εἰπεῖν τὸν Ἀλκιβιάδην· δοκεῖ χρῆναι, ὦ Ἐρυξίμαχε; ἐπιθῶμαι τῷ ἀνδρὶ καὶ τιμωρήσωμαι ὑμῶν ἐναντίον;

οὗτος, φάναι τὸν Σωκράτη, τί ἐν νῷ ἔχεις; ἐπὶ τὰ γελοιότερά με ἐπαινέσαι; ἢ τί ποιήσεις;

τἀληθῆ ἐρῶ. ἀλλ᾽ ὅρα εἰ παρίης.

ἀλλὰ μέντοι, φάναι, τά γε ἀληθῆ παρίημι καὶ κελεύω λέγειν.

οὐκ ἂν φθάνοιμι, εἰπεῖν τὸν Ἀλκιβιάδην. καὶ μέντοι οὑτωσὶ ποίησον. ἐάν τι μὴ ἀληθὲς λέγω, μεταξὺ ἐπιλαβοῦ, ἂν βούλῃ, καὶ εἰπὲ ὅτι τοῦτο ψεύδομαι· ἑκὼν γὰρ εἶναι οὐδὲν [215a] ψεύσομαι. ἐὰν μέντοι ἀναμιμνῃσκόμενος ἄλλο ἄλλοθεν λέγω, μηδὲν θαυμάσῃς· οὐ γάρ τι ῥᾴδιον τὴν σὴν ἀτοπίαν ὧδ᾽ ἔχοντι εὐπόρως καὶ ἐφεξῆς καταριθμῆσαι.

Σωκράτη δ᾽ ἐγὼ ἐπαινεῖν, ὦ ἄνδρες, οὕτως ἐπιχειρήσω, δι᾽ εἰκόνων. οὗτος μὲν οὖν ἴσως οἰήσεται ἐπὶ τὰ γελοιότερα, ἔσται δ᾽ ἡ εἰκὼν τοῦ ἀληθοῦς ἕνεκα, οὐ τοῦ γελοίου. φημὶ γὰρ δὴ

"Não vais te calar?", disse Sócrates.

"Sim, por Posídon", respondeu-lhe Alcibíades; "nada digas quanto a isso, que eu nenhum outro mais louvaria em tua presença."

"Pois faze isso então", disse-lhe Erixímaco, "se te apraz; louva Sócrates." [214e]

"Que dizes?", tornou-lhe Alcibíades; "parece-te necessário, Erixímaco? Devo então atacar-me ao homem e castigá-lo[164] diante de vós?"

"Eh! tu!", disse-lhe Sócrates, "que tens em mente? Não é para carregar[165] no ridículo que vais elogiar-me? Ou que farás?"

"A verdade eu direi. Vê se aceitas!"

"Mas sem dúvida!", respondeu-lhe, "a verdade sim, eu aceito, e mesmo peço que a digas."

"Imediatamente", tornou-lhe Alcibíades. "Todavia faze o seguinte. Se eu disser algo inverídico, interrompe-me incontinente, se quiseres, e dize que nisso eu estou falseando; pois de minha vontade eu nada [215a] falsearei. Se porém a lembrança de uma coisa me faz dizer outra, não te admires; não é fácil, a quem está neste estado, da tua singularidade dar uma conta bem-feita e seguida.

"Louvar Sócrates, senhores, é assim que eu tentarei, através de imagens. Ele certamente pensará talvez que é para carregar no ridículo, mas será a imagem em vista da verdade, não do ridículo. Afirmo eu então que é ele muito semelhante

---

[164] Contando a decepção que lhe causou o outro como "amante". O comportamento de Sócrates desfizera seus planos escabrosos, pondo a nu suas verdadeiras intenções. Comparar essa confissão de Alcibíades com a apologia de Pausânias.

[165] Sócrates está falando em conhecimento de causa. A experiência de Alcibíades foi ridícula, e o elogio que este lhe promete fazer vai expô-lo, portanto, a mal-entendidos como os que já sofreu por parte de Aristófanes.

ὁμοιότατον αὐτὸν εἶναι τοῖς σιληνοῖς τούτοις τοῖς
[215b] ἐν τοῖς ἑρμογλυφείοις καθημένοις, οὕστινας
ἐργάζονται οἱ δημιουργοὶ σύριγγας ἢ αὐλοὺς
ἔχοντας, οἳ διχάδε διοιχθέντες φαίνονται ἔνδοθεν
ἀγάλματα ἔχοντες θεῶν. καὶ φημὶ αὖ ἐοικέναι
αὐτὸν τῷ σατύρῳ τῷ Μαρσύᾳ. ὅτι μὲν οὖν τό γε
εἶδος ὅμοιος εἶ τούτοις, ὦ Σώκρατες, οὐδ' αὐτὸς ἂν
που ἀμφισβητήσαις· ὡς δὲ καὶ τἆλλα ἔοικας, μετὰ
τοῦτο ἄκουε. ὑβριστὴς εἶ· ἢ οὔ; ἐὰν γὰρ μὴ
ὁμολογῇς, μάρτυρας παρέξομαι. ἀλλ' οὐκ αὐλητής;
πολύ γε θαυμασιώτερος ἐκείνου. [215c] ὁ μέν γε δι'
ὀργάνων ἐκήλει τοὺς ἀνθρώπους τῇ ἀπὸ τοῦ
στόματος δυνάμει, καὶ ἔτι νυνὶ ὃς ἂν τὰ ἐκείνου
αὐλῇ — ἃ γὰρ Ὄλυμπος ηὔλει, Μαρσύου λέγω,
τούτου διδάξαντος — τὰ οὖν ἐκείνου ἐάντε ἀγαθὸς
αὐλητὴς αὐλῇ ἐάντε φαύλη αὐλητρίς, μόνα
κατέχεσθαι ποιεῖ καὶ δηλοῖ τοὺς τῶν θεῶν τε καὶ
τελετῶν δεομένους διὰ τὸ θεῖα εἶναι. σὺ δ' ἐκείνου
τοσοῦτον μόνον διαφέρεις, ὅτι ἄνευ ὀργάνων
ψιλοῖς λόγοις ταὐτὸν [215d] τοῦτο ποιεῖς. ἡμεῖς
γοῦν ὅταν μέν του ἄλλου ἀκούωμεν λέγοντος καὶ
πάνυ ἀγαθοῦ ῥήτορος ἄλλους λόγους, οὐδὲν μέλει
ὡς ἔπος εἰπεῖν οὐδενί· ἐπειδὰν δὲ σοῦ τις ἀκούῃ ἢ
τῶν σῶν λόγων ἄλλου λέγοντος, κἂν πάνυ φαῦλος
ᾖ ὁ λέγων, ἐάντε γυνὴ ἀκούῃ ἐάντε ἀνὴρ ἐάντε

a esses silenos[166] [215b] colocados nas oficinas dos estatuários, que os artistas representam com um pífre ou uma flauta, os quais, abertos ao meio, vê-se que têm em seu interior estatuetas de deuses. Por outro lado, digo também que ele se assemelha ao sátiro Mársias.[167] Que, na verdade, em teu aspecto pelo menos és semelhante a esses dois seres, ó Sócrates, nem mesmo tu sem dúvida poderias contestar; que porém também no mais tu te assemelhas é o que depois disso tens de ouvir. És insolente![168] Não? Pois se não admitires, apresentarei testemunhas. Mas não és flautista? Sim! E muito mais maravilhoso que o sátiro. [215c] Este, pelo menos, era através de instrumentos que, com o poder de sua boca, encantava os homens como ainda agora o que toca as suas melodias — pois as que Olimpo[169] tocava são de Mársias, digo eu, por este ensinadas — as dele então, quer as toque um bom flautista quer uma flautista ordinária, são as únicas que nos fazem possessos e revelam os que sentem falta dos deuses e das iniciações, porque são divinas. Tu porém dele diferes apenas nesse pequeno ponto, que sem instrumentos, com simples palavras, fazes [215d] o mesmo. Nós pelo menos, quando algum outro ouvimos mesmo que seja um perfeito orador, a falar de outros assuntos, absolutamente por assim dizer ninguém se interessa; quando porém é a ti que alguém ouve, ou palavras tuas referidas por outro, ainda que seja inteiramente vulgar o que está falando, mulher, homem ou adolescente,

---

[166] Também chamados sátiros, os silenos eram divindades campestres que faziam parte do séquito de Dioniso. Eram figurados com cauda e cascos de boi ou de bode e rosto humano, singularmente feio.

[167] Exímio flautista, Mársias desafiou Apolo com sua lira e, vencido, foi esfolado pelo deus.

[168] A liberdade espiritual de Sócrates dá-lhe realmente, em muitas circunstâncias, essa aparência. Ver *Apologia*, 20e-23c, 30c ss. e 36b-37.

[169] Em *Minos*, Sócrates cita-o como bem-amado de Mársias. Muitas canções antigas lhe eram atribuídas.

μειράκιον, ἐκπεπληγμένοι ἐσμὲν καὶ κατεχόμεθα. ἐγὼ γοῦν, ὦ ἄνδρες, εἰ μὴ ἔμελλον κομιδῇ δόξειν μεθύειν, εἶπον ὀμόσας ἂν ὑμῖν οἷα δὴ πέπονθα αὐτὸς ὑπὸ τῶν τούτου λόγων καὶ πάσχω ἔτι καὶ [215e] νυνί. ὅταν γὰρ ἀκούω, πολύ μοι μᾶλλον ἢ τῶν κορυβαντιώντων ἥ τε καρδία πηδᾷ καὶ δάκρυα ἐκχεῖται ὑπὸ τῶν λόγων τῶν τούτου, ὁρῶ δὲ καὶ ἄλλους παμπόλλους τὰ αὐτὰ πάσχοντας· Περικλέους δὲ ἀκούων καὶ ἄλλων ἀγαθῶν ῥητόρων εὖ μὲν ἡγούμην λέγειν, τοιοῦτον δ᾽ οὐδὲν ἔπασχον, οὐδ᾽ ἐτεθορύβητό μου ἡ ψυχὴ οὐδ᾽ ἠγανάκτει ὡς ἀνδραποδωδῶς διακειμένου, ἀλλ᾽ ὑπὸ τουτουῒ τοῦ Μαρσύου πολλάκις δὴ [216a] οὕτω διετέθην ὥστε μοι δόξαι μὴ βιωτὸν εἶναι ἔχοντι ὡς ἔχω. καὶ ταῦτα, ὦ Σώκρατες, οὐκ ἐρεῖς ὡς οὐκ ἀληθῆ. καὶ ἔτι γε νῦν σύνοιδ᾽ ἐμαυτῷ ὅτι εἰ ἐθέλοιμι παρέχειν τὰ ὦτα, οὐκ ἂν καρτερήσαιμι ἀλλὰ ταῦτα ἂν πάσχοιμι. ἀναγκάζει γάρ με ὁμολογεῖν ὅτι πολλοῦ ἐνδεὴς ὢν αὐτὸς ἔτι ἐμαυτοῦ μὲν ἀμελῶ, τὰ δ᾽ Ἀθηναίων πράττω. βίᾳ οὖν ὥσπερ ἀπὸ τῶν Σειρήνων ἐπισχόμενος τὰ ὦτα οἴχομαι φεύγων, ἵνα μὴ αὐτοῦ καθήμενος παρὰ τούτῳ καταγηράσω. πέπονθα δὲ [216b] πρὸς τοῦτον μόνον ἀνθρώπων, ὃ οὐκ ἄν τις οἴοιτο ἐν ἐμοὶ ἐνεῖναι, τὸ αἰσχύνεσθαι ὁντινοῦν· ἐγὼ δὲ τοῦτον μόνον αἰσχύνομαι. σύνοιδα γὰρ ἐμαυτῷ ἀντιλέγειν μὲν οὐ δυναμένῳ ὡς οὐ δεῖ ποιεῖν ἃ οὗτος κελεύει, ἐπειδὰν δὲ ἀπέλθω, ἡττημένῳ τῆς τιμῆς τῆς ὑπὸ τῶν πολλῶν. δραπετεύω οὖν αὐτὸν

ficamos aturdidos e somos empolgados. Eu pelo menos, senhores, se não fosse de todo parecer que estou embriagado, eu vos contaria, sob juramento, o que é que eu sofri sob o efeito dos discursos deste homem, e sofro ainda [215e] agora. Quando, com efeito, os escuto, muito mais do que aos coribantes[170] em seus transportes bate-me o coração, e lágrimas me escorrem sob o efeito dos seus discursos, enquanto que outros muitíssimos eu vejo que experimentam o mesmo sentimento; ao ouvir Péricles porém, e outros bons oradores, eu achava que falavam bem sem dúvida, mas nada de semelhante eu sentia,[171] nem minha alma ficava perturbada nem se irritava, como se se encontrasse em condição servil; mas com este Mársias aqui, muitas foram as vezes [216a] em que de tal modo me sentia que me parecia não ser possível viver em condições como as minhas. E isso, ó Sócrates, não irás dizer que não é verdade. Ainda agora tenho certeza de que, se eu quisesse prestar ouvidos, não resistiria, mas experimentaria os mesmos sentimentos. Pois me força ele a admitir que, embora sendo eu mesmo deficiente em muitos pontos ainda, de mim mesmo me descuido, mas trato dos negócios de Atenas.[172] A custo então, como se me afastasse das sereias, eu cerro os ouvidos e me retiro em fuga, a fim de não ficar sentado lá e aos seus pés envelhecer. E senti [216b] diante deste homem, somente diante dele, o que ninguém imaginaria haver em mim, o envergonhar-me de quem quer que seja; ora, eu, é diante deste homem somente que me envergonho. Com efeito, tenho certeza de que não posso contestar-lhe que não se deve fazer o que ele manda, mas quando me retiro sou vencido pelo apreço em que me tem o público. Safo-me então de

---

[170] Sacerdotes de Cibele, da Frígia, que dançavam freneticamente ao som de flautas, címbales e tamborins.

[171] É que não eram estes oradores "homens de gênio", suscetíveis de uma inspiração divina (ver 203a).

[172] Cf. *Alcibíades*, 109d e 113b.

καὶ φεύγω, καὶ ὅταν ἴδω, αἰσχύνομαι τὰ ὡμολογημένα. [216c] καὶ πολλάκις μὲν ἡδέως ἂν ἴδοιμι αὐτὸν μὴ ὄντα ἐν ἀνθρώποις· εἰ δ᾽ αὖ τοῦτο γένοιτο, εὖ οἶδα ὅτι πολὺ μεῖζον ἂν ἀχθοίμην, ὥστε οὐκ ἔχω ὅτι χρήσωμαι τούτῳ τῷ ἀνθρώπῳ.

καὶ ὑπὸ μὲν δὴ τῶν αὐλημάτων καὶ ἐγὼ καὶ ἄλλοι πολλοὶ τοιαῦτα πεπόνθασιν ὑπὸ τοῦδε τοῦ σατύρου· ἄλλα δὲ ἐμοῦ ἀκούσατε ὡς ὅμοιός τ᾽ ἐστὶν οἷς ἐγὼ ᾔκασα αὐτὸν καὶ τὴν δύναμιν ὡς θαυμασίαν ἔχει. εὖ γὰρ ἴστε ὅτι οὐδεὶς ὑμῶν [216d] τοῦτον γιγνώσκει· ἀλλὰ ἐγὼ δηλώσω, ἐπείπερ ἠρξάμην. ὁρᾶτε γὰρ ὅτι Σωκράτης ἐρωτικῶς διάκειται τῶν καλῶν καὶ ἀεὶ περὶ τούτους ἐστὶ καὶ ἐκπέπληκται, καὶ αὖ ἀγνοεῖ πάντα καὶ οὐδὲν οἶδεν. ὡς τὸ σχῆμα αὐτοῦ τοῦτο οὐ σιληνῶδες; σφόδρα γε. τοῦτο γὰρ οὗτος ἔξωθεν περιβέβληται, ὥσπερ ὁ γεγλυμμένος σιληνός· ἔνδοθεν δὲ ἀνοιχθεὶς πόσης οἴεσθε γέμει, ὦ ἄνδρες συμπόται, σωφροσύνης; ἴστε ὅτι οὔτε εἴ τις καλός ἐστι μέλει αὐτῷ οὐδέν, ἀλλὰ καταφρονεῖ τοσοῦτον [216e] ὅσον οὐδ᾽ ἂν εἷς οἰηθείη, οὔτ᾽ εἴ τις πλούσιος, οὔτ᾽ εἰ ἄλλην τινὰ τιμὴν ἔχων τῶν ὑπὸ πλήθους μακαριζομένων· ἡγεῖται δὲ πάντα ταῦτα τὰ κτήματα οὐδενὸς ἄξια καὶ ἡμᾶς οὐδὲν εἶναι — λέγω ὑμῖν — εἰρωνευόμενος δὲ καὶ παίζων πάντα τὸν βίον πρὸς τοὺς ἀνθρώπους διατελεῖ. σπουδάσαντος δὲ αὐτοῦ καὶ ἀνοιχθέντος οὐκ οἶδα εἴ τις ἑώρακεν τὰ ἐντὸς ἀγάλματα· ἀλλ᾽ ἐγὼ ἤδη ποτ᾽ εἶδον, καί μοι ἔδοξεν οὕτω θεῖα καὶ [217a] χρυσᾶ εἶναι καὶ πάγκαλα καὶ θαυμαστά, ὥστε ποιητέον εἶναι ἔμβραχυ ὅτι κελεύοι Σωκράτης. ἡγούμενος δὲ αὐτὸν ἐσπουδακέναι ἐπὶ τῇ ἐμῇ ὥρᾳ ἕρμαιον ἡγησάμην εἶναι καὶ εὐτύχημα ἐμὸν θαυμαστόν, ὡς ὑπάρχον μοι χαρισαμένῳ Σωκράτει πάντ᾽ ἀκοῦσαι ὅσαπερ οὗτος ᾔδει· ἐφρόνουν γὰρ δὴ

sua presença e fujo, e quando o vejo envergonho-me pelo que admiti. [216c] E muitas vezes sem dúvida com prazer o veria não existir entre os homens; mas se por outro lado tal coisa ocorresse, bem sei que muito maior seria a minha dor, de modo que não sei o que fazer com esse homem.

De seus flauteios então, tais foram as reações que eu e muitos outros tivemos deste sátiro; mas ouvi-me como ele é semelhante àqueles a quem o comparei, que poder maravilhoso ele tem. Pois ficai sabendo que ninguém [216d] o conhece; mas eu o revelarei, já que comecei. Estais vendo, com efeito, como Sócrates amorosamente se comporta com os belos jovens, está sempre ao redor deles, fica aturdido e como também ignora tudo e nada sabe.[173] Que esta sua atitude não é conforme à dos silenos? E muito mesmo. Pois é aquela com que por fora ele se reveste, como o sileno esculpido; mas lá dentro, uma vez aberto, de quanta sabedoria imaginais, companheiros de bebida, estar ele cheio? Sabei que nem a quem é belo tem ele a mínima consideração, antes despreza tanto [216e] quanto ninguém poderia imaginar, nem tampouco a quem é rico, nem a quem tenha qualquer outro título de honra, dos que são enaltecidos pelo grande número; todos esses bens ele julga que nada valem, e que nós nada somos — é o que vos digo — e é ironizando e brincando com os homens que ele passa toda a vida. Uma vez porém que fica sério e se abre, não sei se alguém já viu as estátuas lá dentro; eu por mim já uma vez as vi, e tão divinas me pareceram elas, [217a] com tanto ouro, com uma beleza tão completa e tão extraordinária que eu só tinha que fazer imediatamente o que me mandasse Sócrates. Julgando porém que ele estava interessado em minha beleza, considerei um achado e um maravilhoso lance da fortuna, como se me estivesse ao alcance, depois de aquiescer a Sócrates, ouvir tudo o que ele sabia; o que, com efeito, eu presumia da beleza de minha juventude era

---

[173] Como numa cilada para atrair os incautos. Cf. 203d.

ἐπὶ τῇ ὥρᾳ θαυμάσιον ὅσον. ταῦτα οὖν διανοηθείς, πρὸ τοῦ οὐκ εἰωθὼς ἄνευ ἀκολούθου μόνος μετ' αὐτοῦ γίγνεσθαι, τότε ἀποπέμπων [217b] τὸν ἀκόλουθον μόνος συνεγιγνόμην — δεῖ γὰρ πρὸς ὑμᾶς πάντα τἀληθῆ εἰπεῖν· ἀλλὰ προσέχετε τὸν νοῦν, καὶ εἰ ψεύδομαι, Σώκρατες, ἐξέλεγχε — συνεγιγνόμην γάρ, ὦ ἄνδρες, μόνος μόνῳ, καὶ ᾤμην αὐτίκα διαλέξεσθαι αὐτόν μοι ἅπερ ἂν ἐραστὴς παιδικοῖς ἐν ἐρημίᾳ διαλεχθείη, καὶ ἔχαιρον. τούτων δ' οὐ μάλα ἐγίγνετο οὐδέν, ἀλλ' ὥσπερ εἰώθει διαλεχθεὶς ἄν μοι καὶ συνημερεύσας ᾤχετο ἀπιών. μετὰ ταῦτα συγγυμνάζεσθαι [217c] προυκαλούμην αὐτὸν καὶ συνεγυμναζόμην, ὥς τι ἐνταῦθα περανῶν. συνεγυμνάζετο οὖν μοι καὶ προσεπάλαιεν πολλάκις οὐδενὸς παρόντος· καὶ τί δεῖ λέγειν; οὐδὲν γάρ μοι πλέον ἦν. ἐπειδὴ δὲ οὐδαμῇ ταύτῃ ἤνυτον, ἔδοξέ μοι ἐπιθετέον εἶναι τῷ ἀνδρὶ κατὰ τὸ καρτερὸν καὶ οὐκ ἀνετέον, ἐπειδήπερ ἐνεκεχειρήκη, ἀλλὰ ἰστέον ἤδη τί ἐστι τὸ πρᾶγμα. προκαλοῦμαι δὴ αὐτὸν πρὸς τὸ συνδειπνεῖν, ἀτεχνῶς ὥσπερ ἐραστὴς παιδικοῖς ἐπιβουλεύων. καί μοι οὐδὲ τοῦτο ταχὺ [217d] ὑπήκουσεν, ὅμως δ' οὖν χρόνῳ ἐπείσθη. ἐπειδὴ δὲ ἀφίκετο τὸ πρῶτον, δειπνήσας ἀπιέναι ἐβούλετο. καὶ τότε μὲν αἰσχυνόμενος ἀφῆκα αὐτόν· αὖθις δ' ἐπιβουλεύσας, ἐπειδὴ ἐδεδειπνήκεμεν διελεγόμην ἀεὶ πόρρω τῶν νυκτῶν, καὶ ἐπειδὴ ἐβούλετο ἀπιέναι, σκηπτόμενος ὅτι ὀψὲ εἴη, προσηνάγκασα αὐτὸν μένειν. ἀνεπαύετο οὖν ἐν τῇ ἐχομένῃ ἐμοῦ κλίνῃ, ἐν ᾗπερ ἐδείπνει, καὶ οὐδεὶς ἐν τῷ οἰκήματι ἄλλος

extraordinário! Com tais ideias em meu espírito,[174] eu que até então não costumava sem um acompanhante ficar só com ele, dessa vez, despachando [217b] o acompanhante, encontrei-me a sós — é preciso, com efeito, dizer-vos toda a verdade; — prestai atenção, e se eu estou mentindo, Sócrates, prova — pois encontrei-me, senhores, a sós com ele, e pensava que logo ele iria tratar comigo o que um amante em segredo trataria com o bem-amado, e me rejubilava. Mas não, nada disso absolutamente aconteceu; ao contrário, como costumava, se por acaso comigo conversasse e passasse o dia, ele retirou-se e foi-se embora. Depois disso convidei-o [217c] a fazer ginástica comigo e entreguei-me aos exercícios, como se houvesse então de conseguir algo. Exercitou-se ele comigo e comigo lutou muitas vezes sem que ninguém nos presenciasse; e que devo dizer? Nada me adiantava. Como por nenhum desses caminhos eu tivesse resultado, decidi que devia atacar-me ao homem à força e não largá-lo, uma vez que eu estava com a mão na obra, mas logo saber de que é que se tratava. Convido-o então a jantar comigo, exatamente como um amante armando cilada ao bem-amado. E nem nisso também ele me atendeu [217d] logo, mas na verdade com o tempo deixou-se convencer. Quando porém veio à primeira vez, depois do jantar queria partir. Eu então, envergonhado, larguei-o; mas repeti a cilada, e depois que ele estava jantado eu me pus a conversar com ele noite adentro, ininterruptamente, e quando quis partir, observando-lhe que era tarde, obriguei-o a ficar. Ele descansava então no leito vizinho ao meu, no mesmo em que jantara, e ninguém mais no compartimento ia dormir senão [217e] nós. Bem, até esse ponto do meu

---

[174] Alcibíades passa a contar os seus esforços para conquistar o amor de Sócrates. Tais esforços constituem, como observa Robin em sua introdução, uma verdadeira tentação, isto é, uma caricatura da iniciação amorosa tal como é caracterizada por Diotima. Através dessa caricatura, Platão pretende ilustrar a qualidade superior do cômico obtido com uma verdadeira arte. Ver posfácio, pp. 246-8.

καθηῦδεν ἢ [217e] ἡμεῖς. μέχρι μὲν οὖν δὴ δεῦρο τοῦ
λόγου καλῶς ἂν ἔχοι καὶ πρὸς ὁντινοῦν λέγειν· τὸ δ'
ἐντεῦθεν οὐκ ἄν μου ἠκούσατε λέγοντος, εἰ μὴ πρῶτον
μέν, τὸ λεγόμενον, οἶνος ἄνευ τε παίδων καὶ μετὰ
παίδων ἦν ἀληθής, ἔπειτα ἀφανίσαι Σωκράτους
ἔργον ὑπερήφανον εἰς ἔπαινον ἐλθόντα ἄδικόν μοι
φαίνεται. ἔτι δὲ τὸ τοῦ δηχθέντος ὑπὸ τοῦ ἔχεως πάθος
κἄμ' ἔχει. φασὶ γάρ πού τινα τοῦτο παθόντα οὐκ
ἐθέλειν λέγειν οἷον ἦν πλὴν τοῖς δεδηγμένοις, ὡς
μόνοις γνωσομένοις [218a] τε καὶ συγγνωσομένοις εἰ
πᾶν ἐτόλμα δρᾶν τε καὶ λέγειν ὑπὸ τῆς ὀδύνης. ἐγὼ
οὖν δεδηγμένος τε ὑπὸ ἀλγεινοτέρου καὶ τὸ
ἀλγεινότατον ὧν ἄν τις δηχθείη — τὴν καρδίαν γὰρ ἢ
ψυχὴν ἢ ὅτι δεῖ αὐτὸ ὀνομάσαι πληγείς τε καὶ δηχθεὶς
ὑπὸ τῶν ἐν φιλοσοφίᾳ λόγων, οἳ ἔχονται ἐχίδνης
ἀγριώτερον, νέου ψυχῆς μὴ ἀφυοῦς ὅταν λάβωνται,
καὶ ποιοῦσι δρᾶν τε καὶ λέγειν ὁτιοῦν — καὶ ὁρῶν αὖ
Φαίδρους, Ἀγάθωνας, [218b] Ἐρυξιμάχους,
Παυσανίας, Ἀριστοδήμους τε καὶ Ἀριστοφάνας·
Σωκράτη δὲ αὐτὸν τί δεῖ λέγειν, καὶ ὅσοι ἄλλοι;
πάντες γὰρ κεκοινωνήκατε τῆς φιλοσόφου μανίας τε
καὶ βακχείας — διὸ πάντες ἀκούσεσθε· συγγνώσεσθε
γὰρ τοῖς τε τότε πραχθεῖσι καὶ τοῖς νῦν λεγομένοις. οἱ
δὲ οἰκέται, καὶ εἴ τις ἄλλος ἐστὶν βέβηλός τε καὶ
ἄγροικος, πύλας πάνυ μεγάλας τοῖς ὠσὶν ἐπίθεσθε.

discurso ficaria bem fazê-lo a quem quer que seja; mas o que a partir daqui se segue, vós não me teríeis ouvido dizer se, primeiramente, como diz o ditado, no vinho, sem as crianças ou com elas, não estivesse a verdade;[175] e depois, obscurecer um ato excepcionalmente brilhante de Sócrates, quando se saiu a elogiá-lo, parece-me injusto. E ainda mais, o estado do que foi mordido pela víbora é também o meu. Com efeito, dizem que quem sofreu tal acidente não quer dizer como foi senão aos que foram mordidos, por serem os únicos, dizem eles, que o compreendem [218a] e desculpam de tudo que ousou fazer e dizer sob o efeito da dor. Eu então, mordido por algo mais doloroso, e no ponto mais doloroso em que se possa ser mordido — pois foi no coração ou na alma, ou no que quer que se deva chamá-lo que fui golpeado e mordido pelos discursos filosóficos, que têm mais virulência que a víbora, quando pegam de um jovem espírito, não sem dotes, e que tudo fazem cometer e dizer tudo — e vendo por outro lado os Fedros, Agatãos, [218b] Erixímacos, os Pausânias, os Aristodemos e os Aristófanes; e o próprio Sócrates, é preciso mencioná-lo? E quantos mais... Todos vós, com efeito, participastes em comum,[176] do delírio filosófico e dos seus transportes báquicos e por isso todos ireis ouvir-me; pois haveis de desculpar-me do que então fiz e do que agora digo. Os domésticos, e se mais alguém há profano e inculto, que apliquem aos seus ouvidos portas bem espessas.[177]

---

[175] Alusão ao provérbio οἶνος καὶ παῖδες ἀληθεῖς: "o vinho e as crianças são verídicas".

[176] Não deixa de ser estranha essa inclusão de Aristófanes no grupo dos amantes da filosofia. Como poeta cômico, este devia estar presente a todas as reuniões desse tipo, e daí poder Alcibíades confundi-lo naturalmente com os que ardorosamente a defendiam, em oposição aos indiferentes.

[177] Alusão a uma fórmula de iniciação órfica: φθέγξομαι οἷς θέμις ἐστί· θύρας δ' ἐπίθεσθε, βέβηλοι, "Falarei àqueles a quem é permitido; aplicai portas (aos ouvidos), ó profanos".

ἐπειδὴ γὰρ οὖν, ὦ ἄνδρες, ὅ τε λύχνος ἀπεσβήκει καὶ [218c] οἱ παῖδες ἔξω ἦσαν, ἔδοξέ μοι χρῆναι μηδὲν ποικίλλειν πρὸς αὐτόν, ἀλλ' ἐλευθέρως εἰπεῖν ἅ μοι ἐδόκει· καὶ εἶπον κινήσας αὐτόν, Σώκρατες, καθεύδεις;

οὐ δῆτα, ἦ δ' ὅς.

οἶσθα οὖν ἅ μοι δέδοκται;

τί μάλιστα, ἔφη.

σὺ ἐμοὶ δοκεῖς, ἦν δ' ἐγώ, ἐμοῦ ἐραστὴς ἄξιος γεγονέναι μόνος, καί μοι φαίνῃ ὀκνεῖν μνησθῆναι πρός με. ἐγὼ δὲ οὑτωσὶ ἔχω· πάνυ ἀνόητον ἡγοῦμαι εἶναι σοὶ μὴ οὐ καὶ τοῦτο χαρίζεσθαι καὶ εἴ τι ἄλλο ἢ τῆς οὐσίας τῆς ἐμῆς [218d] δέοιο ἢ τῶν φίλων τῶν ἐμῶν. ἐμοὶ μὲν γὰρ οὐδέν ἐστι πρεσβύτερον τοῦ ὡς ὅτι βέλτιστον ἐμὲ γενέσθαι, τούτου δὲ οἶμαί μοι συλλήπτορα οὐδένα κυριώτερον εἶναι σοῦ. ἐγὼ δὴ τοιούτῳ ἀνδρὶ πολὺ μᾶλλον ἂν μὴ χαριζόμενος αἰσχυνοίμην τοὺς φρονίμους, ἢ χαριζόμενος τούς τε πολλοὺς καὶ ἄφρονας.

καὶ οὗτος ἀκούσας μάλα εἰρωνικῶς καὶ σφόδρα ἑαυτοῦ τε καὶ εἰωθότως ἔλεξεν ὦ φίλε Ἀλκιβιάδη, κινδυνεύεις τῷ ὄντι οὐ φαῦλος εἶναι, εἴπερ ἀληθῆ τυγχάνει ὄντα ἃ λέγεις [218e] περὶ ἐμοῦ, καί τις ἔστ' ἐν ἐμοὶ δύναμις δι' ἧς ἂν σὺ γένοιο ἀμείνων· ἀμήχανόν τοι κάλλος ὁρῴης ἂν ἐν ἐμοὶ καὶ τῆς παρὰ σοὶ εὐμορφίας πάμπολυ διαφέρον. εἰ δὴ καθορῶν αὐτὸ κοινώσασθαί τέ μοι ἐπιχειρεῖς καὶ ἀλλάξασθαι κάλλος ἀντὶ κάλλους, οὐκ ὀλίγῳ μου πλεονεκτεῖν διανοῇ, ἀλλ' ἀντὶ δόξης ἀλήθειαν καλῶν κτᾶσθαι ἐπιχειρεῖς καὶ τῷ [219a] ὄντι

"Como, com efeito, senhores, a lâmpada se apagara e [218c] os servos estavam fora, decidi que não devia fazer nenhum floreado com ele, mas francamente dizer-lhe o que eu pensava; e assim o interpelei, depois de sacudi-lo: 'Sócrates, estás dormindo?'.

"'Absolutamente', respondeu-me.

"'Sabes então qual é a minha decisão?'

"'Qual é exatamente?', tornou-me.

"'Tu me pareces', disse-lhe eu, 'ser um amante digno de mim, o único, e te mostras hesitante em declarar-me. Eu porém é assim que me sinto: inteiramente estúpido eu acho não te aquiescer não só nisso como também em algum caso em que precisasses ou de minha [218d] fortuna ou dos meus amigos. A mim, com efeito, nada me é mais digno de respeito do que o tornar-me eu o melhor possível, e para isso creio que nenhum auxiliar me é mais importante do que tu. Assim é que eu, a um tal homem recusando meus favores,[178] muito mais me envergonharia diante da gente ajuizada do que se os concedesse, diante da multidão irrefletida.'

"E este homem, depois de ouvir-me, com a perfeita ironia que é bem sua e do seu hábito, retrucou-me: 'Caro Alcibíades, é bem provável que realmente não sejas um vulgar, se chega a ser verdade o que dizes [218e] a meu respeito, e se há em mim algum poder pelo qual tu te poderias tornar melhor; sim, uma irresistível beleza verias em mim, e totalmente diferente da formosura que há em ti. Se então, ao contemplá-la, tentas compartilhá-la comigo e trocar beleza por beleza, não é em pouco que pensas me levar vantagens, mas ao contrário, em lugar da aparência é a realidade do que é belo que tentas adquirir, e [219a] realmente é 'ouro por cobre'[179]

---

[178] Alcibíades aplicou literalmente a doutrina de Pausânias. Cf. 184d--185b.

[179] *Ilíada*, VI, 236. Enganado por Zeus, Glauco troca suas armas de ouro pelas de bronze de Diomedes.

"'χρύσεα χαλκείων'" διαμείβεσθαι νοεῖς. ἀλλ᾽, ὦ μακάριε, ἄμεινον σκόπει, μή σε λανθάνω οὐδὲν ὤν. ἤ τοι τῆς διανοίας ὄψις ἄρχεται ὀξὺ βλέπειν ὅταν ἡ τῶν ὀμμάτων τῆς ἀκμῆς λήγειν ἐπιχειρῇ· σὺ δὲ τούτων ἔτι πόρρω.

κἀγὼ ἀκούσας, τὰ μὲν παρ᾽ ἐμοῦ, ἔφην, ταῦτά ἐστιν, ὧν οὐδὲν ἄλλως εἴρηται ἢ ὡς διανοοῦμαι· σὺ δὲ αὐτὸς οὕτω βουλεύου ὅτι σοί τε ἄριστον καὶ ἐμοὶ ἡγῇ.

ἀλλ᾽, ἔφη, τοῦτό γ᾽ εὖ λέγεις· ἐν γὰρ τῷ ἐπιόντι χρόνῳ [219b] βουλευόμενοι πράξομεν ὃ ἂν φαίνηται νῷν περί τε τούτων καὶ περὶ τῶν ἄλλων ἄριστον.

ἐγὼ μὲν δὴ ταῦτα ἀκούσας τε καὶ εἰπών, καὶ ἀφεὶς ὥσπερ βέλη, τετρῶσθαι αὐτὸν ᾤμην· καὶ ἀναστάς γε, οὐδ᾽ ἐπιτρέψας τούτῳ εἰπεῖν οὐδὲν ἔτι, ἀμφιέσας τὸ ἱμάτιον τὸ ἐμαυτοῦ τοῦτον — καὶ γὰρ ἦν χειμών — ὑπὸ τὸν τρίβωνα κατακλινεὶς τὸν τουτουί, περιβαλὼν τὼ χεῖρε τούτῳ τῷ [219c] δαιμονίῳ ὡς ἀληθῶς καὶ θαυμαστῷ, κατεκείμην τὴν νύκτα ὅλην. καὶ οὐδὲ ταῦτα αὖ, ὦ Σώκρατες, ἐρεῖς ὅτι ψεύδομαι. ποιήσαντος δὲ δὴ ταῦτα ἐμοῦ οὗτος τοσοῦτον περιεγένετό τε καὶ κατεφρόνησεν καὶ κατεγέλασεν τῆς ἐμῆς ὥρας καὶ ὕβρισεν — καὶ περὶ ἐκεῖνό γε ᾤμην τὶ εἶναι, ὦ ἄνδρες δικασταί· δικασταὶ γάρ ἐστε τῆς Σωκράτους ὑπερηφανίας — εὖ γὰρ ἴστε μὰ θεούς, μὰ θεάς, οὐδὲν περιττότερον καταδεδαρθηκὼς [219d] ἀνέστην μετὰ Σωκράτους, ἢ εἰ μετὰ πατρὸς καθηῦδον ἢ ἀδελφοῦ πρεσβυτέρου.

τὸ δὴ μετὰ τοῦτο τίνα οἴεσθέ με διάνοιαν ἔχειν, ἡγούμενον μὲν ἠτιμάσθαι, ἀγάμενον δὲ τὴν τούτου φύσιν τε καὶ σωφροσύνην καὶ ἀνδρείαν, ἐντετυχηκότα

que pensas trocar. No entanto, ditoso amigo, examina melhor; não te passe despercebido que nada sou. Em verdade, a visão do pensamento começa a enxergar com agudeza quando a dos olhos tende a perder sua força; tu porém estás ainda longe disso.'

"E eu, depois de ouvi-lo: 'Quanto ao que é de minha parte, eis aí; nada do que está dito é diferente do que penso; tu porém decide de acordo com o que julgares ser o melhor para ti e para mim.'.

"'Bem', tornou ele, 'nisso sim, tens razão; daqui por diante, com efeito, [219b] decidiremos fazer, a respeito disso como do mais, o que a nós dois nos parecer melhor.'

"Eu, então, depois do que vi e disse, e que como flechas deixei escapar, imaginei-o ferido; e assim que eu me ergui sem ter-lhe permitido dizer-me nada mais, vesti esta minha túnica — pois era inverno — estendi-me por sob o manto deste homem, e abraçado com estas duas mãos a este ser [219c] verdadeiramente divino e admirável fiquei deitado a noite toda. Nem também isso, ó Sócrates, irás dizer que estou falseando. Ora, não obstante tais esforços meus, tanto mais este homem cresceu e desprezou minha juventude, ludibriou-a, insultou-a e justamente naquilo é que eu pensava ser alguma coisa, senhores juízes; sois, com efeito, juízes da sobranceria de Sócrates[180] — pois ficai sabendo, pelos deuses e pelas deusas, quando me levantei com Sócrates, foi após um sono em nada mais extraordinário [219d] do que se eu tivesse dormido com meu pai ou um irmão mais velho.

"Ora bem, depois disso, que disposição de espírito pensais que eu tinha, a julgar-me vilipendiado, a admirar o caráter deste homem, sua temperança e coragem, eu que tinha

---

[180] Em sua embriaguez, Alcibíades figura momentaneamente um processo em que a acusação de sobranceria dissimula justamente sua defesa no processo histórico: a recusa de Sócrates, um crime de orgulho nessa patuscada, significa de fato sua inocência.

ἀνθρώπῳ τοιούτῳ οἵῳ ἐγὼ οὐκ ἂν ᾤμην ποτ' ἐντυχεῖν
εἰς φρόνησιν καὶ εἰς καρτερίαν; ὥστε οὔθ' ὅπως οὖν
ὀργιζοίμην εἶχον καὶ ἀποστερηθείην τῆς τούτου
συνουσίας, οὔτε ὅπῃ προσαγαγοίμην [219e] αὐτὸν
ηὐπόρουν. εὖ γὰρ ᾔδη ὅτι χρήμασί γε πολὺ μᾶλλον
ἄτρωτος ἦν πανταχῇ ἢ σιδήρῳ ὁ Αἴας, ᾧ τε ᾤμην αὐτὸν
μόνῳ ἁλώσεσθαι, διεπεφεύγει με. ἠπόρουν δή,
καταδεδουλωμένος τε ὑπὸ τοῦ ἀνθρώπου ὡς οὐδεὶς ὑπ'
οὐδενὸς ἄλλου περιῇα. ταῦτά τε γάρ μοι ἅπαντα
προυγεγόνει, καὶ μετὰ ταῦτα στρατεία ἡμῖν εἰς
Ποτείδαιαν ἐγένετο κοινὴ καὶ συνεσιτοῦμεν ἐκεῖ.
πρῶτον μὲν οὖν τοῖς πόνοις οὐ μόνον ἐμοῦ περιῆν,
ἀλλὰ καὶ τῶν ἄλλων ἁπάντων — ὁπότ' ἀναγκασθεῖμεν
ἀποληφθέντες που, οἷα δὴ ἐπὶ στρατείας, [220a]
ἀσιτεῖν, οὐδὲν ἦσαν οἱ ἄλλοι πρὸς τὸ καρτερεῖν — ἔν τ'
αὖ ταῖς εὐωχίαις μόνος ἀπολαύειν οἷός τ' ἦν τά τ' ἄλλα
καὶ πίνειν οὐκ ἐθέλων, ὁπότε ἀναγκασθείη, πάντας
ἐκράτει, καὶ ὃ πάντων θαυμαστότατον, Σωκράτη
μεθύοντα οὐδεὶς πώποτε ἑώρακεν ἀνθρώπων. τούτου
μὲν οὖν μοι δοκεῖ καὶ αὐτίκα ὁ ἔλεγχος ἔσεσθαι. πρὸς
δὲ αὖ τὰς τοῦ χειμῶνος καρτερήσεις — δεινοὶ γὰρ
αὐτόθι χειμῶνες — θαυμάσια ἠργάζετο τά τε [220b]
ἄλλα, καί ποτε ὄντος πάγου οἵου δεινοτάτου, καὶ
πάντων ἢ οὐκ ἐξιόντων ἔνδοθεν, ἢ εἴ τις ἐξίοι,
ἠμφιεσμένων τε θαυμαστὰ δὴ ὅσα καὶ ὑποδεδεμένων
καὶ ἐνειλιγμένων τοὺς πόδας εἰς πίλους καὶ ἀρνακίδας,
οὗτος δ' ἐν τούτοις ἐξῄει ἔχων ἱμάτιον μὲν τοιοῦτον
οἷόνπερ καὶ πρότερον εἰώθει φορεῖν, ἀνυπόδητος δὲ διὰ
τοῦ κρυστάλλου ῥᾷον ἐπορεύετο ἢ οἱ ἄλλοι

encontrado um homem tal como jamais julgava poderia encontrar em sabedoria e fortaleza? Assim, nem eu podia irritar-me e privar-me de sua companhia, nem sabia como [219e] atraí-lo. Bem sabia eu, com efeito, que ao dinheiro era ele de qualquer modo muito mais invulnerável do que Ájax ao ferro, e na única coisa em que eu imaginava ele se deixaria prender, ei-lo que me havia escapado. Embaraçava-me então, e escravizado pelo homem como ninguém mais por nenhum outro, eu rodava à toa. Tudo isso tinha-se sucedido anteriormente; depois, ocorreu-nos fazer em comum uma expedição em Potideia,[181] e éramos ali companheiros de mesa. Antes de tudo, nas fadigas, não só a mim me superava mas a todos os outros — quando isolados em algum ponto, como é comum numa expedição, éramos forçados [220a] a jejuar, nada eram os outros para resistir — e por outro lado nas fartas refeições, era o único a ser capaz de aproveitá-las em tudo mais, sobretudo quando, embora se recusasse, era forçado a beber, que a todos vencia;[182] e o que é mais espantoso de tudo é que Sócrates embriagado nenhum homem há que o tenha visto. E disso, parece-me, logo teremos a prova. Também quanto à resistência ao inverno — terríveis são os invernos ali — entre outras façanhas extraordinárias que fazia, [220b] uma vez, durante uma geada das mais terríveis, quando todos ou evitavam sair ou, se alguém saía, era envolto em quanta roupagem estranha, e amarrados os pés em feltros e peles de carneiro, este homem, em tais circunstâncias, saía com um manto do mesmo tipo que antes costumava trazer, e descalço sobre o gelo marchava mais à vontade que os outros calçados, enquanto que os soldados o olhavam de sos-

---

[181] Em 432 a.C., Potideia, na Calcídica, recusou-se a pagar tributo a Atenas e foi pelos atenienses sitiada, capitulando em 430 a.C. Essa insurreição foi uma das causas imediatas da Guerra do Peloponeso.

[182] Ver nota 19.

ὑποδεδεμένοι, οἱ δὲ στρατιῶται ὑπέβλεπον [220c] αὐτὸν ὡς καταφρονοῦντα σφῶν. καὶ ταῦτα μὲν δὴ ταῦτα·

"οἷον δ' αὖ τόδ' ἔρεξε καὶ ἔτλη καρτερὸς ἀνὴρ"

ἐκεῖ ποτε ἐπὶ στρατιᾶς, ἄξιον ἀκοῦσαι. συννοήσας γὰρ αὐτόθι ἕωθέν τι εἱστήκει σκοπῶν, καὶ ἐπειδὴ οὐ προυχώρει αὐτῷ, οὐκ ἀνίει ἀλλὰ εἱστήκει ζητῶν. καὶ ἤδη ἦν μεσημβρία, καὶ ἄνθρωποι ᾐσθάνοντο, καὶ θαυμάζοντες ἄλλος ἄλλῳ ἔλεγεν ὅτι Σωκράτης ἐξ ἑωθινοῦ φροντίζων τι ἕστηκε. τελευτῶντες δέ τινες τῶν Ἰώνων, ἐπειδὴ ἑσπέρα ἦν, δειπνήσαντες — καὶ [220d] γὰρ θέρος τότε γ' ἦν — χαμεύνια ἐξενεγκάμενοι ἅμα μὲν ἐν τῷ ψύχει καθηῦδον, ἅμα δ' ἐφύλαττον αὐτὸν εἰ καὶ τὴν νύκτα ἑστήξοι. ὁ δὲ εἱστήκει μέχρι ἕως ἐγένετο καὶ ἥλιος ἀνέσχεν· ἔπειτα ᾤχετ' ἀπιὼν προσευξάμενος τῷ ἡλίῳ. εἰ δὲ βούλεσθε ἐν ταῖς μάχαις — τοῦτο γὰρ δὴ δίκαιόν γε αὐτῷ ἀποδοῦναι — ὅτε γὰρ ἡ μάχη ἦν ἐξ ἧς ἐμοὶ καὶ τἀριστεῖα ἔδοσαν οἱ στρατηγοί, οὐδεὶς ἄλλος ἐμὲ ἔσωσεν [220e] ἀνθρώπων ἢ οὗτος, τετρωμένον οὐκ ἐθέλων ἀπολιπεῖν, ἀλλὰ συνδιέσωσε καὶ τὰ ὅπλα καὶ αὐτὸν ἐμέ. καὶ ἐγὼ μέν, ὦ Σώκρατες, καὶ τότε ἐκέλευον σοὶ διδόναι τἀριστεῖα τοὺς στρατηγούς, καὶ τοῦτό γέ μοι οὔτε μέμψῃ οὔτε ἐρεῖς ὅτι ψεύδομαι· ἀλλὰ γὰρ τῶν στρατηγῶν πρὸς τὸ

laio, [220c] como se o suspeitassem de estar troçando deles. Quanto a estes fatos, ei-los aí:

'mas também o seguinte, como o fez
e suportou um bravo'[183]

lá na expedição, certa vez, merece ser ouvido. Concentrado numa reflexão, logo se detivera desde a madrugada a examinar uma ideia, e como esta não lhe vinha, sem se aborrecer ele se conservara de pé, a procurá-la. Já era meio-dia, os homens estavam observando, e cheios de admiração diziam uns aos outros: 'Sócrates desde a madrugada está de pé ocupado em suas reflexões!'. Por fim, alguns dos jônicos,[184] quando já era de tarde, depois de terem jantado — [220d] pois era então o estio — trouxeram para fora os seus leitos e ao mesmo tempo que iam dormir na fresca, observavam-no a ver se também a noite ele passaria de pé. E ele ficou de pé, até que veio a aurora e o sol se ergueu; a seguir foi embora, depois de fazer uma prece ao sol. Se quereis saber nos combates — pois isto é bem justo que se lhe leve em conta — quando se deu a batalha pela qual chegaram mesmo a me condecorar os generais, nenhum outro homem me salvou [220e] senão este, que não quis abandonar-me ferido, e até minhas armas salvou comigo. Eu então, ó Sócrates, insisti com os generais[185] para que te conferissem essa honra, e isso não vais me censurar nem irás dizer que estou falseando; todavia, quando

---

[183] *Odisseia*, IV, 242.

[184] Robin prefere aqui a lição de Schmidt (τῶν ἰδόντων, "dos que o viram") à lição dos manuscritos (τῶν Ἰώνων, "dos jônicos"), sob a alegação de que não havia tropas da Jônia, e de que a lição dos manuscritos se compreende dificilmente como uma especificação da expressão "homens", usada pouco acima. Essa última razão absolutamente não convence.

[185] Essa batalha, travada em 432 a.C., precedeu imediatamente o cerco de Potideia.

ἐμὸν ἀξίωμα ἀποβλεπόντων καὶ βουλομένων ἐμοὶ διδόναι τἀριστεῖα, αὐτὸς προθυμότερος ἐγένου τῶν στρατηγῶν ἐμὲ λαβεῖν ἢ σαυτόν. ἔτι τοίνυν, ὦ ἄνδρες, ἄξιον ἦν θεάσασθαι Σωκράτη, ὅτε ἀπὸ Δηλίου [221a] φυγῇ ἀνεχώρει τὸ στρατόπεδον· ἔτυχον γὰρ παραγενόμενος ἵππον ἔχων, οὗτος δὲ ὅπλα. ἀνεχώρει οὖν ἐσκεδασμένων ἤδη τῶν ἀνθρώπων οὗτός τε ἅμα καὶ Λάχης· καὶ ἐγὼ περιτυγχάνω, καὶ ἰδὼν εὐθὺς παρακελεύομαί τε αὐτοῖν θαρρεῖν, καὶ ἔλεγον ὅτι οὐκ ἀπολείψω αὐτώ. ἐνταῦθα δὴ καὶ κάλλιον ἐθεασάμην Σωκράτη ἢ ἐν Ποτειδαίᾳ — αὐτὸς γὰρ ἧττον ἐν φόβῳ ἦ διὰ τὸ ἐφ᾽ ἵππου εἶναι — πρῶτον μὲν ὅσον περιῆν [221b] Λάχητος τῷ ἔμφρων εἶναι· ἔπειτα ἔμοιγ᾽ ἐδόκει, ὦ Ἀριστόφανες, τὸ σὸν δὴ τοῦτο, καὶ ἐκεῖ διαπορεύεσθαι ὥσπερ καὶ ἐνθάδε, "βρενθυόμενος καὶ τὠφθαλμὼ παραβάλλων", ἠρέμα παρασκοπῶν καὶ τοὺς φιλίους καὶ τοὺς πολεμίους, δῆλος ὢν παντὶ καὶ πάνυ πόρρωθεν ὅτι εἴ τις ἅψεται τούτου τοῦ ἀνδρός, μάλα ἐρρωμένως ἀμυνεῖται. διὸ καὶ ἀσφαλῶς ἀπῄει καὶ οὗτος καὶ ὁ ἑταῖρος· σχεδὸν γάρ τι τῶν οὕτω διακειμένων ἐν τῷ πολέμῳ οὐδὲ ἅπτονται, ἀλλὰ τοὺς προτροπάδην [221c] φεύγοντας διώκουσιν.

πολλὰ μὲν οὖν ἄν τις καὶ ἄλλα ἔχοι Σωκράτη ἐπαινέσαι καὶ θαυμάσια· ἀλλὰ τῶν μὲν ἄλλων ἐπιτηδευμάτων τάχ᾽ ἄν τις καὶ περὶ ἄλλου τοιαῦτα εἴποι, τὸ δὲ μηδενὶ ἀνθρώπων ὅμοιον εἶναι, μήτε τῶν παλαιῶν μήτε τῶν νῦν ὄντων, τοῦτο ἄξιον παντὸς θαύματος. οἷος γὰρ Ἀχιλλεὺς

já os generais consideravam minha posição e desejavam conceder-me a insigne honra, tu mesmo foste mais solícito que os generais para que fosse eu e não tu que a recebesse. E também, ó senhores, valia a pena observar Sócrates, quando de Delião[186] [221a] batia em retirada o exército; por acaso fiquei ao seu lado, a cavalo, enquanto ele ia com suas armas de hoplita. Ora, ele se retirava, quando já tinham debandado os nossos homens, ao lado de Laques; acerco-me deles e logo que os vejo exorto-os à coragem, dizendo-lhes que os não abandonaria. Foi aí que, melhor que em Potideia, eu observei Sócrates — pois o meu perigo era menor, por estar eu a cavalo — primeiramente quanto ele superava [221b] a Laques, em domínio de si; e depois, parecia-me, ó Aristófanes, segundo aquela tua expressão[187] que também lá como aqui ele se locomovia 'impando-se e olhando de través', calmamente examinando de um lado e de outro os amigos e os inimigos, deixando bem claro a todos, mesmo a distância, que se alguém tocasse nesse homem, bem vigorosamente ele se defenderia. Eis por que com segurança se retirava, ele e o seu companheiro; pois quase que, nos que assim se comportam na guerra, nem se toca, mas é aos que fogem em desordem [221c] que se persegue.

"Muitas outras virtudes certamente poderia alguém louvar em Sócrates, e admiráveis; todavia, das demais atividades, talvez também a respeito de alguns outros se pudesse dizer outro tanto; o fato porém de a nenhum homem assemelhar-se ele, antigo ou moderno, eis o que é digno de toda admiração. Com efeito, qual foi Aquiles, tal poder-se-ia ima-

---

[186] Cidade da Beócia, na fronteira da Ática. Os atenienses foram aí batidos pelos tebanos, comandados por Pagondas, em 424 a.C.

[187] Nas *Nuvens*, 362: ὅτι βρενθύει τ' ἐν ταῖς ὁδοῖς καὶ τὠφθαλμὼ παραβάλλεις.

ἐγένετο, ἀπεικάσειεν ἄν τις καὶ Βρασίδαν καὶ
ἄλλους, καὶ οἷος αὖ Περικλῆς, καὶ Νέστορα καὶ
Ἀντήνορα — εἰσὶ δὲ καὶ ἕτεροι — [221d] καὶ τοὺς
ἄλλους κατὰ ταῦτ' ἄν τις ἀπεικάζοι· οἷος δὲ
οὑτοσὶ γέγονε τὴν ἀτοπίαν ἄνθρωπος, καὶ αὐτὸς
καὶ οἱ λόγοι αὐτοῦ, οὐδ' ἐγγὺς ἂν εὕροι τις
ζητῶν, οὔτε τῶν νῦν οὔτε τῶν παλαιῶν, εἰ μὴ ἄρα
εἰ οἷς ἐγὼ λέγω ἀπεικάζοι τις αὐτόν, ἀνθρώπων
μὲν μηδενί, τοῖς δὲ σιληνοῖς καὶ σατύροις, αὐτὸν
καὶ τοὺς λόγους.

καὶ γὰρ οὖν καὶ τοῦτο ἐν τοῖς πρώτοις
παρέλιπον, ὅτι καὶ οἱ λόγοι αὐτοῦ ὁμοιότατοί εἰσι
τοῖς σιληνοῖς τοῖς διοιγομένοις. [221e] εἰ γὰρ ἐθέλοι
τις τῶν Σωκράτους ἀκούειν λόγων, φανεῖεν ἂν πάνυ
γελοῖοι τὸ πρῶτον· τοιαῦτα καὶ ὀνόματα καὶ ῥήματα
ἔξωθεν περιαμπέχονται, σατύρου δή τινα ὑβριστοῦ
δοράν. ὄνους γὰρ κανθηλίους λέγει καὶ χαλκέας τινὰς
καὶ σκυτοτόμους καὶ βυρσοδέψας, καὶ ἀεὶ διὰ τῶν
αὐτῶν τὰ αὐτὰ φαίνεται λέγειν, ὥστε ἄπειρος καὶ
ἀνόητος ἄνθρωπος [222a] πᾶς ἂν τῶν λόγων
καταγελάσειεν. διοιγομένους δὲ ἰδὼν ἄν τις καὶ ἐντὸς
αὐτῶν γιγνόμενος πρῶτον μὲν νοῦν ἔχοντας ἔνδον
μόνους εὑρήσει τῶν λόγων, ἔπειτα θειοτάτους καὶ
πλεῖστα ἀγάλματ' ἀρετῆς ἐν αὐτοῖς ἔχοντας καὶ ἐπὶ
πλεῖστον τείνοντας, μᾶλλον δὲ ἐπὶ πᾶν ὅσον

ginar Brasidas[188] e outros, e inversamente, qual foi Péricles, tal Nestor e Antenor[189] — sem falar de outros — [221d] e todos os demais por esses exemplos se poderia comparar; o que porém é este homem aqui, o que há de desconcertante em sua pessoa e em suas palavras, nem de perto se poderia encontrar um semelhante, quer se procure entre os modernos, quer entre os antigos, a não ser que se lhe faça a comparação com os que eu estou dizendo, não com nenhum homem, mas com os silenos e os sátiros, e não só de sua pessoa como de suas palavras.

"Na verdade, foi este sem dúvida um ponto em que em minhas palavras eu deixei passar, que também os seus discursos são muito semelhantes aos silenos que se entreabrem. [221e] A quem quisesse ouvir os discursos de Sócrates pareceriam eles inteiramente ridículos à primeira vez: tais são os nomes e frases de que por fora se revestem eles, como de uma pele de sátiro insolente! Pois ele fala de bestas de carga, de ferreiros, de sapateiros, de correeiros, e sempre parece com as mesmas palavras dizer as mesmas coisas, a ponto de qualquer inexperiente ou imbecil [222a] zombar de seus discursos.[190] Quem porém os viu entreabrir-se e em seu interior penetra, primeiramente descobrirá que, no fundo, são os únicos que têm inteligência, e depois, que são o quanto possível divinos, e os que o maior número contêm de imagens de virtude,[191] e o mais possível se orientam, ou melhor, em tudo se

---

[188] Grande general espartano, vencedor dos atenienses em Anfípolis (422 a.C.), onde morreu.

[189] Dois grandes conselheiros, o primeiro dos gregos e o segundo dos troianos, durante a Guerra de Troia.

[190] Cf. *Hípias maior*, 288c-d.

[191] Tal como os silenos esculpidos (215b) têm em seu interior estátuas divinas. Confrontar com essa a expressão análoga em 213a5, mas num contexto diferente.

προσήκει σκοπεῖν τῷ μέλλοντι καλῷ κἀγαθῷ ἔσεσθαι.

ταῦτ' ἐστίν, ὦ ἄνδρες, ἃ ἐγὼ Σωκράτη ἐπαινῶ· καὶ αὖ ἃ μέμφομαι συμμείξας ὑμῖν εἶπον ἅ με ὕβρισεν. καὶ μέντοι [222b] οὐκ ἐμὲ μόνον ταῦτα πεποίηκεν, ἀλλὰ καὶ Χαρμίδην τὸν Γλαύκωνος καὶ Εὐθύδημον τὸν Διοκλέους καὶ ἄλλους πάνυ πολλούς, οὓς οὗτος ἐξαπατῶν ὡς ἐραστὴς παιδικὰ μᾶλλον αὐτὸς καθίσταται ἀντ' ἐραστοῦ. ἃ δὴ καὶ σοὶ λέγω, ὦ Ἀγάθων, μὴ ἐξαπατᾶσθαι ὑπὸ τούτου, ἀλλ' ἀπὸ τῶν ἡμετέρων παθημάτων γνόντα εὐλαβηθῆναι, καὶ μὴ κατὰ τὴν παροιμίαν ὥσπερ νήπιον παθόντα γνῶναι. [222c]

εἰπόντος δὴ ταῦτα τοῦ Ἀλκιβιάδου γέλωτα γενέσθαι ἐπὶ τῇ παρρησίᾳ αὐτοῦ, ὅτι ἐδόκει ἔτι ἐρωτικῶς ἔχειν τοῦ Σωκράτους. τὸν οὖν Σωκράτη, Νήφειν μοι δοκεῖς, φάναι, ὦ Ἀλκιβιάδη. οὐ γὰρ ἄν ποτε οὕτω κομψῶς κύκλῳ περιβαλλόμενος ἀφανίσαι ἐνεχείρεις οὗ ἕνεκα ταῦτα πάντα εἴρηκας, καὶ ὡς ἐν παρέργῳ δὴ λέγων ἐπὶ τελευτῆς αὐτὸ ἔθηκας, ὡς οὐ πάντα τούτου ἕνεκα εἰρηκώς, τοῦ ἐμὲ καὶ [222d] Ἀγάθωνα διαβάλλειν, οἰόμενος δεῖν ἐμὲ μὲν σοῦ ἐρᾶν καὶ μηδενὸς ἄλλου, Ἀγάθωνα δὲ ὑπὸ σοῦ ἐρᾶσθαι καὶ μηδ' ὑφ' ἑνὸς ἄλλου. ἀλλ' οὐκ ἔλαθες, ἀλλὰ τὸ σατυρικόν σου δρᾶμα τοῦτο καὶ σιληνικὸν κατάδηλον

orientam para o que convém ter em mira, quando se procura ser um distinto e honrado cidadão.

"Eis aí, senhores, o que em Sócrates eu louvo; quanto ao que, pelo contrário, lhe recrimino, eu o pus de permeio e disse os insultos que me fez. E na verdade [222b] não foi só comigo que ele os fez, mas com Cármides,[192] o filho de Glauco, com Eutidemo, de Díocles, e com muitíssimos outros, os quais ele engana fazendo-se de amoroso, enquanto é antes na posição de bem-amado que ele mesmo fica, em vez de amante. E é nisso que te previno, ó Agatão, para não te deixares enganar por este homem e, por nossas experiências ensinado, te preservares e não fazeres como o bobo do provérbio, que 'só depois de sofrer aprende'."[193] [222c]

Depois destas palavras de Alcibíades houve risos por sua franqueza, que parecia ele ainda estar amoroso de Sócrates. Sócrates então disse-lhe: "Tu me pareces, ó Alcibíades, estar em teu domínio. Pois de outro modo não te porias, assim tão destramente fazendo rodeios, a dissimular o motivo por que falaste; como que falando acessoriamente tu o deixaste para o fim, como se tudo o que disseste não tivesse sido em vista disso, de me [222d] indispor com Agatão, na ideia de que eu devo amar-te e a nenhum outro, e que Agatão é por ti que deve ser amado, e por nenhum outro. Mas não me escapaste! Ao contrário, esse teu drama de sátiros e de silenos ficou

---

[192] Tio materno de Platão, um dos membros do governo dos Trinta, seu nome intitula um dos diálogos menores do filósofo. Quanto a Eutidemo, não se trata evidentemente do sofista ridicularizado no diálogo do mesmo nome, mas sem dúvida do jovem que aparece nas *Memoráveis* de Xenofonte, IV, 2-6.

[193] Hesíodo, *Os trabalhos e os dias*, 218: παθὼν δέ τε νήπιος ἔγνω, "depois de sofrer é que o tolo aprende".

ἐγένετο. ἀλλ', ὦ φίλε Ἀγάθων, μηδὲν πλέον αὐτῷ γένηται, ἀλλὰ παρασκευάζου ὅπως ἐμὲ καὶ σὲ μηδεὶς διαβαλεῖ.

τὸν οὖν Ἀγάθωνα εἰπεῖν, καὶ μήν, ὦ Σώκρατες, κινδυνεύεις [222e] ἀληθῆ λέγειν. τεκμαίρομαι δὲ καὶ ὡς κατεκλίνη ἐν μέσῳ ἐμοῦ τε καὶ σοῦ, ἵνα χωρὶς ἡμᾶς διαλάβῃ. οὐδὲν οὖν πλέον αὐτῷ ἔσται, ἀλλ' ἐγὼ παρὰ σὲ ἐλθὼν κατακλινήσομαι.

πάνυ γε, φάναι τὸν Σωκράτη, δεῦρο ὑποκάτω ἐμοῦ κατακλίνου.

ὦ Ζεῦ, εἰπεῖν τὸν Ἀλκιβιάδην, οἷα αὖ πάσχω ὑπὸ τοῦ ἀνθρώπου. οἴεταί μου δεῖν πανταχῇ περιεῖναι. ἀλλ' εἰ μή τι ἄλλο, ὦ θαυμάσιε, ἐν μέσῳ ἡμῶν ἔα Ἀγάθωνα κατακεῖσθαι.

ἀλλ' ἀδύνατον, φάναι τὸν Σωκράτη. σὺ μὲν γὰρ ἐμὲ ἐπῄνεσας, δεῖ δὲ ἐμὲ αὖ τὸν ἐπὶ δεξί' ἐπαινεῖν. ἐὰν οὖν ὑπὸ σοὶ κατακλινῇ Ἀγάθων, οὐ δήπου ἐμὲ πάλιν ἐπαινέσεται, πρὶν ὑπ' ἐμοῦ μᾶλλον ἐπαινεθῆναι; ἀλλ' ἔασον, [223a] ὦ δαιμόνιε, καὶ μὴ φθονήσῃς τῷ μειρακίῳ ὑπ' ἐμοῦ ἐπαινεθῆναι· καὶ γὰρ πάνυ ἐπιθυμῶ αὐτὸν ἐγκωμιάσαι.

ἰοῦ ἰοῦ, φάναι τὸν Ἀγάθωνα, Ἀλκιβιάδη, οὐκ ἔσθ' ὅπως ἂν ἐνθάδε μείναιμι, ἀλλὰ παντὸς μᾶλλον μεταναστήσομαι, ἵνα ὑπὸ Σωκράτους ἐπαινεθῶ.

ταῦτα ἐκεῖνα, φάναι τὸν Ἀλκιβιάδην, τὰ εἰωθότα· Σωκράτους παρόντος τῶν καλῶν μεταλαβεῖν ἀδύνατον ἄλλῳ. καὶ νῦν ὡς εὐπόρως καὶ πιθανὸν λόγον ηὗρεν, ὥστε παρ' ἑαυτῷ τουτονὶ κατακεῖσθαι. [223b]

transparente.[194] Pois bem, caro Agatão, que nada mais haja para ele, e faze com que comigo ninguém te indisponha."

Agatão respondeu: "De fato, ó Sócrates, é muito provável [222e] que estejas dizendo a verdade. E a prova é a maneira como justamente ele se recostou aqui no meio, entre mim e ti, para nos afastar um do outro. Nada mais ele terá então; eu virei para o teu lado e me recostarei."

"Muito bem", disse Sócrates, "reclina-te aqui, logo abaixo de mim."

"Ó Zeus, que tratamento recebo ainda desse homem! Acha ele que em tudo deve levar-me a melhor. Mas pelo menos, extraordinária criatura, permite que entre nós se acomode Agatão."

"Impossível!", tornou-lhe Sócrates. "Pois se tu me elogiaste, devo eu por minha vez elogiar o que está à minha direita. Ora, se abaixo de ti[195] ficar Agatão, não irá ele por acaso fazer-me um novo elogio, antes de, pelo contrário, ser por mim elogiado? Deixa, [223a] divino amigo, e não invejes ao jovem o meu elogio, pois é grande o meu desejo de elogiá-lo."

"Evoé!", exclamou Agatão; "Alcibíades, não há meio de aqui eu ficar; ao contrário, antes de tudo, eu mudarei de lugar, a fim de ser por Sócrates elogiado."

"Eis aí", comentou Alcibíades, "a cena de costume: Sócrates presente, impossível a um outro conquistar os belos! Ainda agora, como ele soube facilmente encontrar uma palavra persuasiva, com o que este belo se vai pôr ao seu lado." [223b]

---

[194] No propósito de insistir na feiura de Sócrates e, consequentemente, afastá-lo de Agatão.

[195] Isto é, à sua direita, entre ele e Sócrates. Agatão passara para a direita de Sócrates, ficando este no meio do divã.

τὸν μὲν οὖν Ἀγάθωνα ὡς κατακεισόμενον παρὰ τῷ Σωκράτει ἀνίστασθαι· ἐξαίφνης δὲ κωμαστὰς ἥκειν παμπόλλους ἐπὶ τὰς θύρας, καὶ ἐπιτυχόντας ἀνεῳγμέναις ἐξιόντος τινὸς εἰς τὸ ἄντικρυς πορεύεσθαι παρὰ σφᾶς καὶ κατακλίνεσθαι, καὶ θορύβου μεστὰ πάντα εἶναι, καὶ οὐκέτι ἐν κόσμῳ οὐδενὶ ἀναγκάζεσθαι πίνειν πάμπολυν οἶνον. τὸν μὲν οὖν Ἐρυξίμαχον καὶ τὸν Φαῖδρον καὶ ἄλλους τινὰς ἔφη ὁ Ἀριστόδημος οἴχεσθαι ἀπιόντας, ἓ δὲ ὕπνον λαβεῖν, [223c] καὶ καταδαρθεῖν πάνυ πολύ, ἅτε μακρῶν τῶν νυκτῶν οὐσῶν, ἐξεγρέσθαι δὲ πρὸς ἡμέραν ἤδη ἀλεκτρυόνων ᾀδόντων, ἐξεγρόμενος δὲ ἰδεῖν τοὺς μὲν ἄλλους καθεύδοντας καὶ οἰχομένους, Ἀγάθωνα δὲ καὶ Ἀριστοφάνη καὶ Σωκράτη ἔτι μόνους ἐγρηγορέναι καὶ πίνειν ἐκ φιάλης μεγάλης ἐπὶ δεξιά. τὸν οὖν Σωκράτη αὐτοῖς διαλέγεσθαι· καὶ τὰ μὲν ἄλλα ὁ [223d] Ἀριστόδημος οὐκ ἔφη μεμνῆσθαι τῶν λόγων — οὔτε γὰρ ἐξ ἀρχῆς παραγενέσθαι ὑπονυστάζειν τε — τὸ μέντοι κεφάλαιον, ἔφη, προσαναγκάζειν τὸν Σωκράτη ὁμολογεῖν αὐτοὺς τοῦ αὐτοῦ ἀνδρὸς εἶναι κωμῳδίαν καὶ τραγῳδίαν ἐπίστασθαι ποιεῖν, καὶ τὸν τέχνῃ τραγῳδοποιὸν ὄντα καὶ κωμῳδοποιὸν εἶναι. ταῦτα δὴ ἀναγκαζομένους αὐτοὺς καὶ οὐ σφόδρα ἑπομένους νυστάζειν, καὶ πρότερον μὲν καταδαρθεῖν τὸν Ἀριστοφάνη, ἤδη δὲ ἡμέρας γιγνομένης τὸν Ἀγάθωνα. τὸν οὖν Σωκράτη, κατακοιμίσαντ' ἐκείνους, ἀναστάντα ἀπιέναι, καὶ ἓ ὥσπερ εἰώθει ἕπεσθαι, καὶ ἐλθόντα εἰς Λύκειον, ἀπονιψάμενον, ὥσπερ ἄλλοτε τὴν ἄλλην ἡμέραν διατρίβειν, καὶ οὕτω διατρίψαντα εἰς ἑσπέραν οἴκοι ἀναπαύεσθαι.

Agatão levanta-se assim para ir deitar-se ao lado de Sócrates; súbito porém uns foliões, em numeroso grupo, chegam à porta e, tendo-a encontrado aberta com a saída de alguém, irrompem eles pela frente em direção dos convivas, tomando assento nos leitos; um tumulto enche todo o recinto e, sem mais nenhuma ordem, é-se forçado a beber vinho em demasia. Erixímaco, Fedro e alguns outros, disse Aristodemo, retiram-se e partem; a ele porém o sono o pegou, [223c] e dormiu muitíssimo, que estavam longas as noites; acordou de dia, quando já cantavam os galos, e acordado viu que os outros ou dormiam ou estavam ausentes; Agatão porém, Aristófanes e Sócrates eram os únicos que ainda estavam despertos, e bebiam de uma grande taça que passavam da esquerda para a direita. Sócrates conversava com eles; dos pormenores da conversa [223d] disse Aristodemo que não se lembrava — pois não assistira ao começo e ainda estava sonolento — em resumo porém, disse ele, forçava-os Sócrates a admitir que é de um mesmo homem o saber fazer uma comédia e uma tragédia, e que aquele que com arte é um poeta trágico é também um poeta cômico.[196] Forçados a isso e sem o seguir com muito rigor eles cochilavam, e primeiro adormeceu Aristófanes e, quando já se fazia dia, Agatão. Sócrates então, depois de acomodá-los ao leito, levantou-se e partiu; Aristodemo, como costumava, acompanhou-o; chegado ao Liceu[197] ele asseou-se e, como em qualquer outra ocasião, passou o dia inteiro, depois do que, à tarde, foi repousar em casa.

---

[196] Ver posfácio, pp. 246-8.

[197] Ginásio dedicado a Apolo, às margens do Ilisso, mais tarde utilizado por Aristóteles para a sua escola, que ficou com esse nome.

As grandes linhas da estrutura do *Banquete*

José Cavalcante de Souza

O *Banquete* é, ao mesmo tempo, um dos mais belos e mais simples diálogos platônicos. Nenhum outro possui como ele, tão felizmente dosadas, essas duas qualidades. O *Fédon* ou o *Fedro*, por exemplo, ou mesmo o *Protágoras*,[1] podem sob o primeiro aspecto disputar-lhe a primazia, assim como, sob o segundo, a *Apologia*. Naqueles, um sentido igualmente agudo de proporção parece dominar o conjunto da obra, subordinando ao seu acabamento perfeito, desde a escolha do tema e seu enquadramento, até as menores articulações do seu desenvolvimento e o próprio desfecho final. Na *Apologia*, a força de uma fé ardente nos empolga e arrasta através dos claros argumentos de uma causa já perdida para os atenienses, mas para Platão, num certo sentido, apenas começada. No entanto, se a beleza do *Fédon*, do *Fedro* ou do *Protágoras* requer de nossa parte uma certa disciplina, resultante de um contato prévio com outros diálogos, a fim de senti-la em sua plenitude, além e acima das inúmeras séries de discussões que de modo complexo se sucedem e se encadeiam, o simples desenrolar da *Apologia*, a exposição fluente e contínua dos seus argumentos, apenas nos põe como no pórtico da filosofia platônica. Ora, o *Banquete* nos introduz de cheio no próprio âmago dessa filosofia, sem no entan-

---

[1] É particularmente a opinião de A. E. Taylor (*Plato: The Man and the Work*, Nova York, Meridian Books, 1957, p. 235), que o considera mesmo como o único capaz de rivalizar com o *Banquete* em beleza.

to, pelo menos aparentemente, impor-nos o ritmo característico dos outros diálogos em geral, um ritmo marcado pela necessidade dialética de um arranjo lento e sinuoso da discussão, através de repetições, abandonos, acréscimos e recapitulações de argumentos.[2]

Num jantar em casa de um poeta, que comemora sua vitória no concurso de tragédias, resolvem seus convivas instituir outro concurso, oratório desta vez, e em consequência cada um deles faz um discurso de elogio ao Amor, a divindade que presidia àquela jovial e ilustre heteria. Seis desses discursos são reproduzidos a um grupo de amigos por um narrador que por sua vez os soubera de um daqueles convivas, e além desses um sétimo, proferido de modo inesperado e sensacional. Essas sete peças constituem o arcabouço do *Banquete*. Através delas podemos ser levados, como na *Apologia*, numa leitura de um só fôlego, após a qual nos fica uma primeira grande impressão do gênio platônico: uma vigorosa acuidade intelectual, um profundo impulso místico,[3] a se combinarem na tarefa de traçar para o nosso espírito um roteiro que o encaminhe dos seres inconstantes e caprichosos desse mundo dos nossos sentidos àqueles que, ao contrário, estáveis e certos, são apenas vislumbrados pela inteligência.

No entanto, dessa primeira impressão, é verdade, poderemos ir aos poucos distinguindo na fisionomia do *Banquete* alguns aspectos mais salientes, que insensivelmente nos trarão de volta a ele, para uma leitura em profundidade, capaz de nos fazer captar sua beleza superior, no mesmo nível em que se descobre a do *Fedro*, por exemplo. Em primeiro lugar, sua simplicidade está intimamente relacionada com a circuns-

---

[2] René Schaerer, *La Question platonicienne: étude sur le rapport de la pensée et de l'expression dans les Dialogues*, Neuchâtel, Université de Neuchâtel, 1938, pp. 67-75.

[3] Pierre-Maxime Schuhl, *L'Oeuvre de Platon*, Paris, Hachette, 1954, pp. 5-6.

tância de se desenvolver o diálogo através de uma série de discursos, de λόγοι, como vemos Sócrates denominá-los nos primeiros diálogos. Sem dúvida, em muitos outros diálogos platônicos encontram-se também desses discursos, proferidos ou por Sócrates ou por algum dos seus interlocutores. Mas aí estão eles entremeados de diálogos igualmente longos, ou mais ainda, os quais, apoiando-os ou criticando-os, condicionam estreitamente o efeito de seus argumentos. Ora, no *Banquete*, esse condicionamento pelo diálogo aparece de modo tão discreto, no último discurso do programa, que este não chega a perder seu caráter de peça encomiástica e, por conseguinte, o direito de figurar legitimamente no concurso de elogios.

Em segundo lugar, acrescendo-se a essa relação de sua simplicidade com a composição em discursos, a beleza do *Banquete* deriva antes de tudo do tema. Trata-se de elogiar o Amor, servo e companheiro de Afrodite, a divindade que domina o próprio Ares (196d) e é com todos insidiosa (205d2), e no entanto, em sua forma mais perfeita, o elogio acaba sendo feito no próprio quadro da teoria das Ideias, que traça o destino do homem numa linha de ascese espiritual, de abstenção gradativa dos seus apetites sensuais, perturbadores da σωφροσύνη, um dos aspectos capitais da virtude socrático-platônica. Os vários discursos se ressentem mais ou menos confusamente dessa dificuldade e tentam resolvê-la à custa de um compromisso: ou não mostram a face do amor ou não revelam a da virtude. Ao contrário, o elogio de Sócrates desvenda as duas e é com elas que o filósofo tece seu elogio.

Enfim, um terceiro aspecto avulta dessa impressão geral do *Banquete*, também em íntima e fecunda relação com os dois anteriores, e sobretudo com o segundo. Sócrates, que consentiu, como no *Fedro*, em competir num concurso oratório, sucede ao próprio Amor nas honras do elogio, graças à intervenção espetacular de um bêbedo. Esse bêbedo não é nada menos que o famoso Alcibíades, o brilhante prócer da

facção democrática, principal responsável pela desastrosa expedição à Sicília em 415 a.C., e audacioso explorador das suas consequências. Entre os convivas de Agatão está também Aristófanes, um nome tão famoso como o de Alcibíades e, como este, ligado ao destino histórico de Sócrates. Aristófanes concorre com um dos mais belos discursos do *Banquete*, com o qual apenas rivalizam, em graça e emoção, justamente os discursos de Alcibíades e de Sócrates. Esse simples trinômio é suficiente para conferir ao *Banquete*, mais que quaisquer outros nomes a qualquer outro diálogo, um valor histórico precioso, mesmo com os descontos que a crítica tem que fazer da ficção platônica. Os fatos e circunstâncias que no *Banquete* relacionam essas três personalidades marcantes do século V ateniense constituem de qualquer modo um julgamento do valor e das responsabilidades de cada uma delas. Evidentemente tal julgamento não é apenas o seco depoimento de um historiador. Ao contrário, ele ao mesmo tempo resulta diretamente da exposição da doutrina elaborada no *Banquete* e se impõe como a ilustração viva dessa doutrina. A reciprocidade da doutrina e da história anima este livro de um sopro de realismo e de vida que muitas vezes não levamos em devida conta na obra de Platão e que, por assim dizer, consagra esse conjunto de simplicidade e beleza que passaremos a apreciar mais detidamente.

Os discursos no *Banquete*:
seus antecedentes nos diálogos
e sua sucessão dialética

Quando Platão conheceu Sócrates, conta a tradição,[4] rasgou ele seus primeiros ensaios de poesia ditirâmbica e trá-

---

[4] Diógenes Laércio, *Vie, doctrines et sentences des philosophes illustres*, Paris, Garnier [s/d], I, p. 142.

gica. O que a seguir escreveu não foram mais poemas, e sim as próprias conversas do mestre, os Σωκρατικοὶ λόγοι,[5] arranjados em certa unidade dramática e encaminhados a um impasse final, a uma aporia dos interlocutores diante das questões surgidas e examinadas. Para chegar a tal resultado, é a nossa primeira impressão, Sócrates pergunta sempre, de modo a evitar no interlocutor uma prolixidade que ele considera inacessível ao seu entendimento.[6] Essa atitude socrática é sensível sobretudo em face dos sofistas ou dos seus discípulos e adeptos, os quais, geralmente carregados de uma farta bagagem cultural, estão sempre prontos a exibi-la à primeira pergunta, muitas vezes no aparatoso esquema de um longo discurso. Declarando *incontinenti* sua própria incapacidade para entender tais transbordamentos de expressão[7] ou então manifestando-lhes a mais completa indiferença,[8] Sócrates recusa por isso mesmo aceitá-los como elementos da sua conversa, do seu λόγος, articulado em perguntas e respostas.

Para um povo profundamente sensível à ideia de competição, esses Σωκρατικοὶ λόγοι deviam caracterizar-se, antes de tudo, pelo contraste de sua breve formulação, em face dos longos desenvolvimentos das peças oratórias comuns. E tanto mais contribuía a esse efeito a circunstância de servir uma mesma designação para as conversas de um Sócrates e para os discursos de um Górgias ou de um Hípias ou de qualquer orador. O que aqueles diziam, por diferentes que fossem sua maneira e seu espírito, eram igualmente λόγοι, isto é, sua ação de dizer, de falar, suas palavras. Referindo-se às respostas — geralmente breves — do seu interlocutor, Sócrates con-

---

[5] Auguste Diès, *Autour de Platon*, Paris, Gabriel Beauchesne, 1927, I, p. 165.

[6] *Górgias*, 449b-c.

[7] *Protágoras*, 335c.

[8] *Hípias maior*, 286c.

sidera-as como elos de uma mesma afirmação, e essa afirmação, tecida com a malha das suas próprias perguntas, ele denomina de λόγος.[9] Por sua vez, Górgias, instado a responder sobre o objeto de sua arte, a retórica, declara que são os λόγοι (449d). No primeiro caso, geralmente traduzimos essa palavrinha por *argumento* e, no segundo, por *discurso*, distinção muito cômoda, mas que desde logo nos impede o ponto de vista do grego contemporâneo de Sócrates, segundo o qual os primeiros, isto é, as respostas dadas a Sócrates, eram antes de tudo μικροὶ λόγοι, em nítida oposição aos segundos, os μακροὶ λόγοι de um sofista ou de um orador.[10]

No entanto, esse ponto de vista do grego, apesar de ter a enorme vantagem de fazer atentar antes de tudo para a identidade fundamental de todos os λόγοι, qualquer que seja sua maneira ou método, apresentava por isso mesmo o risco gravíssimo de dificultar o discernimento do verdadeiro caráter do λόγος socrático, que uma simples dimensão formal não podia esclarecer de todo. Desse risco, que ameaçava assim a própria sobrevivência do pensamento socrático, o *Górgias* nos revela já uma clara consciência e também o propósito de eliminá-la. Quando, com efeito, nesse diálogo, o sofista leontino se diz detentor de uma arte retórica, uma τέχνη ῥητορική, que lida com discursos, Sócrates procura saber dele qual é o objeto desses λόγοι. Responde-lhe Górgias que é a persuasão, supremo bem para aquele que sabe despertá-la nos outros (452e). Ainda insatisfeito, Sócrates volta à carga, inquirindo-o sobre o objeto dessa persuasão. Obrigado assim a referi-la a um objeto, o outro aponta-o como sendo o "justo e o injusto nas coisas humanas", e, como a partir dessa resposta ele se contradiz (*Górgias*, 460d-461b), Sócrates põe em dúvida sua pretensão de possuir uma τέχνη ῥητορική, sus-

---

[9] *Górgias*, 475d-e.

[10] *Protágoras*, 335b, e *Górgias*, 449c, onde Sócrates os confunde sob a denominação de "braquilogia" e "macrologia".

cetível de ser ensinada, e afirma a seguir, instado por um discípulo exaltado do seu interlocutor, sua própria opinião de que tal retórica não passa de uma simples prática rotineira, inspirada num instinto de lisonja, responsável por essa e outras enganosas contrafações das verdadeiras técnicas, realmente úteis ao homem (463a-466). Diante de tão categórica denúncia, dois partidários de Górgias se sucedem na apologia de um realismo moral e político que comprovaria de fato a excelência da retórica gorgiana. Refutando, ainda em μικροὶ λόγοι, também os argumentos dessa apologia, Sócrates finaliza no entanto o diálogo com um longo discurso, ele que de início pedira ao sofista que não usasse deles (*Górgias*, 449). O que justifica seu longo discurso, ele próprio o explica no exórdio (523), é a convicção de que será um discurso verídico.

O *Eutidemo* parece a esse respeito a contraparte do *Górgias*. Como o sofista leontino, também os irmãos Eutidemo e Dionisodoro presumem ter adquirido uma arte, superior a todas aquelas que tinham antes aprendido e ensinado, até mesmo a das lutas judiciárias, isto é, a retórica. Trata-se nem mais nem menos de "lutar com argumentos [λόγοι] e com eles refutar o que quer que seja dito" (272a8-b). Essa maravilhosa arte consiste na apresentação de breves proposições, cujas respostas, pelo sim ou pelo não, sempre oferecem margem a uma refutação, como Eutidemo passa a demonstrar. Aparentemente esses μικροὶ λόγοι produzem o mesmo efeito dos de Sócrates: eles fazem calar o interlocutor. Entretanto, o silêncio a que o reduzem não é o da inteligência diante das coisas — τὰ ὄντα — desvendadas na complexidade de suas relações, e portanto ainda mais inquisidoras. Antes, é o inesperado embaraço do espírito distraído que caiu numa cilada, fascinado pela roupagem das palavras. Ctesipo, um interlocutor mais maduro que o jovem Clínias, percebe o mecanismo grosseiro de tais argumentações e irrita-se (284d-e). Em vez disso, Sócrates procede a uma demonstração do que seriam os seus argumentos para uma vida de vir-

tude, como Eutidemo anunciava serem os seus. Numa primeira etapa eles se desenvolvem no sentido de verificar que o único bem real do homem é a sabedoria, que garante o uso correto dos demais bens. Numa segunda fase esbarram eles na dificuldade de saber que sabedoria é essa, depois de sugeridos e examinados vários tipos dela. Dirigindo-se então a Eutidemo, Sócrates desculpa-se do caráter leigo e prolixo de sua argumentação — ἰδιωτικὸν καὶ διὰ μακρῶν λεγόμενον (282d6-7). A ironia é evidente contra o medíocre formalismo com que Eutidemo considera sua própria arte. O que aos olhos desse sofista devia sem dúvida caracterizar-lhe a essência e dar-lhe o brilho do prestígio era justamente a fácil concisão desses argumentos fictícios, equilibrados em mal-entendidos, cujo espetáculo constituía, juntamente com a derrota do interlocutor, o único alimento do seu pobre espírito. Fazendo por assim dizer o avesso do que Górgias fazia, isto é, uma discussão, e por um método aparentemente oposto ao dele, isto é, através de μιχροί λόγοι, os dois se identificavam no entanto pelo mesmo desrespeito ao objeto dessa persuasão ou dissuasão que elaboravam e, consequentemente, pelo mesmo desinteresse do seu conhecimento. Com tais sentimentos, era forçoso que sua linguagem, longa ou breve, retórica ou dialética, fosse no fundo uma só, como um só é o discurso daquele que, como Sócrates no *Górgias* ou no *Eutidemo*, procura antes de tudo referi-lo à realidade do seu objeto, à verdade das coisas.

Desse modo, apresentando um Sócrates que igualmente refuta uma técnica de argumentação através de breves proposições, de μικροὶ λόγοι, o *Eutidemo* completa uma curva de evolução do seu comportamento nos diálogos platônicos, a qual, permitindo estabelecer um critério de distinção não só entre ele e os oradores das assembleias e seus mestres (305e5-6), de um lado, como também, de outro lado, entre eles e os que professavam uma técnica de argumentação (304-305b3), ao mesmo tempo revelava a afinidade fundamental

desses dois tipos. Tal distinção e tal afinidade não deveriam ser doravante dissimuladas pelas aparências. A braquilogia de Sócrates não era a de um Eutidemo, do mesmo modo que um longo discurso que eventualmente pronunciasse não se poderia confundir com o de um Górgias.

No entanto, essa evolução da atitude socrática nos diálogos não teve apenas a consequência importante de possibilitar um critério de distinção entre tipos que indevidamente se podiam confundir. Para o futuro dos diálogos, e consequentemente do pensamento platônico, muito mais importante foi o próprio fato de Sócrates, tal como desde agora se apresentava nos debates, ter de falar longamente, e de reservar assim os amplos moldes do discurso para expressar sua fidelidade ao real, sua rigorosa atenção, sua tensa lucidez. Com efeito, a braquilogia socrática nos primeiros diálogos manifesta-se como a medida exata das suas dificuldades em face do que Aristóteles denominou τὰ ἐθικὰ,[11] isto é, em face do que dizemos ser "bom", "belo", "justo", "correto" etc., no contexto caprichoso da nossa experiência. Quanto mais examinadas nos vários diálogos menores, mais nos parecem essas dificuldades constituir o reflexo inquietante de uma excepcional inteligência que energicamente se decidiu a jamais afrouxar sua inquirição, ainda que à custa de uma quase ausência de doutrina, ainda que para saber apenas que não sabe...[12] Na esfera de uma tal inteligência, uma arte, por exemplo, que se diz criadora de persuasão em torno do que é justo e belo e bom entre os homens, será necessariamente examinada à base da realidade desses fatos, por mais complexas que sejam as relações em que se nos apresentam. E se um Górgias não dá conta — δίδωσι λόγον — do justo ou do belo que ele afirma persuadir nos outros, sua arte não é arte,

---

[11] Aristóteles, *Metafísica*, I, 987b.
[12] *Apologia*, 21d.

mas apenas uma rotina[13] que reage às cegas ao influxo daquelas coisas, daquelas realidades cuja existência o λόγος socrático atesta, pelo menos indiretamente, através do desajuste que revela entre elas mesmas e sua incidência em nossa experiência. A braquilogia e a aporia socrática se justificam assim plenamente como o sinal de uma inteligência que, se titubeia, é em virtude do próprio grau de certeza que quer resguardar de uma realidade apenas entrevista.

Sendo então esse o sentido profundo da braquilogia socrática, que é que vamos encontrar nos longos discursos de Sócrates, a partir do *Górgias*? Como uma grande onda que súbito jorra do veio exíguo de uma seca argumentação, eles estão em primeiro lugar impregnados de um entusiasmo no sentido literal da palavra, isto é, de uma invasão "demoníaca", um "delírio divino", como diz o *Fedro* (238c6, 244a8-245b), coisa que dificilmente imaginaríamos no interlocutor de Protágoras[14] ou de Hípias. Depois, esse delírio carreia em seu bojo agitado um conjunto de noções que, em parte, bem podem ser referidas a uma origem socrática,[15] mas cujo soberbo desabrochamento jamais se efetuaria no clima de uma inteligência radical, intransigente com todo movimento que não seja seu, e portanto extremamente exigente com as possibilidades de expressão do λόγος (*Fedro*, 241e). Nossa alma é parcela de um mundo, como nosso corpo o é de um outro, que está para aquele como uma imagem está para o original; nossa vida se realiza tanto mais quanto, na medida do possível, efetuamos em nós mesmos uma transferência desse mundo do corpo ao outro; nosso contato com esse mundo é função dos nossos sentidos, proporcionais às suas formas e como elas inconstantes e irredutíveis a qualquer fixação que

---

[13] *Górgias*, 463a6-466.

[14] *Protágoras*, 328e-329b.

[15] Diès, *op. cit.*, I, pp. 180-1.

possibilite um confronto e um entendimento, enquanto nossa alma, da prisão dos nossos sentidos, anseia pelo contato das formas puras e estáveis que, desvencilhada, ela poderá facilmente apreender como seu bem natural; nosso atual conhecimento é uma lembrança que se despertou em nosso espírito, e que metodicamente devemos exercitar, da visão daquele outro mundo em idades anteriores[16] — tais são alguns temas centrais da grande dialogação platônica, que uma simples formulação reduz sem dúvida até à banalidade, mas que ao contrário, na trama dos grandes diálogos da madureza, tecida de μακροί e de μικροὶ λόγοι, de discussões e de discursos, adquirem uma vigorosa consistência, ao mesmo tempo que compõem um panorama capaz não somente de satisfazer à mesma inteligência exigente e aporética dos primeiros diálogos, como também de lhe solicitar como que um impulso novo, uma maior decisão de apreender as questões do seu trato.

Um dos exemplos mais interessantes desse enriquecimento da argumentação socrática, determinado pela ampliação do próprio contexto dos diálogos, é sem dúvida o que é fornecido justamente pela consideração da retórica em alguns diálogos. Com efeito, a refutação da retórica empírica, que vimos no *Górgias* culminar na constatação embaraçante da justiça, pode agora, num contexto propriamente platônico, prolongar-se num meticuloso exame de suas condições e de sua função, graças ao qual será possível destacar as características essenciais de uma retórica. Tal exame se faz de modo exaustivo no *Fedro*, diálogo reconhecidamente posterior ao *Banquete*, que, no entanto, sob esse ponto de vista, parece fornecer uma prévia ilustração de alguns princípios discutidos e estabelecidos naquele. A retórica de Górgias, juntamen-

---

[16] Esses temas encontram-se, em extensão e contexto variados, no *Fédon*, na *República* (VI e VII), no *Fedro*, no *Crátilo*, no *Mênon*, no *Teeteto* e também no *Banquete*.

te com toda e qualquer arte da palavra (*Fedro*, 261e-262c), é aqui enfaticamente condicionada à realidade das coisas — τὰ ὄντα —, cujo conhecimento dará a medida da sua legitimidade. Em consequência, o plausível, o verossímil, por mais forte que seja, nunca será todavia, como pretendem Tísias e seus seguidores,[17] uma criação absoluta dos discursos, às vezes contra a própria realidade, mas, ao contrário, sempre um reflexo no discurso dessa realidade decisiva, cujo bom conhecedor necessariamente tornará mais plausível e mais verossímil o seu discurso. Desde então, uma arte retórica não se caracteriza essencialmente pela faculdade de criar uma persuasão independente da realidade das coisas, mas propriamente por uma direção dos espíritos, uma "psicagogia" (*Fedro*, 261d7-9), que, eventualmente, pode orientar-se num mau sentido, isto é, desviar-se da realidade, mas que, para efetuar-se plenamente como arte, deve proceder em perfeito conhecimento de suas condições. Considerada assim em sua condição (a realidade das coisas) e em sua função (uma direção dos espíritos), a retórica conceitua-se numa universalidade que permite a Sócrates incluir no seu âmbito os próprios argumentos de um Zenão (*Fedro*, 261d7-9). Como os discursos dos oradores, também estes dirigem os espíritos, embora num sentido aparentemente contrário ao da retórica, isto é, dissuadindo-os.

Uma vez que a retórica, em sua função diretora dos espíritos, condiciona-se necessariamente à realidade das coisas, é natural que Sócrates se detenha aqui no exame desse conhecimento. Este se manifesta, explica Sócrates, naquele que sabe ver as coisas de dois modos: primeiro, em conjunto, numa ascensão do particular ao geral, e, depois, em detalhe, numa divisão do geral em suas articulações naturais. Tomando como exemplo o próprio tema do discurso de Lísias, Só-

---

[17] *Fedro*, 273a-d5. Tísias (século V a.C.) é tido como um dos fundadores da retórica.

crates exemplifica esses dois modos. O amor é um tipo de delírio — eis o primeiro. Há delírio humano e divino — eis o segundo. Aquele que sabe ver assim, comenta ele, é um dialético (*Fedro*, 265c6-266c). Só essa visão do dialético é capaz de informar uma arte retórica que não marche às cegas, malbaratando as verossimilhanças dos discursos à força de se deixar fascinar exclusivamente por elas, como acontece com a arte de um Tísias ou de um Górgias, mas que, ao contrário, saiba aproveitá-las de acordo com os tipos de ouvintes e numa progressão para a essência das coisas (*Fedro*, 271d). Desse modo, paralelamente à retórica, que não se define pela dimensão maior ou menor dos seus λόγοι, nem tampouco pela muita ou pouca importância do objeto desses discursos, também a dialética, longe de se confinar exclusivamente nos moldes dos breves argumentos, desenvolvidos através de perguntas e respostas, antes se caracteriza essencialmente por sua função e pode manifestar-se nos longos discursos. Ambas referentes à ação de dizer do homem, aquela é uma arte de direção dos espíritos, esta é uma arte da articulação das coisas.

Orientadas assim para esses dois polos do conhecimento, compreende-se então que o seu entrosamento se processe numa reciprocidade exigida pela própria natureza do conhecimento — uma ponte entre o homem e as coisas. E se Sócrates declara explicitamente que a segunda fundamenta a primeira, todo o contexto do diálogo evidencia, com a mesma força de uma declaração explícita, que a primeira, isto é, a retórica, reage sobre a segunda, sobre essa arte de articular as coisas, dando-lhe ocasião de melhor fazer sua parte. Com efeito, ao contrário do que acontece no *Protágoras*, onde de um discurso ressoante e atordoante ele respigou algumas noções para examinar (329b5-d), no *Fedro* Sócrates se dispõe a uma competição com um discurso de Lísias, desenvolvido sobre uma ideia que, por seu aspecto paradoxal, denuncia claramente uma inspiração retórica: deve o jovem aquiescer às pretensões de um homem que não o esteja amando, de pre-

ferência às do que esteja nesse estado. Em lugar de enveredar, segundo sua maneira, pelo caminho das perguntas, que o levaria sem dúvida àquela embaraçosa contemplação de ideias relacionadas com os fenômenos de amor, τὰ ἐρωτικά, Sócrates alega preliminarmente a própria leviandade do autor do discurso, que parece brincar de dizer a mesma coisa de vários modos, como o motivo determinante da sua decisão de competir (*Fedro*, 235c). Como que acudindo a essa decisão, ocorre-lhe a lembrança do que sobre essas questões de amor disseram outras pessoas, como Safo ou Anacreonte, e é justamente essa lembrança que lhe inflama o peito e o insufla a falar outro tanto do tema de Lísias, e não pior, assevera ele. Mas, diante do entusiasmo de Fedro em face dessa inesperada reação do grande argumentador, logo este o adverte de que Lísias não "falhou de todo", e que tal coisa não acontece "nem mesmo com o mais medíocre escritor" (235c). No caso, o próprio tema o forçava, a Lísias, a acertar na ideia de que é elogiável o que é sensato e, censurável, o insensato.[18] Desde, porém, que a essas duas ideias se associem respectivamente as de desapaixonado e apaixonado,[19] o problema muda de aspecto. A rigor, é essa mudança importante que desperta em Sócrates a lembrança de outras verdades em outros discursos, juntamente com a sua decisão de competir. A partir então daquela verdade fundamental do discurso de Lísias, logo dissimulada pelo acréscimo de outras noções, e sob o influxo inspirador de outros λόγοι, Sócrates desenvolve um primeiro discurso no primeiro sentido daquela visão dialética: o amor é uma espécie de delírio, isto é, o contrário do domínio dos sentidos, da σωφροσύνη, e, como tal, censurável.

No entanto, à medida que prossegue, Sócrates sente aumentar a inspiração. Cauteloso, ele interrompe uma primei-

---

[18] É a premissa sobre que se assenta sua condenação do amor que nos faz perder o senso.

[19] Isto é, isento ou afetado de amor.

ra vez o discurso, comentando ironicamente o tom de ditirambo a que se deixou levar (*Fedro*, 238c5-d7), e finalmente o deixa pelo meio, quando já se sente em pleno sopro épico, apesar de ainda estar na censura do amante e lhe faltar toda a parte do elogio ao não amante (241e). Esse estado de espírito é, aliás, alimentado pelo encantamento do local e agravado, por assim dizer, pela voz interior de Sócrates (242b8--c5), que insolitamente o impele a um segundo discurso, de retratação ao Amor. É curioso que esse discurso de retratação parta do segundo turno daquela visão dialética, isto é, de uma articulação da espécie "delírio". Há um delírio humano, que é mau, e um delírio divino, que é bom, e o amor é um tipo desse último. Sobre essa base desenvolve-se o elogio do amor, que constitui a parte central do diálogo. Em tal sucessão de discursos pode-se facilmente perceber o papel importante da persuasão. Dirigindo o espírito, ela o deixa ao termo de cada discurso num ponto donde ele poderá fazer nova etapa no conhecimento de uma coisa. Diante de tais resultados, dir-se-ia que o entusiasmo de um Górgias pela persuasão, que naquele diálogo servira apenas de trampolim para a refutação socrática da retórica gorgiana (se a retórica trata de persuasão, e persuasão de coisas justas, e no entanto Górgias não se entende a respeito dessas coisas, logo... etc.), ficara no entanto a aquecer no fundo do pensamento de Platão, até arder de novo e se acender na ideia de que a persuasão, não obstante a irracionalidade do seu impulso e seus consequentes enganos, é todavia algo de positivo, de muito importante que, se muitas vezes merece uma refutação, outras tantas apenas reclama uma correção.

Esse conceito positivo que o *Fedro* estabelece da persuasão, como reflexo necessário das coisas, e como tal suscetível de ser orientada através delas, até possibilitar uma visão dialética da sua natureza, é sem dúvida alguma o princípio que anima e explica a sucessão dos discursos no *Banquete*. Graças a ele é que podemos melhor discernir, desde o primeiro

discurso, alguma coisa acertada, como no discurso de Lísias, no *Fedro*, o que justamente vai iniciar o encadeamento de verossimilhanças através dos discursos seguintes, até o momento da grande articulação final no discurso de Sócrates. Que esses discursos sejam paródias de personagens e doutrinas da época,[20] a hipótese apenas se beneficiará da inferência de que são também, necessariamente, um julgamento de valor dessas doutrinas e personagens, julgamento dado através da própria situação em que elas se encontram nessa progressiva sucessão de verossimilhanças que culmina na síntese final do discurso de Sócrates. Para entender, por conseguinte, esse julgamento e apreciar-lhe a justeza, é necessário examinar cada peça oratória como elo de uma cadeia que termina na solução platônica do elogio ao Amor.[21]

No discurso de Fedro, o primeiro da série, o Amor tem dois títulos à admiração e ao louvor dos mortais: sua origem, antiquíssima, e seus benefícios para os homens, supremos. Provando o primeiro título, ele põe-se a citar poetas e filósofos, e, quanto aos supremos benefícios, estes residem na afortunada eventualidade de um amante ter um amado e vice-versa. Isso porque entre um amante e seu bem-amado, mais do que em qualquer outra sociedade humana, nasce e afirma-se um sentimento que é o princípio de uma vida bela, isto é, a vergonha do que é feio e a emulação pelo que é belo (178c-d). Prova-o a guerra, onde qualquer um aceitaria tudo, menos ser pelo outro visto a fraquejar, onde nunca deixa o Amor, por mais fraco que se seja, de inspirar virtude, a pon-

---

[20] Ver Léon Robin, *Le Banquet*, "Introduction", p. xxxvi, em *Platon — Oeuvres complètes*, t. IV, 2ª parte, Paris, Les Belles Lettres, 1929, e Victor Brochard, *Études de philosophie ancienne et de philosophie moderne*, Paris, J. Vrin, 1954, pp. 60-4.

[21] Tanto Taylor (*op. cit.*, p. 212) como Robin ("Introduction", pp. li e lxv) consideram essa progressão apenas do ponto de vista da composição artística.

to de se ficar semelhante ao mais bravo de natureza. Tal inspiração pode mesmo levar ao belo gesto do sacrifício da própria vida, como aconteceu com Alceste e Aquiles, entre outros, sobretudo com este último, que se sacrificou pelo amante, um ser mais divino que o amado (180b3).

Sem dúvida alguma, o que caracteriza predominantemente esse discurso é a sua mediocridade. Como disse Robin,[22] reconhece-se nele o caprichoso desenvolvimento de um tema de escola, que, aliás, é o oposto do discurso de Lísias no *Fedro*. Seu autor é, antes de tudo, um livresco, que não se aventura muito fora das citações com que procura suprir a deficiência de pontos de vista próprios. Em consequência, sua exposição é rígida, seus argumentos se desenvolvem numa correção formalista que raia a insipidez. No entanto, justamente essas qualidades medíocres constituem uma condição ideal para o início dessa cadeia dialética de orações. É bastante significativo que seja esse primeiro discurso, e não os seguintes, que traça uma noção capital do elogio filosófico, isto é, do verdadeiro elogio ao Amor, a noção de que é o Amor o responsável pelos maiores bens dos homens, o deus (Sócrates dirá o gênio) mais importante para a aquisição da felicidade (180b6-8). Evidentemente essa noção fundamental aparece num contexto que a sufoca e reduz. Para Fedro os bens supremos estão confinados na beleza da coragem, tal como ela lhe aparece na fama das amizades guerreiras de Esparta e de Tebas. Quanto à felicidade, cuja conexão com os bens supremos caberia mostrar melhor, ela aparece apenas como um fecho cômodo do discurso, sem ligação necessária com a coragem, isto é, a virtude causadora daqueles bens. De modo acidental também, aparecem ainda duas outras ideias, mal vislumbradas, que se tornarão mais nítidas posteriormente: a coragem dos amantes pode ser um resultado da inspiração do Amor e, nesse caso, ocorrer em contraste com a

---

[22] Robin, *op. cit.*, p. xxxvii.

coragem da natureza (179a6-b3) (sem dúvida um eco perdido da onipresente e multiforme oposição νόμος-φύσις no repertório cultural da época); Aquiles, que se sacrificou para vingar o companheiro, era mais belo que este e portanto seu bem-amado, e não seu amante, que no entanto é um ser mais divino. Todas essas noções reaparecerão no discurso de Sócrates em seus devidos limites,[23] e articuladas em função da imagem que ajudam a compor do Amor. Mas até lá é preciso a interferência de outros discursos, que primeiramente decomporão o esquema frágil de Fedro e a seguir farão sucessivamente novas combinações, sempre suscetíveis de outras correções, até tornar possível a plenitude de uma visão dialética do Amor.

O discurso de Pausânias afirma-se desde o início como uma reação realista ao acanhado idealismo do elogio de Fedro. Falando a quem falava, era então natural ao seu feitio que em seu encômio se referisse ele diretamente ao amor homossexual que via em muitos dos companheiros presentes, aureolado com o prestígio do escândalo e da moda.[24] Muito discretamente, Fedro se referira a ele, focalizando-o sobretudo, se não exclusivamente, em seus efeitos morais, e desse modo confundindo-o facilmente num conceito mais genérico. Pausânias, ao contrário, decididamente o distingue como o tipo por excelência do amor, superior ao do homem à mulher, e para sustentar essa excelência ele introduz abruptamente a distinção entre o bom e o mau amor. Desse modo esfacela-se a unidade do Amor, o que concorre para a sua despersonificação, que será completa no discurso seguinte. Em compensação, todavia, leva-se na devida conta, francamente, um aspecto irrecusável da sua própria realidade, justamente o mais

---

[23] Quanto a essas duas últimas ideias, ver O Banquete, 203 e 204c, respectivamente.

[24] Ver o interessante livro de Robert Flacelière, L'Amour en Grèce, Paris, Hachette, 1960, e, em particular, o cap. III, "L'Amour grec".

sensível, o que se manifesta nas exigências do corpo. São estas que determinam (181) as pretensões de um amante, embora este deva saber controlá-las, repelindo o mau amor e acolhendo o bom. Este último não somente justifica aquelas pretensões no amante como, no amado, o consentimento em satisfazê-las. Tal condição fornece um critério para julgar do mérito de três atitudes em face de um amor assim suscetível de ser bom ou mau. Uma condenação em bloco revela-se tão desarrazoada como um acolhimento sem restrição, a primeira demonstrando uma defecção do espírito libertário, florescente sobretudo nas heterias masculinas (182b-c), a segunda traindo uma inércia de espírito de quem não quer pagar os favores de um consentimento amoroso com o preço de uma conquista pela persuasão da palavra, pela produção de "discursos sobre virtude" (182d4-185b5). A terceira atitude, intermediária, e justamente a que se encontra em Atenas constitui uma inteligente tentativa de pôr à prova o amor de um pretendente aos favores de um jovem. Em princípio, explica Pausânias, aceitam-se todas as extravagâncias de comportamento daquele, mas de fato põem-se todos os obstáculos ao aquiescimento do jovem, no propósito de medir a paciência do primeiro e, consequentemente, sua intenção generosa de criar através do amor uma amizade duradoura e educativa. Se tal intenção animar igualmente o jovem, então será belo seu consentimento e louvável o amor decorrente.

Não obstante a finura dessa análise "sociológica"[25] do amor masculino, que ocupa todo o discurso de Pausânias, não é ela todavia que marca um progresso dialético na sucessão dos discursos. Sua importância reside mais no fato de ser ela uma paródia de algum contemporâneo e uma crítica do seu método de estudo. Os críticos geralmente apontam Isócrates[26] como o personagem visado nesses longos e simétricos

---

[25] Ver Robin, *op. cit.*, p. xliii.

[26] *Idem*, p. xl.

desenvolvimentos, nessas séries paralelas de ideias e princípios do senso comum. De fato, a argumentação de Pausânias procede através desse paralelismo contínuo: se a exclusiva satisfação do desejo condena o amor masculino, sua grande justificativa é a educação, isto é, o cultivo da virtude e o melhoramento do homem. Todavia, embora ele se detenha pormenorizadamente em hipóteses sobre a boa ou má vontade do amante ou do amado, e o consequente mérito ou demérito de um ou outro, dessa virtude e desse melhoramento do homem ele não adianta uma palavra, evidentemente por entendê-las na vaga acepção tradicional. No entanto, não obstante essa falta de prestação de conta fundamental, a análise "sociológica" de Pausânias partiu de uma distinção importante naquele vago amor que no discurso de Fedro inspirava a virtude-coragem. Em nome dos fatos ele assinala que não há apenas, nas relações entre amante e amado, uma emulação de virtude, mas concomitante com esta, e a ameaçá-la constantemente, o desejo e o prazer do corpo, que podem comandar exclusivamente as pretensões egoístas do pretendente: daí os dois amores. A constatação dessa dualidade constitui por si só um elemento precioso para a ascensão ao verdadeiro conhecimento da natureza do amor, no discurso de Sócrates um ser híbrido que necessariamente tem os seus aspectos inferiores.[27] Assim dividido, o bom amor, segundo Pausânias, realiza-se naturalmente por sua aspiração ao que é bom, que evidentemente não é explicado. Mas essa simples posição do que é bom em face do amor, como um objetivo deste e não como um produto necessário, como ocorre no discurso de Fedro, representa também outra importante etapa atingida pelo discurso de Pausânias nessa cadeia dialética de discursos.

O orador seguinte, Erixímaco, adota preliminarmente a distinção feita por Pausânias, mas para aplicá-la a um amor

---

[27] Ver *O Banquete*, 201b, 204b8-c4, 210b5-6.

que ele amplia e estende aos próprios confins do universo. Segundo ele, o duplo amor não reside apenas nos homens, mas nos animais, nas plantas e em todos os seres, o que bem significa em todo o universo. Para demonstrar essa universalidade do duplo amor, Erixímaco, um médico, assesta sobre alguns setores da realidade as lunetas de cada ciência correspondente. Através delas ele não tem dificuldade em mostrar o bom amor a efetuar a saúde do organismo, a harmonia do som, a bonança da estação, a piedade das relações entre deuses e homens, enquanto o mau amor aparece como o responsável do contrário de tudo isso. Apesar da comodidade desse processo, "um modelo de demonstração aplicado a vários casos", como diz Robin,[28] Erixímaco não se sai muito bem em todos eles, sobretudo naqueles que trata mais pormenorizadamente, isto é, nos dois primeiros. Com efeito, começando pela medicina, ele explica satisfatoriamente a existência de dois amores em função dos dois estados antagônicos no organismo, o mórbido e o sadio, no interior de cada um dos quais há um amor diferente (186b5-d). Se nessa passagem Erixímaco fosse dar exemplos, ele seria forçado a dizer que o seco sadio ama o úmido sadio, e o seco mórbido, o úmido mórbido. A seguir, porém, ao explicar que a arte médica visa à transformação do amor mórbido no sadio (186d-e4), ele prolonga essa explicação com o comentário, aparentemente pertinente, de que os estados mais hostis um ao outro devem no corpo, pela presença do amor (notar bem, não mais do bom amor), tornar-se amigos e assim realizar a saúde. Em consequência, o mau amor acaba ficando inútil para explicar indiretamente, isto é, por sua ausência, a saúde definida como resultado da atração e composição de estados opostos, através do amor simplesmente, sucedendo a uma simples ausência de amor. Também no segundo caso Erixímaco comete idêntico cochilo. Do mesmo modo que a saúde

---

[28] Robin, *op. cit.*, p. liii.

na medicina, prossegue ele, a harmonia na música é o resultado de uma composição do agudo e do grave, efetuada pelo amor. Depois de uma tão douta quanto ociosa interpretação de um verso de Heráclito, a respeito do caráter antagônico da harmonia, Erixímaco como que se lembra do mau amor que deixara de lado, e fá-lo então reaparecer no emprego dessa harmonia para o homem, isto é, no momento em que se considera essa harmonia como elemento de uma obra de arte, quer do ponto de vista do artista, ou puramente estético, quer do que dela vai utilizar com finalidade educativa (187c5 e 7). Tudo isso implica então necessariamente uma boa e uma má harmonia, frutos do bom e do mau amor na composição poética, o que não afina muito bem com as palavras precedentes sobre a própria constituição da harmonia. Na verdade, essa reconsideração do duplo amor tem apenas a utilidade mecânica de fazer o orador passar às suas últimas demonstrações da existência dos dois amores no domínio da meteorologia e da adivinhação.

O progresso do primeiro discurso ao segundo efetuou-se, como vimos, em profundidade. Pausânias penetrou decididamente nos vagos argumentos de Fedro e procurou empenhar-se num sentido contrário ao do moralismo convencional e inconsistente daquele, isto é, na via dos fatos. Mas esse seu esforço realista se fez à custa de grave redução. O amor heterossexual, o único amor sadio do corpo, que pelo menos fora lembrado por Fedro (179b4-d2), não entrou nem mesmo em suas cogitações. Essa omissão é tanto mais grave quanto no amor masculino não foram excluídas as exigências do corpo, que para Pausânias justificam em certas condições o aquiescimento do jovem às pretensões de um amante. Ora, o discurso de Erixímaco, não obstante a pobreza da sua invenção, corresponde justamente à necessidade de corrigir esse estreito confinamento do amor.[29] Ao realismo "sociológi-

---

[29] Taylor, *op. cit.*, p. 218.

co" de um acode o realismo naturalista do outro. E, no entanto, não é apenas o caráter pessoal da inspiração do seu autor que é responsável pelas deficiências desse novo realismo. Ao estender a noção de atração amorosa do homem para a natureza, Erixímaco age como um típico homem de ciência, impregnado de teorias de escolas e irresistivelmente tentado a ver essas teorias mais que a natureza a que explicitamente se voltou. De tal atitude é altamente ilustrativo o longo comentário que ele consagra ao aforismo de Heráclito, "discordando de si mesmo, consigo mesmo concorda", no qual a simultaneidade de duas ações contrárias é conscientemente posta em relação e em última análise não prejudica sua tese da atração amorosa dos contrários. Por outro lado, se a identificação ou a adaptação do princípio heraclitiano à natureza do amor é admissível nos fenômenos da natureza, o mesmo não ocorre quando se trata dos fenômenos morais. No *Lísis*, ao examinar essa tese, Sócrates aponta para a evidência do absurdo de um amor entre o justo e o injusto, entre o bem e o mal, entre o próprio amor e o próprio ódio (216a-b). Se esse absurdo não aparece com a mesma evidência no "amor" do quente e do frio, do agudo e do grave, é que tais termos, no círculo fechado de sua mútua exigência, prestam-se a uma sedutora imagem do amor. O quente sempre "amará" o frio e vice-versa, e assim todos os contrários desse tipo, cuja recíproca atração condiciona a incessante formação dos seres da natureza. No entanto, por mais sugestivo e atraente que seja o aproximar essa formação das coisas através de elementos contrários da noção do amor criador, não será nessa direção que iremos atingir o cerne deste. Por exemplo, quando o consideramos no âmbito da experiência humana, na esfera daqueles fatos morais da investigação socrática, prontamente percebemos que seu impulso não tem aquela reversibilidade de uma atração entre dois termos, mas, ao contrário, orienta-se ele numa direção única, a saber: a do belo (197b5-6). Desse modo o discurso de Erixímaco, não

obstante ter encaminhado a noção do amor no sentido de uma universalidade, fá-lo contudo, como ocorreu também com Pausânias, à custa de alguma redução da sua natureza. A universalidade que ele lhe atribui é a de um naturalista que não vê nele mais que os movimentos necessários de uma lei física. Dois poetas vão agora tomar a palavra e mostrar, cada um à sua maneira, o que há de específico nesse fenômeno universal.

Com efeito, Aristófanes começa seu discurso advertindo que sua maneira será diferente. *Incontinenti* ele denuncia a insensibilidade dos homens ao poder miraculoso do amor e sua consequente falta de piedade para com um deus tão amigo. Para conhecer esse poder é preciso conhecer a história da natureza humana e, em consequência, ele passa a narrar o mito da nossa unidade primitiva e posterior mutilação, mito que ocupa quase todo o discurso. Éramos de início, diz ele, o dobro do que agora somos,[30] e desse ser inteiriço havia três gêneros, um composto de duas partes masculinas, outro de duas partes femininas e outro misto. Em represália à insolência desses nossos ancestrais, Zeus cortou-os ao meio. Depois da operação, começa para esses novos seres, assim multiplicados, uma procura ansiosa da sua antiga metade. Exatamente em tal procura consiste o amor, sendo que a proveniência de cada metade explica o tipo particular de cada um, isto é, o homossexual masculino ou feminino e o heterossexual. O devido culto[31] ao amor nos ajuda a encontrar, se não nossa primitiva metade, pelo menos a que mais se lhe assemelha, e assim realizar de algum modo nossa unidade original.

---

[30] É um comentário burlesco à antropologia de Empédocles (frag. 62, Diels).

[31] Contrastando com o tom doutoral com que os dois oradores precedentes trataram de temas mitológicos, a piedade, o respeito à divindade animam o discurso de Aristófanes; o que bem revela na paródia platônica o propósito de marcar a posição tradicionalista do grande cômico.

O esboço simples desse mito é desenvolvido por uma riqueza de detalhes que bem dão a medida da exuberante fantasia[32] do Aristófanes histórico e do lirismo que frequentemente dela se exala. Por exemplo, ao saboroso burlesco da operação feita por Apolo sucede o traço ferino do comentário à "masculinidade" dos políticos atenienses (192a-b6), desinteressados pela família e voltados exclusivamente para as relações com os jovens, e depois o tocante diálogo de Hefesto com o par de amorosos que sabem e não sabem o que querem. Entretanto, apesar de todo esse luxo de invenção dramática, o que cala em nosso espírito, como também ocorreu com Diotima, é a noção que o próprio arcabouço do mito sustenta, a saber: que o amor é uma tentativa de restabelecer um todo primitivo. Tal noção é, ao mesmo tempo, mais ampla que o conceito de Fedro e de Pausânias, e mais caracterizada que a lei cósmica de Erixímaco. Não se trata apenas, segundo ela, do prazer afrodisíaco, justificado ou não por um condicionamento à virtude, nem tampouco de uma necessária oscilação entre dois termos, para a exclusiva continuação desses dois termos. Trata-se da natureza humana e da sua história. Graças a essa referência ao humano, a universalidade do amor transcende aqui os limites da φύσις dos pré-socráticos e de Erixímaco, para abranger as dimensões dos fatos morais — τὰ ἐθικά — que ocuparam o pensamento de Sócrates. O amor é de fato, essencialmente, uma procura, veremos também no discurso deste (209b3), que difere do de Aristófanes justamente na definição do termo dessa procura. No entanto, por mais profundo que seja o alcance da concepção aristofanesca, ela parece encarcerada na própria estrutura do mito. Quando o poeta tenta extraí-la desses limites e encaixá-la numa definição, ela perde muito do seu conteúdo e da sua veracidade. Sentimos muito bem sua consis-

---

[32] Taylor (*op. cit.*, p. 220) acha que as *Aves* (683-703), representada em 414, são a fonte que inspirou a Platão as linhas gerais do mito.

tência sob a imagem do amoroso à procura da sua antiga metade, mas será facílimo a Diotima destruir (205e) a fórmula que pretende explicar essa imagem, isto é, o amor é a procura do todo.

O discurso seguinte, do poeta trágico Agatão, apresenta, ao contrário do precedente, um luxo de plano e de fórmulas que excede de muito a necessidade de suas ideias. Parte Agatão do princípio de que os benefícios do amor são uma decorrência da sua natureza e logo põe-se a discorrer sobre esta. O Amor é o mais feliz dos deuses, começa ele, porque é o mais belo e o melhor deles. É o mais belo porque é o mais jovem, é delicado e de tenra forma, e é o melhor porque o mais justo, temperante, corajoso e sábio. Com tal natureza, ele nos cria todas as circunstâncias alegres e festivas da vida, avesso que é a tudo que não nos encaminhe nesse sentido, e generoso no seu afã de encantar o coração dos homens e dos deuses.

Não obstante a extravagância de algumas dessas proposições, seu conjunto forma um esquema imponente. Sócrates elogia o princípio que o fundamenta e, o que é mais, segue-o à risca (190c, 204c7-8). Quanto à exposição da natureza do Amor, que ocupa aliás a maior parte do discurso, é de notar como se procura apoiar cada proposição numa série seguinte, que pretende orientar-se na direção dos fatos, apresentados numa última série como fundamento de todas as afirmações anteriores. Assim, por exemplo, que o Amor é o mais jovem dos deuses — é essa uma das proposições que sustentam a anterior, de que o Amor é o mais belo — provam-no a sua repugnância à velhice e o seu apego à mocidade, bem como, indiretamente, o fato de ter havido dissensões e crimes entre as velhas divindades, o que não teria ocorrido se entre elas estivesse o Amor. Consideradas em si, cada uma dessas "provas" representa de fato, malgrado o abuso do jogo de palavras, algum traço psicológico do amor, tal como ele muitas vezes se deixa ver no intricado contexto da experiência

humana. Muitas dessas observações caberiam perfeitamente em algum verso de tragédia, livres do esquematismo que aqui sufoca sua seiva poética. Quando porém as consideramos aglutinadas num conjunto, seu valor necessariamente se circunscreve a esse todo, que aqui não é mais que a sua soma, o que significa que sua estrutura é fictícia. Com efeito, nenhuma exigência lógica liga a rigor as três provas da beleza do Amor, que poderiam indiferentemente ser duas ou quatro. Assim, os argumentos de Agatão se justapõem ao longo do seu discurso mais ou menos como os objetos de uma vitrina. Sobre esses objetos ele armou um dossel com as noções do belo e do bom e, encimando as duas, a do feliz. O Amor é tudo isso, essa pirâmide que se ergue dos fatos apontados como o sinal de sua presença, até a noção de um deus feliz.

O formalismo radical desse discurso torna-o particularmente visado pela crítica moderna. Taylor e Robin não lhe concedem outro mérito senão o do seu laborioso artifício.[33] Brochard louva com reserva alguns dos seus tópicos.[34] As comparações com os outros discursos se fazem geralmente em seu prejuízo. O faro moderno da autenticidade inclina a nossa preferência para os discursos de Pausânias e de Aristófanes. No entanto, essa apreciação não parece coadunar-se muito bem com o lugar que o discurso de Agatão ocupa no *Banquete*. Por que precede ele imediatamente o de Sócrates, encerrando a série dos discursos não filosóficos? Simplesmente por uma conveniência dramática, que recomendaria prestigiar o anfitrião? Ou, ainda, para que com suas qualidades negativas oferecesse ele melhor contraste à excelência dos discursos vizinhos, em particular do elogio socrático? Nenhum desses motivos parece decisivo. O anfitrião poderia ser honrado de algum outro modo e, em outros diálogos, os argumentos apresentados a Sócrates geralmente se sucedem por

---

[33] Taylor, *op. cit.*, pp. 221-2; Robin, *op. cit.*, pp. lxvii-lxix.

[34] Brochard, *op. cit.*, pp. 73-5.

ordem de dificuldade. Sobretudo, não parece bem platônica a ideia de fazer ressaltar a excelência de um discurso de Sócrates pelo contraste com a vizinhança de uma peça medíocre. Tal processo implicaria em última análise prestigiar o parecer sobre o ser. Ora, que outra coisa procuraria Platão demonstrar com mais empenho senão que os discursos do seu mestre, independentemente da melhor ou pior vizinhança de outros discursos, são de uma excelência sem par, porque atinentes à verdade dos seres? De modo particular no *Banquete*, em cuja sucessão de discursos se prepararam os elementos de uma visão dialética, tal como vimos definida no *Fedro*,[35] o de Sócrates se salientará não como um contraste, mas como uma assimilação desses elementos, inteligentemente aproveitados na direção da essência do Amor.

Essas considerações devem recomendar suficientemente que se reconheça ao discurso de Agatão a importância que o seu lugar está a indicar. Na verdade, essa importância decorre precipuamente do princípio em que o seu autor quis fundamentar seu elogio, a saber: que os benefícios do Amor derivam necessariamente do seu próprio ser, ou melhor, em termos mais incisivos, o Amor dá o que é (200e). De si mesmo esse princípio já está apontando para uma conexão profunda entre dois setores da realidade do Amor, correspondentes respectivamente aos seus benefícios, ou aos seus dons em geral — τὰ ἐρωτικά — e ao seu ser, tal como o procuraria o inquérito socrático dos primeiros diálogos, isto é, depurado de qualquer definição que o reduza ou amplie. De posse desse princípio, é verdade, a arte formalista de Agatão não consegue mais que desfigurar a verdadeira fisionomia do Amor, já localizada, por assim dizer, no quadro cosmológico. Sem dúvida, esse desfiguramento não é perceptível a uma visão comum, não dialética, feito que é de aproximações entre coisas muito parecidas, o que dissimula facilmente o erro, como diz

---

[35] Ver pp. 199-203.

o *Fedro* (161e). Assim, por exemplo, o Amor, que Sócrates nos mostrará como aspirando ao que é belo, não é belo; como insidioso com o que é belo, não é delicado, como querem provar os argumentos de Agatão. Por mais enganosa, no entanto, que seja essa imagem do Amor, ela oferece todavia mais um degrau de acesso ao descobrimento de sua verdadeira face, frente, por exemplo, à imagem do mito de Aristófanes, que, embora profundamente autêntica em sua simbologia, é, no entanto, absolutamente fechada a qualquer avanço para uma visão mais nítida do Amor. Justamente essa vizinhança com a verdade, apesar de enganosa e por mais deficiente que seja em si, é o que confere ao discurso de Agatão a importância correspondente ao seu lugar na série dos elogios do programa. Não parece outro, aliás, o sentido da irônica alusão de Sócrates quando compara seu efeito persuasivo ao da cabeça de Górgona (198e), que petrificava os que a viam. A arte do terrível Górgias, entusiasticamente assimilada pelo jovem poeta, compõe aqui uma visão mirífica do Amor, à força de descobrir-lhe uma abundância de atributos que ofusca os bons traços dos discursos anteriores. A nobre coragem do de Fedro, a boa formação moral do de Pausânias, a universalidade do de Erixímaco e o *pathos* humano do de Aristófanes, tudo isso ameaça desaparecer sob o prestigioso encantamento de que o Amor é isso e aquilo. Sob o efeito de tão poderoso sortilégio, é preciso recolher-se ao seu foro íntimo e fazer, como Sócrates, a experiência da ignorância, para daí tirar a força de Teseu com que dar o golpe de misericórdia nessa prestigiosa imagem do Amor.

A CONCEPÇÃO PLATÔNICA DO AMOR

Indicações dramáticas

Chegada sua vez de falar, Sócrates ameaça estragar o desfecho do concurso, declarando-se incompetente para de-

sempenhar uma tarefa que, no entanto, ele prometera, inadvertidamente por certo, levar a cabo. Sua ideia, explica ele, era que o elogio combinado, o mais belo que cada um pudesse fazer, conforme dissera Erixímaco, seria a partir da verdade, e não exclusivamente em vista de cumular o Amor com o máximo de belas atribuições, o que a seu ver tinha ocorrido com os discursos precedentes.[36]

Em seu contexto formal como em seu efeito dramático, essa advertência constitui um caso típico da ironia socrática. Declinando das responsabilidades de um concorrente, Sócrates dá de antemão a vitória aos seus parceiros, mas ao mesmo tempo explora sua condição de triunfadores, solicitando de sua reconhecida competência uma concessão que lhe permite encaminhar o debate no sentido da sua "ignorância", o que equivale a dizer, no sentido que corresponde ao seu próprio objetivo. Graças a esse expediente, pode ele, sem risco de perder esse objetivo, escandalizar um Hípias com suas perguntas destoantes,[37] fora da praxe das discussões. Do mesmo modo, graças à sua "ignorância" da maneira de elogiar dos seus comensais, ele pode agora isentar-se dessa maneira, sem interromper[38] o concurso a que se submeteu, e que por isso tomará agora a direção do seu propósito.

Todavia, não obstante seu revestimento tão característico, tal advertência, longe de constituir, como parece à primeira vista, um sinal daquela modéstia e prudência que forma o fundo da ironia socrática, revela, ao contrário, um sentido e uma convicção bem diferentes. Não se trata aqui, com efeito, de uma aporia, procurada ou contestada com a satisfação de quem vê nela o prêmio do seu esforço para se livrar da falsa

---

[36] Sobretudo o discurso de Agatão é passível dessa crítica, e a esse respeito ele é bem representativo dos demais.

[37] *Hípias maior*, 288c-e; *Hípias menor*, 369b8-d.

[38] Até o momento do discurso de Agatão (cf. 194a-d e nota 80), Sócrates ainda não tinha a ocasião de conciliar essas duas coisas.

opinião, do "pensar saber", mas de uma confiante profissão de fé, que se manifesta, primeiramente, na denúncia dos primeiros discursos por sua despreocupação da verdade e, depois, no propósito de corrigir esse defeito, através de um elogio que antes de tudo respeitará a verdade acerca do que vai ser elogiado. Seria difícil imaginarmos o incomparável sabor de uma conversa socrática, iniciada com uma dessas afirmações, que de antemão declara o nosso erro e o seu próprio acerto. Como se exercitaria então sua perícia maiêutica, que para nós próprios reserva a descoberta de nosso erro?[39]

No entanto, por maior que seja a diferença de atitude num e noutro caso, não se trata aqui apenas de uma contrafação da maneira de Sócrates, dissimulada por uma arte excepcional. Essa passagem, nós devemos relacioná-la imediatamente com todo o discurso de Sócrates, a fim de bem compreendê-lo em seu aspecto mais elementar, isto é, em sua pretensão declarada de ser um discurso verídico, em face de outros que não o são, ou melhor, que o são apenas em parte. Sócrates dialogará primeiro com Agatão e depois discursará, isto é, entrelaçará no seu elogio aquelas duas formas de λόγοι que o vimos progressivamente alternar nos diálogos. Nesse entrelaçamento de μακροί e μικροὶ λόγοι reaparecerão quase todos os tópicos desenvolvidos pelos oradores precedentes, não tais quais, é verdade, mas também não refutados e reduzidos a um impasse irremediável, mas antes emoldurados em um novo contexto que mostra seus devidos limites, suas relações necessárias com outros tópicos, sua subordinação a uma verdade mais geral. Esse novo contexto, todavia, só foi possível articulá-lo a partir da disciplina socrática de definição de um conceito. Assim, encontraremos em suas linhas a exata correspondência da ambiguidade dessa "ironia" socrática: ela encerra de uma parte a intenção de fazer ver que o que se segue pressupõe pontos de vista novos sobre alguns

---

[39] *Mênon*, 82b-84d; *Teeteto*, 150b7-151d.

conceitos ligados à arte dos discursos, tais como posteriormente Platão estabeleceu no *Fedro*;[40] mas, de outro lado, permanecendo uma ironia socrática em seus traços mais visíveis, ela fica como que assinalando a origem desses pontos de vista novos. Desse modo, a concepção filosófica do amor que vamos encontrar no discurso de Sócrates fica desde já anunciada em seu estreito condicionamento com um método de exposição que procuramos caracterizar como uma combinação da discussão e do discurso, a se ajudarem mutuamente em vista do conhecimento.[41] Consequentemente, fica também desde já sugerida sua origem híbrida. Não é ela exclusivamente socrática, mas o produto de uma fusão desses dois pensamentos. A atenção a essa circunstância importantíssima nos ajudará sem dúvida a entender melhor as verdadeiras proporções do que habitualmente designamos por concepção platônica do amor.

O *prelúdio socrático*

Quando no exórdio do seu discurso Agatão põe como princípio que o que o Amor faz é uma decorrência do que ele é, inadvertidamente ele está armando um alçapão para si próprio e para a sua arte formalista. A maior parte da sua fala se despenderá em consequência numa exposição de atributos do Amor, arranjados em um esquema que não os organiza numa essência, mas apenas os acumula numa soma suscetível de aplicar-se exteriormente ao deus, como uma roupagem. Uma roupagem, contudo, feita de um material muito utilizado no pensamento de Sócrates. Logo depois virá ele, justamente com sua experimentada ignorância[42] a respeito do que é tal ou tal coisa de que se está falando. Apli-

---

[40] Ver pp. 199-203.

[41] Ver pp. 201-2.

[42] Tal como ele a explicou na *Apologia* (cf. 21b-23e).

cando-se ao enxame de proposições do discurso de Agatão, sem dúvida um pasto ideal para essa sua curiosidade específica, logo ele descobrirá que uma delas anula uma outra, o que é suficiente para fazer ruir toda a preciosa construção dos seus argumentos.

Confrontada assim com a competência alheia, essa ignorância socrática acaba sempre, como vimos, por conduzi-la ao embaraço diante de um impasse lógico que geralmente nos irrita, por seu aspecto negativo, mas que ao próprio Sócrates deixa, ao contrário, num estranho sentimento de admiração,[43] como se ele estivesse olhando para além desse resultado negativo. E de fato, ao insistir metodicamente na sua grande questão "O que é X?", o que ele faz é extrair, a pouco e pouco, do intricado contexto de uma experiência humana — como, por exemplo, no caso das qualidades e virtudes do Amor no discurso de Agatão — aquilo que Aristóteles designa com a expressão genérica τὰ ἐθικά e que nos diálogos aparece especificado com os termos "o justo em si", "o bom em si", "o belo em si" etc. Para tanto, sua questão é repetida em sucessivos exames, até o momento em que ressoa purificada de toda resposta incompleta, e como que percutindo no próprio timbre sonoro daqueles seres em si, que continuam sem dúvida indefinidos, embora presentes de algum modo à sua inteligência atônita. À força de se repetir esse exercício, é natural que tais seres em si, como que decantados na perplexidade socrática, acabem por constituir uma espécie de galeria à parte, inteiramente autônomos, e suscetíveis de um confronto com os da nossa experiência comum, que são seres em outros seres, como o justo num ato, o belo numa figura, o igual em dois corpos etc.

Desse modo, a aporia socrática vem a ser como que o vestíbulo da teoria das ideias. Embora sem divisá-las com a

---

[43] *Hípias menor*, 372a6-373; *Hípias maior*, 304c1-4; e *Protágoras*, 360e7-361d7.

nitidez doutrinária de Platão, Sócrates já as considera em alguma de suas exigências essenciais, quando as utiliza como elementos de referência para as coisas humanas, capazes de formar uma base segura para o nosso julgamento do acerto ou desacerto dessas coisas. Assim é que, falando da amizade no *Lísis*, ele argúi que nem o bom pode ter esse sentimento pelo bom, nem o mau pelo bom ou pelo mau. No primeiro caso, porque, sendo os dois semelhantes em sua bondade, nada tem a esperar um do outro e, portanto, nenhum motivo de afeiçoar-se mutuamente, e, no segundo, porque o fato de ser mau já é um desequilíbrio e uma divergência consigo mesmo, o que exclui qualquer possibilidade de amizade com os outros. A mola fundamental dessa argumentação é evidentemente a exigência de rigor na conceituação do bom e do mau, cuja pureza é constantemente ameaçada e estragada por qualquer relação. Por conservar-se fiel a essa exigência é que Sócrates, mesmo passando para a hipótese do que não é bom nem é mau — isto é, para algo dosado com esses dois absolutos, pensaríamos nós —, esbarra em novos impasses lógicos, em novos estacionamentos diante dessas e de outras ideias, como a do semelhante, do contrário e, enfim, a do conveniente, cuja inquietante desarticulação final surge como uma ameaça a qualquer formulação a respeito dos que são suscetíveis de ter ou inspirar amizade.

Ao contrário, porém, do *Lísis*, onde com as ideias socráticas se procurou saber quem pode ter amizade, no *Banquete* esse "quem" já está de antemão indicado como numa questão de fato. Trata-se de Eros, não uma ideia, mas o próprio deus do amor, entendido este em sua acepção comum de afeto centralizado pelo sexo, e cujo elogio trouxe à baila, na sucessão dos discursos, a definição da sua natureza. Depois de assinalada suficientemente, nos discursos anteriores, sua presença e seus efeitos no destino humano, Agatão atribui-lhe uma beleza suprema, assim como também, numa passagem que parece inteiramente acidental (197b6), o desejo das

belas coisas. O Amor é belíssimo e é amor das belas coisas, diz o poeta. Sócrates o toma por esta última proposição, que ele desenvolve assim: o amor é carente daquilo que ama, não tem aquilo de que é carente, não é aquilo que não tem. Se por conseguinte seu objeto é o que é belo, ele não é belo (201b3). Como em outras ocasiões, o que Sócrates fez aqui foi resguardar a noção do belo de identificações que a comprometem: o que é belo não é o Amor, o que é belíssimo, para usar a própria expressão de Agatão, transcende dos limites de um ser de quem ao mesmo tempo se diz que é carente do que é belo. Entretanto, aqui no contexto do *Banquete*, essa operação assume, muito melhor do que no epílogo dos diálogos menores, o aspecto de uma fuga dos fatos da nossa experiência, das coisas daqui desse mundo — τὰ ἐνθάδε. Está-se elogiando um deus, cuja ação é sensível até mesmo no alegre ambiente de festa, e de repente, por causa de um atributo que lhe parecia apropríadíssimo, e que de súbito lhe é negado, o elogio ameaça transferir-se para o que anuncia esse atributo, isto é, um mundo transcendente, cujos elementos como esse belo em si não admitem consigo o Amor.

O silêncio de Agatão, diante desse resultado desastroso para o seu discurso, não é, sem dúvida, mais que o sinal do seu receio de cometer uma gafe,[44] inferindo que o Amor não sendo belo é feio. Sócrates, pelo contrário, jamais titubearia em fazer tal inferência, e assim o silêncio que ela lhe impusesse teria outro significado. Em lugar do embaraço do homem mundano que se vê logrado no bom êxito da sua *performance*, o silêncio de Sócrates seria exclusivamente um indício da sua incapacidade de se distrair da dificuldade criada por ele próprio, da desconcertante contemplação de "coisas" que jamais lhe apresentam nitidamente os limites da sua essência pura. No *Protágoras*, ele pergunta ao sofista de Abdera se o justo, sendo diferente do piedoso, não é o que é pie-

---

[44] Ver Robin, *op. cit.*, p. lxv.

doso, e portanto é impiedoso.[45] A resposta sensata do velho sofista de que as coisas não são tão simples assim, a ponto de se justificarem tais embaraços, de modo algum o satisfaz, justamente por não lhe trazer maiores esclarecimentos sobre o que o embaraça. No *Fédon*, a famosa passagem (96a5-101c) em que ele narra sua formação filosófica ilustra melhor ainda essa atitude de fascínio por coisas que lhe faziam dar as costas ao objeto de estudo dos filósofos naturalistas, como se elas estivessem numa direção oposta à desses objetos. Ora, no *Banquete*, Sócrates revela que essa sua atitude habitual foi certa vez contrariada, justamente numa questão idêntica à que agora o ocupava com Agatão. Uma sacerdotisa lhe demonstrara igualmente que o Amor não era belo, e diante do seu espanto, expresso na pergunta se ele era feio, prosseguira a demonstração fora dessas duas hipóteses. É exatamente esse prosseguimento que constitui uma interrupção da aporia socrática. Sócrates passa a contar como foi isso, e o que ele conta, e que constitui propriamente o elogio do Amor, é o discurso de Diotima, a sacerdotisa que lhe teria ensinado "os fenômenos do amor". Verdade ou ficção histórica, e muito provavelmente uma ficção, como a maioria dos críticos pensa,[46] essa sacerdotisa representa, com seu discurso, uma elaboração filosófica fundamentada num método de argumentação que nesse concurso teria podido apenas fazer uma crítica ao ensinamento dos discursos proferidos,[47] mas nunca competir com eles através de um ensinamento próprio.

A elaboração platônica

Esse discurso de Diotima se desenvolverá através das seguintes etapas. Não sendo belo nem feio, nem um deus nem

---

[45] *Protágoras*, 331-332a5.

[46] Entre os quais Robin (*op. cit.*, pp. xxii-xxvii). Taylor (*op. cit.*, p. 224), ao contrário, acha que se trata de uma personagem histórica.

[47] Tal como acontece de 199b6 a 201d.

um mortal, o Amor é um dos muitos gênios, cuja função é manter o contato entre os mundos destes dois últimos seres, e assim completar o universo. Sua natureza específica explica-se por sua origem de Recurso e de Pobreza, que se uniram no aniversário de Afrodite e o conceberam. Uma das suas fortes características, resultantes dessa origem híbrida, é a filosofia, isto é, o desejo da sabedoria, apanágio dos deuses e uma das mais belas coisas. Carente desta, é forçoso que o Amor anseie particularmente por ela, e assim seja filósofo por excelência (201d7-204d).

Com tal natureza e tal função, a utilidade desse gênio consiste em inspirar ele nos homens o desejo de possuir o que é belo e o que é bom não apenas momentaneamente, mas sempre. No entanto, como é universal a procura do que é bom, seria de esperar que fosse o amor comum a todos os homens, e constante, o que parece ser contestado pelo fato corriqueiro de dizermos que uns amam e outros não. Essa aparente contradição, todavia, provém da diversidade de formas do amor, das quais apenas uma é denominada com esse nome, tal como ocorre com a poesia — ηοίησις —, que a rigor é toda ação do fazer — ποιεῖν —, mas que de fato só se entende como ação de fazer versos.

Do mesmo modo o amor, de um corpo, de dinheiro ou de honras, é no fundo o desejo de ter consigo o que é bom, e para sempre (204d-206b).

As múltiplas formas desse desejo universal do que é bom manifestam-se em ações também resumíveis num só título que se pode definir como uma "parturição no belo". Com essa expressão, Diotima procura caracterizar em sua essência a ação amorosa. Para tanto, ela volta à forma física do amor, e a análise do comportamento erótico lhe permite modificar de modo decisivo a proposição de Agatão, que servira de base ao inquérito socrático: o amor não é propriamente do que é belo, mas da geração no que é belo. A geração, com efeito, nesse mundo de nascimento e de morte, surge como

uma maneira de ser imortal para o que é mortal, e assim é como uma equivalência da imortalidade que ela é procurada com o bem que todos querem. Por outro lado, paralelamente à geração física, que nos próprios animais inspira sacrifício individual como preço da imortalidade que ela assegura, uma geração espiritual melhor ainda nos resguarda da sorte desse mundo em incessante fluxo, através da produção de discursos — λόγοι — com que procuramos educar nossos amados, e que podem ser tanto como a poesia de Homero ou de Hesíodo quanto como as leis de um Licurgo ou de um Sólon (206b-209e).

O espetáculo de uma dupla geração a perpetuar as formas inconstantes desse mundo, por mais imponente que nos pareça tanto em sua universalidade como na força de alguns exemplos, está longe no entanto de corresponder a todo o poder do amor. Assim, a progressão que em seu discurso Diotima pôde assinalar entre o amor corporal e o espiritual é apenas o rudimento elementar da extensão que ele é capaz de alcançar nessa ação generatriz, garantidora da imortalidade. Para melhor fazer compreendê-la, é preciso mudar de tom, e assim a sacerdotisa envereda por uma simbologia religiosa e, parodiando a linguagem das iniciações nos mistérios, ela conclui seu elogio numa soberba exposição do que seria o processo total da geração amorosa: uma ascensão "por degraus" que, partindo do amor de um só belo corpo, paulatinamente atinge o amor do belo em si, cuja plenitude é insistentemente assinalada através de uma minuciosa enumeração de acidentes que não devem empanar-lhe a pureza absoluta (211c-212a).

A grandiosidade desse final, o profundo entusiasmo que o repassa reflui poderosamente sobre as três etapas anteriores, impregnando-as de um acento místico e infundindo assim sobre todo o discurso de Diotima uma atmosfera diferente da que envolve ao mesmo tempo a inspiração dos outros discursos e o ambiente mundano do banquete. Nessa

primeira impressão, o amor nos surge, sobretudo, não mais vasto que nas dimensões científicas de Erixímaco ou mais profundo que na intuição poética de Aristófanes, mas transfigurado pelo reflexo ofuscante da ideia do belo. Sem dúvida alguma é essa transfiguração o que há de mais característico na concepção platônica do amor e é para ela que vagamente aponta a acepção comum do amor platônico. No entanto, esse dado correto, mas elementar, da tradição expõe-se facilmente ao perigo de ser contaminado com noções românticas aparentemente afins, mas na verdade de estofo bem diferente. Por mais extraordinário e surpreendente que seja essa transfiguração, ela não resulta de uma ebulição do sentimento a galvanizar a inteligência, como parece ocorrer com as criações românticas. Ao contrário, ela resiste à ducha da reflexão, que voltando ao discurso pode refazer o laborioso caminho que levou a tal resultado. No estreito condicionamento deste às partes precedentes do discurso, que se desenvolveram e se articularam justamente em sua função, nossa reflexão pode constatar, para surpresa da acepção comum do amor platônico, a existência de uma base tangível, de um fundamento concreto para o nascimento e desenvolvimento desse amor, que geralmente não se tem levado na devida conta. É justamente essa constituição de uma base tangível para a contemplação final de uma realidade transcendente que livra a concepção platônica do amor da inconsistência de uma fantasia.

Na verdade, se a uma primeira vista tentamos abarcar de conjunto as três primeiras etapas do discurso de Diotima, sentimos dificuldade em achar-lhes sequência. Paradoxalmente essa dificuldade aumenta à medida que procuramos resumi-las para facilitar nossa visão. Reduzindo, por exemplo, cada uma delas ao que parece ser seu núcleo essencial, teremos a seguinte série: o Amor é um ser intermediário entre os deuses e os mortais, e filósofo; ele nos inspira o desejo de ter sempre o bem; sua ação é uma geração que garante aos mor-

tais a imortalidade que lhes é possível. Como descobrir nesse tríptico o elo que o organiza se não numa peça demonstrativa, pelo menos no fundamento de uma contemplação do belo em si? Evidentemente não há aqui o liame lógico que tece a argumentação socrática anterior. Essas três proposições não se reclamam sucessivamente, mas se justapõem segundo um critério que lhes parece exterior. É preciso então, sem perdê-las de vista, voltar ao seu desenvolvimento próprio no interior de cada parte do discurso, e assim tentar abranger o conjunto dessas partes através do próprio detalhe de cada uma delas. Tal processo parece-nos corresponder exatamente àquela relação que procuramos mostrar[48] entre a argumentação lógica dos μικροὶ λόγοι e o raciocínio discursivo dos μακροὶ λόγοι, no pensamento de Platão.

Quando Diotima, substituindo-se a Sócrates, introduz a noção de intermediário, está evidentemente abrindo uma brecha na aporia socrática. No entanto, para que essa brecha dê realmente uma saída à discussão, é preciso evitar a definição lógica de intermediário, como Sócrates tentou fazer no *Lísis* (216d-221e), ao procurar confiná-lo entre as ideias do bom e do mau. Eis por que a maneira como ela o consegue é importantíssima ao mesmo tempo para a compreensão do *Banquete* e da evolução que ele apresenta sobre o método da aporia socrática. Sócrates explica a Diotima seu espanto diante da refutação de que o Amor é belo, pelo fato de ser ele reconhecido por todos como um grande deus. Uma nova refutação da sacerdotisa — o Amor não é nem mesmo um deus — leva-o então a pôr o Amor no que parece o oposto da divindade. É então que Diotima, insistindo na noção de intermediário, qualifica-o de δαίμων (202c-e), um gênio dos muitos que estabelecem contato entre deuses e homens, desse modo articulando a totalidade dos seres. Essa condição de intermediário, que lhe cria muitas contradições, é explicada

---

[48] Ver pp. 199-203.

por sua origem híbrida. Filho da Pobreza, que se aproveitou da embriaguez do Recurso para se unir a ele numa festa de aniversário da bela Afrodite, o Amor tem a carência essencial da mãe, e do pai um ilimitado poder aquisitivo, orientado para o atributo essencial da deusa festejada, isto é, a beleza. Eis-nos assim subitamente transferidos dos esquemas lógicos às imagens mitológicas, que nos põem, ao contrário daqueles esquemas, em pleno domínio do relativo, onde nos sentimos mais familiarizados do que no limiar da aporia socrática, diante de essências cujos reflexos nos atordoam. O Amor nos aparece então através da descrição do seu comportamento, uma inextinguível sucessão de impulsos que reconhecemos em nossa própria experiência e que o caracterizam melhor do que os indicados nos discursos precedentes, desde as reflexões de Fedro e de Pausânias até o mito de Aristófanes. O alvo dos seus impulsos é aqui, não o prazer superior da amizade masculina, entendida como um clima de virtude e uma condição de educação, nem aquela procura de uma metade perdida, que corrigiria em parte nossa irremediável mutilação, mas simplesmente τὰ καλά, isto é, os belos seres. Essa indicação, à primeira vista menos eloquente que as anteriores, porque mais vaga, tem no entanto a virtude de situar esses impulsos do Amor num universo cuja constituição está traçada nas linhas gerais do mito da sua origem. Com efeito, plenamente bons e belos, os deuses são aqui uma personificação alegórica das essências estáveis e absolutas de uma parte transcendente do universo, assim como os mortais representam a parte inferior,[49] onde os belos seres, por exemplo, são um sinal da presença momentânea de algo daquele belo em si, que jamais se realiza completamente neles. Por trás dessas imagens não temos dificuldade em reconhecer, harmo-

---

[49] Simbolizada no mito pela Pobreza, que vem mendigar do festim dos deuses. Cf. 203d1-3, onde se enumeram as privações que a ascendência materna trouxe ao Amor.

nizadas numa estruturação do universo, duas concepções antagônicas da realidade: a de estabilidade absoluta do ser universal, de Parmênides, e a da instabilidade radical dos seres, de Heráclito. Revestindo-as assim de imagens, em lugar de abordá-las diretamente como fará no *Parmênides* e no *Teeteto* respectivamente,[50] Platão consegue atenuar o rigor lógico com que se excluem mutuamente essas duas concepções, podendo desse modo, pelo menos sob essa forma, adaptá-las numa representação do universo em que se enquadra convenientemente a natureza intermediária do Amor.

No entanto, por mais hábil que seja essa representação mítica, ela não resolve de pronto a situação do Amor, as relações que esse gênio opera entre uma e outra parte do universo, e portanto não estabelece a constituição de sua natureza. Atuando na parte inferior do universo, sendo o amor dos belos seres, a variedade e a instabilidade destes ameaçam dissimular sua fisionomia de ser intermediário e confundi-la com a dos mortais. Ora, é entre estes que Platão reconhece a instabilidade heraclitiana, inteiramente fora de qualquer possibilidade de conhecimento.[51] E é entre estes, no entanto, que é preciso garantir agora a continuidade da própria imagem do Amor, e para tanto não perder de vista o que há de permanente nestes belos seres através de uma referência deles ao "próprio belo". Isso exige que se saia do mito, da sua representação simbólica de um universo dualista, para novamente enveredar, pelo método socrático, à consideração lógica das ideias. Platão nos indica habilmente esse retorno à direção socrática, quando faz o próprio Sócrates iniciar a segunda etapa do elogio de Diotima, ao interrogá-la sobre a utilidade desse gênio (204c7-8). Essa pergunta bem socrática é o ponto de partida para a demonstração de que o Amor é o res-

---

[50] *Parmênides*, 130-135c8; *Teeteto*, 179e-183c6.

[51] *Crátilo*, 440a-b.

ponsável pelo desejo universal de possuir o belo e o bom para sempre. O fato de dizermos que uns amam e outros não, não contesta, como parece à primeira vista, essa universalidade do Amor, tendido para o belo e o bom. Trata-se apenas de um caso de transferência de denominação. Sendo naturalmente muitas, neste mundo instável dos mortais, as formas do amor, apenas uma delas recebeu a designação geral, a do amor físico, embora todas as outras tenham a sua característica essencial, que é a procura da posse eterna do bem. Desse modo, a fisionomia do δαίμων, ameaçada há pouco de se dispersar e se diluir na profusão das coisas belas, ilumina-se ao reflexo das ideias do belo e do bom, a ponto de mostrar traços e aspectos que fora dessa luz não deixavam ver sua afinidade com os que comumente lhe reconhecemos.

Tranquilizado Sócrates com essa referência dos seres belos às ideias do bom e do belo em si, as quais os justificam por assim dizer em sua designação, pode Diotima descer novamente da posição socrática, donde nos mostrou a força magnética do bom em si, e dar um mergulho mais fundo nos seres desse mundo que sofrem a atração daquela força. Mais uma vez é interessante observar como agora é ela e não Sócrates que inicia essa terceira etapa do seu λόγος, ao lhe perguntar, não como discípulo mas como mestre, se ele sabe em que ação se manifesta esse desejo universal do Amor (206b). A resposta negativa de Sócrates, ela mesma o diz, mas suas palavras são enigmáticas e requerem uma longa explicação. Assim, eis-nos de novo, como na primeira etapa, levados pelo discurso e não pelo diálogo, e agora, não mais através das imagens de um mito. Diotima enfrenta diretamente esse mundo dos mortais, de perpétuo fluxo, que tudo dissolve em seu torvelinho. Nossa própria identidade pessoal, adverte ela a certa altura, recobre, tanto no corpo como no espírito, o incessante fluir dos elementos. No corpo estamos sempre nos renovando, enquanto nos desfazemos em nossa carne e em nosso sangue. "No espírito, o que, por exemplo, se chama

estudo é como se de nós estivesse saindo o conhecimento" (207d-208a).

Todavia, a aguda consciência da instabilidade dos seres deste mundo não arrasta Diotima às últimas consequências, como ocorre com o Sócrates do *Teeteto* (183a-b5), que fica reduzido ao silêncio. Para salvar o Amor desse mobilismo desfigurante ela encontra em que se deter, e essa verdadeira tábua de salvação é justamente aquela noção da atividade que ela indagara de Sócrates se porventura ele sabia. A execução do impulso amoroso é uma "parturição no Belo", declara ela abruptamente. Como todo artifício estilístico seu, a concisão brusca e oracular destas palavras revela o valor que Platão lhe quer atribuir. O que segue é uma curiosa consideração dos sintomas do amor físico, justamente das formas do amor aquela que, segundo Diotima, é a única a ser reconhecida pelo senso comum e também a mais enraizada na transitoriedade dos seres. Mesmo nessa condição extrema, ou talvez por isso mesmo, a ação do Amor se define como ação de fixação, de continuidade. Todos os estranhos atos que ele inspira orientam-se para um único fim, a reprodução de outro ser que continue o anterior. É nisso que a geração de um ser se revela como algo divino, nesse perpetuar um ser mortal, que na vida da espécie tem o seu modo de ser sempre[52] paralelo ao dos deuses, no plano mítico, ou, no plano lógico, ao do bom em si, do belo em si etc. As extravagâncias do comportamento amoroso, comuns nos próprios animais, explicam-se assim como uma comovente prova do reconhecimento, pelo indivíduo, da grandeza dessa ação perpetuadora do Amor, que o promove em dignidade, aproximando-o da estabilidade essencial do mundo divino.

No entanto, bem mais eficiente se revela a ação do Amor, quando é no espírito que ela se exerce. A analogia das circunstâncias e das reações é perfeita, mas os resultados aqui

---

[52] Cf. 207d1-5, 208a8-b4.

são surpreendentes. Encontra-se um belo espírito com outro e, através de todas as peripécias de uma união amorosa, ele produz não uma criança (παῖδα), mas discursos (λόγος) com que tentar educar, isto é, παιδεύειν. A correspondência dos termos gregos é necessária para bem compreender o hábil jogo de palavras, que aqui esconde uma profunda intuição. Se o verbo francês *enfanter*, morfologicamente análogo a παιδεύειν (*enfant/enfanter* — παῖς/παιδεύειν), tivesse como seu correspondente grego o sentido de educar, logo compreenderíamos o alcance da expressão de Diotima. O aspecto factitivo de παιδεύειν está intimamente associado à noção de criança, que nesse contexto sabemos ser a geração do amor físico. Correspondendo de algum modo a "fazer uma criança", παιδεύειν justifica por assim dizer a ideia de que os discursos (lembrar que se trata da acepção lata de λόγος) são os filhos do amor espiritual. Correspondendo assim, no plano espiritual, aos filhos de forma humana, τούς ἀνθρωπίνους (209d1), que constituem os elos da espécie animal, os discursos, animados do propósito de educar, isto é, de fazer espiritualmente uma criança, um novo ser, garantem ao seu criador uma imortalidade mais direta, mais afetiva que a dos indivíduos na espécie. Assim ficamos devidamente preparados para compreender os exemplos que cita Diotima dessa geração espiritual, paralela à corporal, mas superior em seus resultados. Tais discursos são do tipo dos poemas de Homero ou de Hesíodo, ou ainda das leis de Licurgo ou de Sólon, sem dúvida dos mais belos espécimes que se podiam apontar da geração amorosa, e portanto a melhor ilustração existente do que, sob a forma de uma iniciação amorosa, vai ser anunciado como o seu *nec plus ultra*. Com efeito, aquilo que talvez nem o próprio Sócrates seria capaz de seguir é a contemplação final, para além da aporia socrática, do próprio belo em si, fonte inesgotável de belos discursos, único termo capaz de, em seu ser absoluto, alimentar suficientemente a carência intrínseca do Amor, cujo impulso, embora comece

por um belo corpo, pode ultrapassar os níveis dos poemas homéricos ou das leis de Licurgo. Essa lenta e metódica ascensão significa um progressivo domínio sobre a precariedade dos seres deste mundo e uma correspondente conquista da estabilidade essencial de um mundo superior.

Desse modo, o que em dois momentos do discurso de Diotima nos parecia como que uma direção contrária à do pensamento socrático, uma bem decidida volta ao realismo relativista das nossas coisas, exprimíveis em mitos ou em raciocínios discursivos, revela-se finalmente como uma engenhosa utilização da força desse pensamento. Em lugar de se limitar ao exame de reações lógicas entre alguns daqueles "fatos morais" mais diretamente relacionados com o amor, como Sócrates fez no *Lísis* a respeito da amizade, Diotima transfere o resultado da argumentação socrática — Amor não é belo nem feio — para o plano mítico — o Amor é um gênio — e a seguir para o domínio da ciência da natureza, cuja renovação é considerada como uma atividade desse gênio. Vimos como o mito lhe forneceu o esquema de uma composição dualista do universo, graças ao qual a geração amorosa pôde adquirir o sentido de uma participação do nosso mundo, de seres relativos, a um mundo superior, de um ser absoluto, e assim constituir não apenas um sinal tangível deste último, mas também, como a própria Diotima declara, um degrau de acesso a ele (208a8-b4).

É essa consideração da natureza no que ela tem de mais característico, isto é, sua mutação constante, que faz com que a contemplação de Diotima pareça um prolongamento e uma superação da perplexidade de Sócrates diante da mesma ideia do belo, como, por exemplo, no *Hípias maior* (304d-e). Em Diotima não há mais uma contenção intelectual que a limitaria a ver o seu objeto através dos desajustes e dificuldades de sua definição lógica — isto é, do seu enquadramento em termos comodamente aplicáveis aos seres relativos da nossa experiência, o que equivale a dizer, a entrever o absoluto atra-

vés do relativo. Por isso mesmo o que caracteriza sua contemplação não é aquele sentimento de mal-estar que o próprio Sócrates qualificava de vertiginoso (*Lísis*, 216d). Diotima prefere compará-lo ao êxtase dos amantes, depois de se ter comprazido a desbastar para o nosso entendimento, numa verdadeira embriaguez de certeza, a essência do belo de todas as limitações que a reduzem e ofuscam (211a-b5).

Assim, ilimitado, o belo em si ocupa plenamente a atenção do iniciado de Diotima, como se não houvesse mais outras ideias a coexistirem com ele, nem mesmo a do bom em si, que no entanto lhe servira há pouco (204d-205a4) para fazer prosseguir sua argumentação. Esse fato é tanto mais curioso quanto ele ocorre apenas no *Banquete*. Nos outros três grandes diálogos da maturidade platônica, que comportam em sua estrutura referências importantes ao mundo ideal, este aparece povoado de entidades semelhantes ao belo em si, aqui perscrutado exclusivamente em sua imensidão absoluta. No *Fedro* a referência é puramente mítica: em sua existência primeira nossa alma, no séquito dos deuses, tem oportunidade de contemplar as realidades absolutas.[53] No *Fédon*, Sócrates insiste particularmente no contato direto que com elas pode estabelecer nossa alma, sobretudo quando liberta totalmente dos entraves do corpo e portanto tornada à sua pureza absoluta.[54] Na *República* elas aparecem subordinadas ao bem em si, que as gera como a todo o universo e que, como o sol no mundo físico, torna-as perceptíveis ao nosso entendimento.[55] Esses três casos deixam entrever, progressivamente, as dificuldades que espreitam o pensamento platônico, atinentes à pluralidade desses seres absolutos, ao modo como eles se relacionarão entre si, bem como com nossa inteligên-

---

[53] *Fedro*, 246 ss., 247d, 250d.

[54] *Fédon*, 65d ss.

[55] *República*, VI, 508 ss.

cia. O estudo desse espinhoso problema não cabe nos limites deste ensaio, mas sua simples menção é importante para ajudar-nos a bem perceber o exato conceito platônico do amor, dissimulado na verdadeira apoteose do belo em si, com que Diotima conclui seu elogio. De que a contemplação amorosa dessa ideia tem um caráter intelectual não há dúvida. Toda contemplação de ideia é para Platão uma percepção intelectual, paralela à dos nossos sentidos e particularmente ao da vista. Aqui mesmo ela é posterior à aquisição de muitas ciências e sobretudo à ciência do belo em si (210d7-8). No entanto, em que consiste esse ato intelectual, essa inteligência do belo, Diotima não nos dá maiores esclarecimentos, e mesmo é justamente então que ela recorre à metáfora, falando de contemplação. E na minúcia com que ela se detém a considerar o caráter dessa contemplação é fortemente sensível a presença de algo como a inspiração de um poeta, a transbordar do estrito exercício da inteligência. Nesse transbordamento da inteligência perpassam uma energia e uma vitalidade que denotam o seu enraizamento no âmago dos seres deste mundo, tão desvalorizado no esquema dualista do universo platônico. Apesar de sublimados ao alto nível da inteligência de uma ideia, essa energia e essa vitalidade fazem-na reagir à presença do belo em si com a mesma reação, a mesma violência por assim dizer, com que nossos sentidos reagem à presença de um belo corpo (211d3-8). Subjacente ao próprio ato da inteligência, alimentando-a com a mesma força com que os seres se procriam na natureza, o amor deixa-se então ver em sua verdadeira dimensão, nem mortal nem deus, tal como anunciava o mito, nem matéria nem espírito, mas algo dos dois, manifestado num poder que os harmoniza não só na constituição do universo, mas particularmente na organização e destinação da nossa vida.

A FICÇÃO HISTÓRICA NO *BANQUETE*:
SEU SENTIDO E IMPORTÂNCIA
NA UNIDADE DA OBRA

O discurso de Sócrates, último orador do programa, não coincide, como podíamos esperar, com o fim do *Banquete*. Lido até aqui, o diálogo nos dá conta do seu brilhante desempenho no alegre concurso de elogios ao Amor, graças ao qual a prazenteira inspiração dos demais concorrentes se canalizou insensivelmente numa profunda emoção, à medida que os diversos tópicos dos discursos, sob a orientação de um método rigoroso, se dispunham numa estrutura imponente que nos permitiu enfim divisar a fisionomia do Amor à luz de uma realidade superior, a do belo em si. Sob o efeito dessa dupla mudança, nossa reação, também insensivelmente, tendeu a se conformar com a atitude de Sócrates, revelada (198c4-199b5) antes de começar este a falar, isto é, acabamos por nos esquecer por completo de qualquer ideia de competição, e portanto da sorte do discurso de Sócrates, importando-nos tão somente a veracidade do elogio. Essa transformação interior, poderemos posteriormente concluir, constitui na verdade para cada um de nós uma prova suficiente de que o concurso foi no entanto julgado e o prêmio atribuído a Sócrates, em cujo discurso procuramos mostrar o processo de assimilação do método socrático pelo pensamento platônico.

No entanto, não obstante esse acabamento perfeito, o diálogo continua. A título de experiência, poderíamos transportar para aqui o seu último capítulo. Os aplausos às últimas palavras de Sócrates se perderiam no entorpecimento geral da festa, donde apenas emerge a voz deste a tentar convencer os dois poetas que por sua vez acabam por adormecer. Ora, não é despropositado imaginarmos que esses aplausos dos comensais de Agatão correspondem perfeitamente ao nosso assentimento às ideias expressas no discurso de Diotima. Do ponto de vista dramático então, é como se o autor

do *Banquete* quisesse evitar um prematuro amortecimento do nosso entusiasmo, que apagaria em nossa alma, afeita à dispersão, os traços do longo trajeto em alguns minutos percorrido por Diotima, cujo relato da contemplação de uma realidade superior arriscaria assim a nos parecer como o de um fortuito lampejo de alucinação poética. Para nos sugerir a exequibilidade dessa contemplação — afinal de contas uma maneira de nos apontar a veracidade da concepção filosófica do amor — é preciso garantir em nosso entendimento o momentâneo efeito produzido pelo discurso socrático,[56] e para tanto tirá-lo por assim dizer dos limites da festa e considerá-lo na própria perspectiva da vida socrática. É essa, sem dúvida, a razão fundamental do que à primeira vista parece um apêndice do *Banquete*.[57] Tendo esboçado uma teoria do amor em função de uma realidade que aparentemente o exclui, Platão procura justificá-la, por assim dizer, através do próprio testemunho da vida de quem, como vimos, foi o seu grande inspirador.

Completamente embriagado, o ilustre Alcibíades, então[58] em plena prosperidade política à frente da facção democrática, irrompe entre os comensais e começa um verdadeiro escândalo ao deparar inesperadamente com Sócrates. Através dos transtornos da sua embriaguez, ele enceta com o circunspecto Erixímaco um pitoresco diálogo, cujo desfecho é a sua decisão de fazer o elogio de Sócrates, um elogio verdadeiro, insiste ele, ciente de que "no vinho e nas crianças está a verdade". Segue-se *incontinenti* o seu discurso, uma deliciosa peça de comédia, quase um milagre de equilíbrio entre o sério e o grotesco, conseguido como que através de

---

[56] Inclusive o que ele diz ter ouvido de Diotima (201d ss.).

[57] Ver Robin, *op. cit.*, p. xi.

[58] A vitória dramática de Agatão (ver p. 21, nota 7) foi um ano antes da expedição à Sicília (415 a.C.).

uma racionalização do delírio. Uma racionalização, aliás, que não é mais que o poderoso reflexo da personalidade de Sócrates sobre a consciência exasperada de Alcibíades, o que nos permite analisar em parte seu discurso, seguindo suas grandes linhas sem perder a esfuziante vitalidade do seu desenvolvimento, sensível a cada expressão.

Por trás da desconcertante singularidade de Sócrates, esse estroina genial distingue dois elementos que ele procura entender e fazer entender aos outros, através de imagens. Sua grande semelhança com as estátuas de silenos e com o sátiro Mársias, comenta Alcibíades, não se limita ao grotesco da fisionomia. Como as primeiras deixam ver em seu interior belas imagens de deuses, assim ele tem esculpida em sua alma uma imagem divina, cuja beleza contrasta com sua fisionomia. Essa beleza oculta, ele a revela através da sua palavra, verdadeiro instrumento de magia, como a flauta de Mársias, que faz pular o coração em transportes mais violentos que os dos coribantes. As duas imagens se entrecruzam no discurso de Alcibíades como se devem ter misturado nas vicissitudes da sua amizade com o filósofo, isto é, empanadas com a amarga consciência do desvirtuamento de uma grande natureza.

Sob o irresistível fascínio daquela beleza interior, apenas entrevista pelos canais do λόγος Σωκρατικός, começa a confessar Alcibíades, o ambicioso jovem de então decide-se naturalmente a conquistá-la, na confusa ideia de cumular o acervo de seus dotes e atingir assim a plenitude de poder nos negócios da πόλις. Como ele é dos jovens o mais belo e como Sócrates anda à cata dos belos jovens, a empresa será fácil, pensa ele; é aproximar-se do sátiro e deixá-lo fazer o cerco. No entanto, para desilusão sua, é o próprio sátiro que prolonga indefinidamente o cerco, repetindo sem dúvida os encantamentos da sua palavra e assim evitando sempre aquele momento que o sabido Pausânias em seu discurso cerca de tanta consideração, o momento da pretensa realização do

amor (184d-e). Sem desanimar diante desse primeiro malogro, o jovem Alcibíades, que além de belo tem a vantagem do poder, passa à ofensiva, e, em lugar do bem-amado que se faz seguir, passa a ser o amante que persegue. Sócrates, rigorosamente em sua linha, presta-se serenamente à ambiguidade da atitude do jovem, para dar-lhe o ensejo de libertar-se do seu grave mal-entendido. Realmente, convinha-lhe ser amante, mas daquilo que em Sócrates é o reflexo do que realmente merece ser amado, e que Diotima nos advertiu ser de natureza diferente da do amante (204c). Como os demais interlocutores de Sócrates, Alcibíades terá sua moção de confiança nesse perigoso diálogo subterrâneo, até o momento decisivo em que, no avançado da noite e no segredo do seu aposento, ele lhe declara cruamente o que quer, acrescentando as razões da sua pretensão. E exatamente como no final de um diálogo aporético, Sócrates não perde essa excelente oportunidade para fazer ver ao jovem amigo o desajuste das suas razões, tão longamente premeditadas. Alcibíades descobre em Sócrates uma beleza excepcional, muito superior à formosura do seu próprio corpo, e propõe a troca de uma pela outra, como que em termos de igualdade. Seria trocar ouro por cobre, adverte-lhe cortesmente o filósofo. Ademais, essa noção de troca não reflete ao justo as relações do nosso comércio com a beleza. O próprio Alcibíades poderá perceber que Sócrates não é uma moeda absoluta, quando a agudeza dos seus olhos se for embaciando, em proveito da perspicácia da sua inteligência (219a). Então compreenderá ele que, como o iniciado de Diotima, só o seu esforço pessoal o tornará capaz de fazê-lo gozar não apenas da beleza de um corpo, mas também do próprio belo, e assim, o que agora Sócrates lhe diz, que nada é, em lugar de lhe aparecer com a cor da ironia, ao contrário lhe surgirá com o brilho de uma verdade simples. Desde então, podemos subentender o resto do argumento, se Sócrates, em face desse belo absoluto, nada é, a esperteza de Alcibíades resultará em estultícia. Todavia,

mais grave ainda para Alcibíades do que o seu mal-entendido sobre o valor real de Sócrates é o significado da recusa deste à sua imprudente proposta. Não aceitando a troca, Sócrates, que se sente não valer nada, deixa patente ao senso de Alcibíades que a formosura do seu corpo é menos que nada.

Desse modo drástico e doloroso, pode-se dizer, consuma-se com Alcibíades o λόγος Σωκρατικός cujo efeito imediato é o de lhe atingir o orgulho como a mordida de uma víbora, mas que logo atua também sobre outros sentimentos seus, até então adormecidos na prosperidade de sua existência. Vergonha, admiração, humilhação coexistem agora em seu espírito, num irritante conflito, e predispõem-no a observar o comportamento de Sócrates com outra atenção. Sua incansável solicitude com os jovens, sua pose de amante, sua pose de ignorante têm a mesma nota desconcertante de sua tranquila retirada em Delião, de sua igual resistência aos prazeres e às agruras da campanha, de sua extasiada contemplação em Potideia. Todos esses gestos e episódios, Alcibíades os apresenta, com a sinceridade de sua embriaguez, como os indícios de uma beleza espiritual que sua generosa natureza era bem capaz de perceber, mas que sua má educação impedia definitivamente de atingir.[59]

Não obstante o tom de espontaneidade e o aspecto desordenado que bem o caracterizam como o discurso de um bêbedo, os comentadores são unânimes em apontar para a estreita correspondência entre esse elogio a Sócrates e o elogio ao Amor de Diotima. Sócrates aparece assim como o símbolo ou a encarnação do δαίμων descrito pela sacerdotisa, tanto no mito do seu nascimento como na explicação seguinte de sua ação universal. No entanto, se tal correspondência é por demais evidente, já não acontece o mesmo quando se

---

[59] Essa incapacidade de Alcibíades é um exemplo trágico do malogro da natureza bem-dotada, mas corrompida pela sociedade. Cf. *República*, VI.

trata de sua interpretação. Que significa ela ao justo? Que Platão esboçou um retrato de Sócrates de acordo com o discurso de Diotima, ou que este, ao contrário, é inspirado no exemplo da vida de Sócrates? No primeiro caso teríamos uma representação típica do filósofo, considerado como o verdadeiro amante, à luz da doutrina de Diotima. No segundo, teríamos um depoimento histórico, cuja íntima conexão com essa doutrina nos põe de novo diante do difícil problema de estabelecer o que nela é socrático e o que é platônico. No entanto, essa alternativa, a rigor, não se impõe para a apreciação de nenhum diálogo de Platão. Todos eles apresentam uma elaboração de elementos históricos, que se processa em função do seu próprio pensamento e que portanto dificilmente dissociamos deste. No caso do *Banquete* já vimos como, da paródia dos discursos e do diálogo Sócrates-Diotima, pode-se remontar a certos dados históricos que sem dúvida alguma condicionaram a formação de um método e a constituição de uma doutrina responsáveis pelo que seria sua estrutura essencial, caso terminasse o diálogo com o discurso de Sócrates. Até aquele ponto então, o *Banquete* apresenta o mesmo esquema dramático dos outros diálogos: uma conversa entre Sócrates e algum dos seus contemporâneos, amigo, simples conhecido ou mesmo rival, comportando muitas alusões a fatos conhecidos da história da época, muitas referências a personagens notórios, políticos, oradores, poetas e filósofos, mas desenvolvendo-se de acordo com uma visão platônica da dialética de Sócrates, o que equivale a dizer, numa extensão platônica do pensamento do seu mestre.[60] Em tal esquema a historicidade que encontramos nos diálogos está condicionada à ficção dramática, por sua vez subordinada ao sentido filosófico da obra, e daí é que provêm as omissões e

---

[60] Ver p. 198, nota 15.

os anacronismos que ao mesmo tempo tanto ocupam e embaraçam a crítica.

Dito isto, cumpre agora observar que o discurso extra-programa de Alcibíades não corresponde a essa estrutura comum nos diálogos, isto é, ele não condiciona, do ponto de vista formal, a exposição da doutrina do amor, tal como no-la dá o discurso de Diotima. Essa circunstância é única na obra platônica. Enquanto nos outros diálogos a última palavra do argumento final é encaixada numa breve cena de fim de reunião, no *Banquete* prolonga-se ela decididamente no sentido de um depoimento histórico. Sem dúvida esse depoimento está vazado num esquema que o relaciona com o discurso de Diotima, o que justamente nos põe de sobreaviso sobre o seu verdadeiro caráter e, portanto, sua função na economia do diálogo. No entanto, esse artificialismo de sua composição não nos autoriza um ceticismo radical acerca do seu conteúdo histórico, da mesma forma que o revestimento histórico das discussões não nos permite considerá-las à parte do pensamento platônico que de fato as anima. Ao contrário, se o aparato histórico dos discursos do programa encobre a realidade do pensamento platônico, a presença sensível deste no discurso de Alcibíades dissimula também, paralelamente, a veracidade histórica dos seus depoimentos. Entre estes sobressaem particularmente os que nos dão conta do comportamento de Sócrates nas campanhas de Delião e de Potideia. Sua inteligente coragem numa retirada de tropas, sua intrigante resistência às fadigas e à embriaguez, e particularmente sua longa contemplação extática em Potideia não se poderiam compreender, mesmo na hipótese de ficção de um Alcibíades bêbedo a se confessar numa roda de amigos, como outros tantos elementos fictícios. Tais fatos, não devemos esquecê-lo, são apontados por Alcibíades numa roda de gente especialmente interessada pelo comportamento de Sócrates (e, portanto, necessariamente a par de suas atitudes e gestos mais salientes), tanto por sua admiração, como

é o caso da maioria, como por sua animadversão, como é o caso de Aristófanes. E sobretudo eles aparecem como meros exemplos ilustrativos daquela desconcertante singularidade que Alcibíades aprendeu a melhor perceber através da sua escabrosa experiência amorosa com Sócrates.

Essa experiência, como vimos, é o grande tema do elogio a Sócrates, e é sobretudo através dela que sentimos a estreita conexão entre esse depoimento e o discurso de Diotima. Sócrates, resistindo à tentação de Alcibíades, é a encarnação daquele δαίμων duro e seco, a quem toda conquista do que é belo se lhe escapa (203d), a fim de sempre ficar em melhor disponibilidade para o que é mais belo; ou ainda, daquele iniciado perfeito que deve largar e desprezar o amor violento de um só corpo ou mesmo de uma só alma (210b). No entanto, mesmo que suspeitemos da autenticidade histórica dessa experiência, aliás perfeitamente conforme com o que sabemos do caráter e do comportamento de Alcibíades, os motivos que levaram Platão a encaixá-la na estrutura do *Banquete* levam-nos ainda a um contexto histórico preciso. Seu tom apologético levou a crítica a relacioná-la com uma série de documentos reveladores de um amplo debate sobre a responsabilidade socrática na educação de Alcibíades, geralmente apontado como um dos maiores responsáveis da ruína do império ateniense. Platão ter-se-ia manifestado no debate justamente através do *Banquete*,[61] cuja inspiração original teria sido assim uma nova apologia do seu mestre, mas desta vez mais específica, apenas limitada à sua ação educativa, e ao mesmo tempo mais profunda, dado o necessário amadurecimento de sua doutrina. Essa última circunstância explicaria satisfatoriamente a hipótese de um longo prazo decorrido entre a publicação do libelo de acusação de Pólicrates, que dera origem ao debate, e a provável data do *Ban-*

---

[61] Ver Robin, *op. cit.*, pp. x-xi.

quete, conjeturada entre 387 e 371 a.C. Uma nova defesa de Sócrates teria que ser enquadrada no esquema doutrinário de Platão definitivamente formado e particularmente enriquecido com a sua teoria das ideias, o que poderia implicar uma longa elaboração da mesma. Ela também nos ajudaria a compreender um curioso traço do *Banquete*, que tem mais ou menos intrigado os críticos e pelo qual terminaremos este ensaio. Esse traço é marcado pela presença de Aristófanes, e em particular pela breve cena final em que, ao lado de Agatão, ele ouve de Sócrates uma argumentação sobre a arte poética.

A primeira reação nossa à presença de Aristófanes no *Banquete* é sem dúvida influenciada pela censura que lhe faz Platão na *Apologia*. "Estas calúnias, com efeito", diz ali Sócrates, "vós mesmos as vistes na comédia de Aristófanes, um Sócrates que ali vagabundeia a dizer que anda pelo ar, e a cometer muitas outras tolices, a respeito das quais eu não sei nem pouco nem muito".[62] Referindo-se às *Nuvens*, representada provavelmente em 417, Platão coloca assim o grande cômico entre os responsáveis remotos pela condenação de Sócrates. Lembrados dessa passagem, estranhamos que esse caluniador esteja ao lado de Sócrates, compartilhando com ele de uma homenagem a um jovem poeta estreante. Todavia, mais ainda se acentua nosso sentimento quando ficamos sabendo que esse poeta foi impiedosamente satirizado por Aristófanes, nas *Tesmoforiantes*,[63] por seus costumes efeminados. A rigor, nenhuma dessas circunstâncias exclui a probabilidade histórica de tal encontro. Porém, não é isso o que importa. Realidade histórica ou ficção platônica, em qualquer das duas hipóteses, alguns episódios nele registrados se esclarecem melhor à luz daquelas circunstâncias. Com efeito,

---

[62] *Apologia*, 19b-c.

[63] *Tesmoforiantes*, 25 ss.

Sócrates é apresentado como o convidado de honra de Agatão, o que vai sentar-se ao seu lado (175d). Mais ainda, o comportamento de Sócrates diante de Agatão aparentemente não difere do de um amante. À chegada de Alcibíades, os dois se desentendem por causa do jovem poeta, cuja vizinhança é valentemente, se não escandalosamente, disputada (222d-e). Por outro lado, vemos Aristófanes, depois de Sócrates, referir-se ironicamente aos amores de Pausânias e Agatão (193b). É como se Platão quisesse apresentar diante de Aristófanes todo um quiproquó de relações amorosas, um ótimo pasto para sua verve satírica. Ao lado de tudo isso, porém, há o discurso de Diotima e o de Alcibíades, o primeiro explicando a essência do amor, e o segundo revelando em Sócrates o tipo do amante ideal. Percebe Aristófanes essa distinção? Não parece, dá a entender Platão. Com efeito, enquanto os demais convivas aplaudem o discurso de Sócrates, Aristófanes põe-se a salientar, ridiculamente, que Sócrates se referira ao seu discurso (212a5-5), como se só isso lhe tivesse despertado a atenção.

Desse modo a crítica à perspicácia de Aristófanes continua a da *Apologia*, mas aqui com a profundidade do amadurecimento filosófico. Pois não é o talento que lhe falta, a Aristófanes. Platão indica-o bem, pondo tanta beleza no seu discurso. O que impede Aristófanes de ver com mais acuidade é o caráter limitado de sua inspiração. Como Agatão, e como sem dúvida todos os outros poetas, Aristófanes não vai além do confinamento da possessão divina e não pode, portanto, através de uma arte racional, estender o seu privilégio a outros domínios da realidade. Assim, por exemplo, ele não pode ver o verdadeiro cômico que se exala da grotesca desfaçatez do poderoso Alcibíades em suas primeiras relações com Sócrates, porque também ele nem sequer lobriga o aspecto trágico deste fauno, cuja feiura exterior esconde uma tal beleza espiritual, que os mais bem dotados, quando conseguem surpreendê-la, não suportam seu impacto. Assim pa-

rece dissipar-se o caráter enigmático que muitos enxergam na última afirmação de Sócrates aos dois poetas presentes ao banquete: "É de um mesmo homem o saber fazer comédia e tragédia, e aquele que com arte é um poeta trágico é também um poeta cômico" (223d). Tantas vezes considerada por Platão em outros diálogos, essa ideia encontra aqui uma feliz ilustração. Nem Aristófanes nem Agatão, pelo fato de não possuírem uma arte racional além da inspiração divina que os beneficia, não podiam perceber, nas relações que marcaram a descoberta de Sócrates por Alcibíades, os reflexos que interessariam às suas respectivas artes. Tal incapacidade era apenas a consequência de uma maior: sem aquela arte racional eles não podiam seguir o itinerário que o amor fazia percorrer a Sócrates, através das experiências comuns de sua vida diária, nem portanto atingir aquela realidade que é ao mesmo tempo termo e fonte do impulso amoroso, e que ele, com sua palavra, incansavelmente procurava apontar à inteligência dos seus contemporâneos. Não era isso uma tarefa muito fácil, nem sobretudo isenta de graves riscos de toda espécie, desde as grandes deserções até as pequenas adesões. Desvencilhar no espírito de seus contemporâneos o prisioneiro e acostumá-lo paulatinamente aos contornos da claridade,[64] fazer-lhe nesse contínuo exercício não odiar, mas amar a palavra,[65] eis o que mais cedo ou mais tarde desgasta a resistência de uma natureza generosa, mas mal-educada, ou o bom comportamento de um espírito medíocre. Alcibíades e Apolodoro são exemplos típicos desses casos. Enquanto este último não faz mais do que repetir como uma criança alguns gestos e palavras do mestre que admira mais do que compreende, o primeiro esconde sob as mil aventuras de uma próspera existência a imagem autêntica desse mesmo

---

[64] É o sentido do mito da caverna (*República*, VII, 518b6-519c).

[65] *Fédon*, 89c7-91c.

homem, cujos ensinamentos ele bem compreendia, sem poder no entanto aproveitá-los para a sua ambição. Há tragédia e comédia na relação de qualquer um desses casos com a grandeza da missão socrática, dependendo do ponto de vista que se tome. No *Banquete* é sobretudo o da comicidade, que Platão nos expõe como um desafio ao talento e à sagacidade de Aristófanes.

Referências bibliográficas

Edições:

BURNET, John. *Platonis Opera*, 5 vols. Oxford: Clarendon Press, 1900-1907. O *Banquete* encontra-se no segundo volume, de 1901, cuja reimpressão utilizada para esta tradução data de 1957.

HIRSCHIG, Rudolf Bernhard; SCHNEIDER, C. E. Ch. *Platonis Opera*, 3 vols. Paris: Didot, 1856-1873.

ROBIN, Léon. *Platon — Oeuvres complètes*. Paris: Les Belles Lettres. Edição das obras completas de Platão começada em 1920. Vários colaboradores, entre os quais Léon Robin, que preparou a edição do *Banquete* em 1929.

Traduções:

COUSIN, Victor. *Oeuvres de Platon*, 13 vols. Paris: Bossange/Pichon et Didier/Rey et Gravier, 1822-1840.

JOWETT, Benjamin. *The Dialogues of Plato*, 5 vols. Londres: Oxford University Press/Humphrey Milford, 1892.

SAISSET, Émile. *Oeuvres complètes de Platon*, 10 vols. Paris: Charpentier, 1869.

SCHLEIERMACHER, Friedrich. *Platons Werke*, 5 vols. Berlim: Realschulbuchhandlung, 1804-1810.

Estudos:

ALLINE, Henri. *Histoire du texte de Platon*. Paris: Champion, 1915.

BROCHARD, Victor. *Études de philosophie ancienne et de philosophie moderne*. Paris: J. Vrin, 1954.

CORNFORD, F. M. *Before and After Socrates*. Cambridge: Cambridge University Press, 1950.

Diès, Auguste. *Autour de Platon*, 2 vols. Paris: Beauchesne, 1927.

Goldschmidt, Victor. *Les Dialogues de Platon: structure et méthode dialectique*. Paris: PUF, 1949.

Jaeger, Werner. *Paideia: The Ideals of Greek Culture*, 3 vols. Oxford: Basil Blackwell, 1947.

Robinson, Richard. *Plato's Earlier Dialectic*, 2ª ed. Oxford: Clarendon Press, 1953.

Ross, William David. *Plato's Theory of Ideas*, 2ª ed. Oxford: Clarendon Press, 1953.

Schaerer, René. *La Question platonicienne: étude sur le rapport de la pensée et de l'expression dans les Dialogues*. Neuchâtel: Université de Neuchâtel, 1938.

Schuhl, Pierre-Maxime. *L'Oeuvre de Platon*. Paris: Hachette, 1954.

Taylor, A. E. *Plato: The Man and the Work*. Nova York: Meridian, 1957.

_____. *Socrates: The Man and his Thought*. Garden City, NY: Doubleday Anchor Books, 1954.

Sobre o autor

Platão nasceu em Atenas, em 428 a.C. Descendente de famílias aristocráticas, viveu num período conturbado da história ateniense. Assistiu à derrota da cidade na guerra do Peloponeso (431-404) e viveu sob duas tiranias: a dos "quatrocentos" (411) e a dos "trinta" (404-403), imposta por Esparta. Restabelecida a democracia, acompanhou o julgamento, condenação e execução do seu mestre Sócrates (399), à qual reagiu exilando-se em Mégara. Visitou a Sicília (387), onde conheceu o tirano Dionísio I, de Siracusa, tendo mais tarde regressado a convite de Dionísio II (ver *Carta VII*). Tinha, entretanto (por volta de 385), fundado a Academia, da qual foi escolarca até sua morte, em 347 a.C.

É atribuída a Platão a composição de mais de trinta diálogos (alguns considerados duvidosos, outros espúrios), versando sobre todas as questões relativas ao saber da época. Habitualmente os autênticos são divididos em três períodos: juventude (*Apologia de Sócrates, Críton, Alcibíades* I e II, *Cármides, Eutidemo, Eutífron, Górgias, Hípias menor, Hípias maior, Íon, Laques, Lísis, Menêxeno* e *Protágoras*); maturidade (*Mênon, Fédon, República, O Banquete, Crátilo* e *Fedro*); e velhice (*Parmênides, Teeteto, Sofista, Político, Timeu, Crítias, Leis* e *Filebo*). São-lhe atribuídas treze *Cartas*, consensualmente tidas como espúrias, havendo dúvidas sobre a VII e a VIII.

Apesar de sempre ter sido considerado um grande filósofo, nunca houve, entre os seus intérpretes, acordo sobre a gênese e estrutura da sua filosofia. O fato pode ser justificado, entre outras razões, por não ser possível lhe atribuir uma doutrina definida a partir do conjunto dos diálogos que compôs, nos quais nunca figurou como personagem.

Sobre o tradutor

José Cavalcante de Souza nasceu em 1925, em Cariús, interior do Ceará, onde fez a escola primária, e iniciou os estudos de francês, inglês e latim no Ginásio do Crato. Em Fortaleza, cursa Letras Clássicas na Faculdade Católica de Filosofia ao mesmo tempo em que trabalha como professor da Aliança Francesa.

Em 1951, com uma bolsa dessa instituição, viaja para Marselha; aproveitando a oportunidade para aprofundar seus estudos de língua e literatura grega, muda-se para uma residência de estudantes pertencente ao filósofo Jacques Maritain, em Soisy-sur-Seine, onde permanece por seis meses. Em seguida vai a Paris, onde assiste como ouvinte a um curso de Merleau-Ponty e algumas aulas de Jean-Paul Sartre.

De volta ao Brasil em 1953, termina a faculdade e assume o posto de professor de francês e latim no Colégio Sete de Setembro, em Fortaleza. Interessado em lecionar grego antigo, o que não conseguia no Ceará, escreve para a Faculdade de Filosofia, Ciências e Letras da Universidade de São Paulo (FFCL da USP), indagando sobre a possibilidade de trabalhar como professor de grego antigo em São Paulo. Informado por Eurípedes Simões de Paula que o professor Robert Henri Aubreton estava empenhado em formar uma equipe de professores para a cadeira de Língua e Literatura Grega, Cavalcante muda-se para São Paulo no final de 1953 e começa a dar aulas de latim no Colégio São Luís. No ano seguinte, ingressa por concurso público no ensino secundário em Guarulhos, passa a ensinar latim no Colégio Mackenzie e casa-se com Maria da Conceição Martins.

Em 1956 é contratado como professor do Departamento de Letras Clássicas da FFCL da USP (passando a colaborar, a partir

de 1970, também com os departamentos de História e Filosofia Antiga). Em 1961, defende o primeiro doutoramento na área de Língua e Literatura Grega, com uma tese sobre o *Banquete* de Platão, orientada pelo professor Aubreton. Em 1964, ano do retorno de Aubreton à França, apresenta o trabalho *A caracterização dos sofistas nos primeiros diálogos de Platão*, que lhe concede a Cátedra da Língua e Literatura Grega. Em 1976, volta a Paris, trabalhando junto à equipe do professor Jean-Pierre Vernant, no Collège de France; dedica-se à tradução de Píndaro e inicia suas pesquisas sobre Aristóteles.

No final dos anos 1980, aposenta-se da Universidade de São Paulo para ingressar no IFCH da Unicamp, onde estrutura o curso de Filosofia Grega Antiga, associado ao curso de Língua e Literatura Grega.

Publicou, entre outros: Platão, *O Banquete: tradução, introdução e notas* (São Paulo, Difel, 1966; tradução republicada em *Platão: Diálogos*, Coleção Os Pensadores, vol. 3, São Paulo, Abril Cultural, 1972); *A caracterização dos sofistas nos primeiros diálogos de Platão* (São Paulo, USP, 1969); além de ter organizado e feito traduções para o volume *Os pré-socráticos* (Coleção Os Pensadores, vol. 1, São Paulo, Abril Cultural, 1972). Pela Editora 34 publicou, em 2016, em dois volumes bilíngues, uma nova edição de *O Banquete*, e sua tradução e apresentação, até então inéditas, para o diálogo *Fedro*, de Platão, incluindo posfácio e notas do helenista português José Trindade Santos.

Faleceu em São Paulo, em 24 de maio de 2020.

Este livro foi composto em Sabon e Cardo pela Bracher & Malta, com CTP da New Print e impressão da Graphium em papel Pólen Natural 80 g/m² da Cia. Suzano de Papel e Celulose para a Editora 34, em julho de 2024.